武林舊事 卷四

決戰皇城

目次

武林舊事

卷四決戰皇城

第二十五章

孽子

盛夏的成都府彭山縣靈泉村梯田阡陌縱橫一片油綠，一陣達達馬蹄聲劃破鄉野的寧謐，四川衛所千戶司馬笑領著十餘名廠衛以及京城來的稅監太監王順，浩浩蕩蕩走進彭家，不喝茶也不客套，劈頭就問：「可喜可賀！彭員外你這水田底下埋藏無數銅礦，日後享用不盡！按本朝律法，這地底下的金銀銅鐵均屬朝廷，一般百姓商賈若欲保留此地，一甲須納貢五至二十兩白銀，你這十二甲的銅礦貨真價實，只算一百二十兩已屬優渥，不知備妥了沒？」

彭富田一臉愁容，顫聲道：「官爺！您瞧瞧這整片綠油油的稻田，哪來的銅礦？誰不知種田辛苦，一輩子攢不了幾個錢，您要的數目若不售屋賣產，實在籌不出來！」

司馬笑笑道：「這是說咱們冤屈了你？好大的膽子！你羞辱我司馬笑不打緊，這位京城來的欽差大人王公公，這些年不知瞧過多少礦地，地底下有什麼東西，可瞞不過他的一雙慧眼！如若不信，不妨試挖看看！」

彭富田眼睛一亮，道：「大官爺！您當真讓咱挖？若是挖不到礦，是否可免去礦稅？」

司馬笑笑道：「你挖自己的地，誰管得著？若當真沒找到銅礦，當然不徵稅！」

彭富田欣然道：「咱們現在就去挖！在場的官爺和鄉親都可做個見證！誰是誰非，馬上見真章！」說著叫三個兒子快去柴房取鋤頭，就怕官爺反悔！

不一會兒眾人來到田裡正待要挖，卻見司馬笑道：「這是彭家的田，哪兒有礦你最清楚，在哪試挖，應請王公公指定才是。」

王順笑道：「我看除了這裡以外，其他地方都有礦，就這麼來吧！你們往下走六階，再往東十六步，挖六尺見方六尺深即可，若當真找不到礦，就算咱們弄錯吧！」

彭富田總覺得事有蹊蹺，內心忽感不安，但事到如今，還能說不嗎？果然三個兒子走到定位，卻見這塊地上的水稻長得不好，大兒子彭聲遠說道：「這塊地的稻子特別凌亂，好像被人……」

「你想說什麼？這是你的地，稻子種不好還想牽扯什麼？」話未說完，已被司馬笑一陣搶白。此人官威極大，向來不講理，就算再有道理，多說也只是自找麻煩！附近圍觀的村民及農戶都不敢太靠近，更別說開口幫腔！

彭富田道：「別說了，快挖吧！」只見三個兒子一鋤一鋤翻開溼土，很快金石交碰的鏗鏘聲此起彼落，顯然三人都挖到石頭。

一名校尉過來搶走鋤頭，挖起一個人頭大小的石頭，色彩斑斕，帶點金屬光輝，送到王順眼前，但見他點頭微笑道：「果然沒錯！這是上好的銅礦石，彭員外，你可要發大財啦！」

彭富田哭喪著臉道：「官爺您饒了我吧！這……」

卻見司馬笑聲色俱厲道：「事到如今還想狡辯！莫非你嫌要交的礦稅不夠多？」

彭富田欲言又止，正自悲憤，卻見獨生愛女彭月荷突然衝到司馬笑跟前下跪道：「司馬大人，請您饒了咱們彭家吧！月荷願意嫁入司馬宅第，為妾為奴，服侍一生，永不後悔！」說到這裡已是淚如雨下！彭妻雙腿一軟，已是站立不住！

司馬笑笑道：「採礦納稅天經地義，本無通融之理；但我大明朝立國最重孝道，就衝著妳這份孝心，或許可以再做考慮。不知王公公意下如何？」

王順面帶微笑，尚未答腔，卻見彭富田拉住女兒的手道：「我不同意，我彭富田寧可賣田售宅籌出銀子，也不要我女兒墜入萬丈深淵，過著永無天日的日子！」事到如今，他竟豁了出去！

司馬笑隨即變臉道：「你好大的狗膽！竟敢辱罵本官！來人啊！把這家人通通抓起來！」話說完緹騎四出，正要逮人，一聲「且慢！」頗有氣勢，發話之人身形矮瘦，卻手持七尺長棍，身旁一人持劍，鬢髮凌亂長鬚未修，略作易容，似乎不希望被人認出真貌。

司馬笑道：「你們是哪個道上的？」

那持棍者笑道：「在下錦衣衛千戶陸建祥。」

司馬笑笑道：「原來是當年跟在牟謙大人身旁的小跟班，倒是升職得挺快，旁邊這位帶劍的仁兄又是誰？」

卻見陸建祥笑道：「你無須知道。」

司馬笑道：「兩位不遠千里從京師趕來，不知有何指教？」

陸建祥正色道：「奉牟謙指揮使之令前來清理門戶！司馬笑，你身為成都衛所千戶，負責監視查察巴蜀一帶的不肖府官，理應肅反肅貪，卻假借職權，作威作福，欺壓良善，橫徵暴斂，敗壞我大明錦衣衛名聲，閣下若還尊重王法，就該俯首認罪！」

司馬笑道：「是誰讓你來這誣陷本官？你我同為千戶，別以為抬出牟頭兒的名號便可狐假虎威！」

錦衣衛常尊稱他們的指揮使為「頭兒」，如以前的「狐頭兒」、「袁頭兒」；但有些姓氏並不適用，如姓牛的、姓朱的，姓牟的也不宜，因此牟謙上任之後，極少人敢在背後叫他「牟頭兒」，司馬笑顯然已是怒火攻心，才會如此口不擇言。

卻見陸建祥仍面帶微笑，亮出令牌道：「這是牟指揮使的令牌，要我等查明事實真相，勿枉勿縱；若是對方狡賴詭辯，意圖……」

「大膽！」司馬笑怒道：「方才你也親眼所見，這塊地隨便一挖都是銅礦，本官究竟哪來的橫徵暴斂狡賴詭辯？」

「是嗎？你等著瞧。」說著往樹林飛奔而去，不一會拖出一人，雙手捆綁嘴內塞布，褲腳沾上田間溼泥，但論衣著神色卻似地痞無賴，而非一般莊稼漢！

司馬笑神色稍變，隨即恢復寧定，笑道：「他是什麼人？」

陸建祥把那人嘴上的破布拿掉，說道：「郭發，成都衛所司馬千戶在問你話呢？」

那人道：「小的郭發，平日在縣城裡做點小買賣。」

陸建祥笑道：「偷搶拐騙也能叫買賣？你說話老實點，否則馬上送到錦衣衛大牢吃苦頭！」

那人咧嘴窘笑道：「小的不對！只是平常都這麼介紹自己，一時難改！」

陸建祥道：「告訴千戶大人，你為何在此？」

郭發瞧著司馬笑銳利的雙眼，身子忽然不由自主的發抖道：「小的……不敢說！」

陸建祥道：「別擔心！我們敢來，自有抓人的把握。你再支支吾吾，今天若不能立刻定他的罪，明日他必殺你滅口！」

郭發本是個賭鬼，知道這個時候再不大膽押注，必定全盤皆輸。不再往錦衣衛瞧去，深吸一口氣道：「我說，是您的屬下錦衣百戶梁松成要我……」

話未說完，司馬笑身旁一名百戶站出來罵道：「一派胡言！你說清楚，我什麼時候要你做這種事？」

郭發道：「就在前天，您弄了六顆礦石，要小的埋在彭家梯田由上往下第六階向東走十六步之處，趁夜埋下後向您回報。本來說好事成之後要給我三兩銀子，卻又臨時反悔，只給二兩。」

「胡說！我明明給了你五兩……」說到這裡，瞧見司馬笑陰冷的眼神，這才驚覺自己說錯話！原來中飽私囊這種事，司馬笑自己常做，卻痛恨下屬欺騙，梁松成急著解釋，卻捅了更大的簍子！漲紅著臉道：「這五兩銀子，是賭錢輸給你的。」

陸建祥笑道：「別愈描愈黑啦！是真是假，其實一挖便知。司馬千戶，你敢不敢再挖下去，若能在這片田裡找到第七顆礦石，我們馬上賠不是。」

司馬笑乾笑道：「你叫我挖我就得挖嗎？國庫空虛，咱們奉旨徵收礦稅，你可知稅監大人點到的地，就算不挖也得繳！可別忘了，這裡由王公公主持，還輪不到你出頭！」

王順道：「司馬千戶言之成理，咱們奉旨徵稅，若每塊地皮都得試挖幾遍，要弄到何年何月？」錦衣衛負責監視各地藩王官員有無貪腐造反，全國的官員無不懼怕，但若論在皇上面前的親疏信任，仍不如宮裡的太監，名義上雖無從屬，實際上卻不敢不尊重。

陸建祥道：「王公公所言甚是，咱們就暫且不挖；但在下尚有一事想請示公公，若有人狐假虎威，假借幫您徵稅的名義，卻四處要脅壓迫這些平民百姓，該如何處置？」

王順假裝驚訝道：「有這種事？」

陸建祥道：「三年前某位大官爺瞧上成都南街一個賣豆腐的婦人陳氏，但這陳氏與丈夫周義福育有二子，恩愛幸福，豈有改嫁之理？這位大人卻沒因此而打退堂鼓，羅織一個罪名，硬說那周義福勾串赤幫有造反作亂之意，抓進牢房一連幾天嚴刑拷打，弄得奄奄一息，陳氏為了營救丈夫，不得不同意改嫁，做了這位大官爺的第七位小妾。

「放出來的周義福腿瘸手斷，無法謀生，便入了殘幫，兩個五、六歲的兒子也只能跟著親娘一道走，小孩到了這個年紀也懂得一些事，又藏不住對這個後父的恨，不經意的說出日後長大要為父報仇的話，輾轉傳到這位大官爺耳裡，不久之後便告失蹤！兩天後錦江上漂著兩具浮屍，正是這兩個小孩！陳氏受不了這個打擊，當夜便上吊身亡！」

陸建祥雖未指名道姓，但眾人都往司馬笑臉上瞧去，卻見他面帶微笑，信心滿滿，似乎不怎麼擔心，笑道：「這故事挺可憐的，還有嗎？」

陸建祥道：「少說還有十來件，若要一件一件的講恐怕到天黑也說不完。就拿今天這個例子，彭家的閨女長得花容月貌，下個月就要訂親，想說先去成都大慈寺求籤還願；卻不幸在這個時候被您瞧上了眼，硬要納為小妾，彭老爺不肯，便說他們的田地有銅礦，此事的原委，不知公公清不清楚？」看到對方這副德性，陸建祥心中有氣，索性直接指名道姓！

卻見王順搖頭道：「你說的這些，可有確實的證據？」

陸建祥道：「人證很多，就怕他們畏於權勢不敢出面指控；至於物證，說實在，取得不易。」

王順道：「司馬千戶，您是不是得罪了京城的人？怎麼派人不辭千里的前來大找麻煩？」

司馬笑道：「大人說得極是！想是下官早年年少氣盛，只問是非不問人情，不知不覺中得罪了不少人。」

王順轉頭對著陸建祥道：「我王順奉旨徵稅，司馬千戶向來配合有度，為了執行朝廷的指示是嚴厲了些，但還算奉公守法。只憑幾句市井傳言，拿不出真憑實據，別想在本欽差面前抓人？再說司馬千戶乃朝廷命官，豈能容你隨意逮捕再濫刑逼供！」說到後來義正詞嚴，聲色俱厲，擺出他欽差大人的無上官威，聲勢嚇人！

卻見陸建祥笑道：「誰不知王公公在聖上面前也算說得上話的人？咱們錦衣衛再怎麼大膽，也不敢對您有絲毫不敬！但正因如此，下官想您應十分清楚現今國庫空虛，需錢孔急，才會派您老依旨徵稅；但若有人私扣稅金，不知傳到當今聖上耳裡，會作何處置？您剛正不阿，當然不會做這種事，但萬一有人背著您收十繳一，中飽私囊，壞了您的任務，又傷了您的官聲，難道您還要護著他？」

王順道：「當然不會！但還是那句老話：證據在哪裡？」

陸建祥取出一本帳簿唸道：「四月初九，王萬金，三千六百兩；二月十八，劉成虎，六千五百兩……」

司馬笑臉色大變，喝道：「你手上拿的是什麼東西？」

陸建祥笑道：「沒什麼，只是昨夜從你們家帳房那借來的。」

司馬笑反應頗快，轉身對王順道：「啟稟公公，這位帳房上個月犯錯被卑職狠狠訓斥一頓，沒想到他表面恭順，暗地裡卻挾怨報復，編撰假帳，意圖誣陷，請大人明鑑！」

王順心裡清楚，這帳本不但千真萬確，而且司馬笑連自己也矇了！原本說好六四分帳，我六你四，這個狗東西卻虛報數目，變成你六我四，哼！還想要我護著你！但又怕司馬笑情急之下，把自己也給抖了出來，只好微笑不語，靜觀其變。

陸建祥收起帳本，仍是一副胸有成竹的模樣，笑道：「司馬千戶，你出身山西貧農，父親早逝，留下你娘和八個小孩，連年饑荒餓死了六個，你獨自到京城闖蕩，留下一個弟弟和母親相依為命，日子仍然十分清苦，對吧！」

司馬笑不悅道：「那是我家的事，與你何干？」

陸建祥轉頭對著王順道：「王公公，不知您有沒有到過司馬千戶在錦江河畔的宅第？」

王順感覺有些不安，猶豫了一下才道：「不常去，多為公事。」

陸建祥道：「下官無緣進入，只能從望江樓眺望，這才發現這司馬千戶的家不但占地寬廣，牆內無論亭臺樓閣迴廊曲折還是假山蒔花無不華美，比起川西首富洪承泰的百花莊毫不遜色。王公公您若哪天告老還鄉，在揚州城裡蓋個什麼翠碧園、綠玉園的，恐怕也要遜色三分！除此之外，聽說裡面還有無數的寶貝，再加上妻妾成群奴僕眾多；敢問司馬千戶，咱們錦衣千戶正五品，一年俸祿不過兩百二十石，您是如何買得起這豪宅，養得起這麼多人？」

一番話同時驚怒兩個人，司馬笑心中浮現殺機，但王順畢竟老於江湖，轉念忖道：「錦衣衛這些傢伙，平常見到咱們宮裡當差的恭恭敬敬，沒想到卻在背地裡窺東查西，不但曉得我在家鄉購地蓋宅，連『翠玉園』之名都查了出來！這個陸建祥忒也大膽，只帶著一個隨從，竟敢招惹『落井石』司馬笑！哼！查到我的翠玉園又如何？還不知你能否走出這個村子呢？」

想到這裡多瞧了一眼陸建祥身旁的持劍隨從，忽然心中一震，憶起兩個月前回京述職時，不止一名同僚跟他提過「千戶古劍」這個人，都說此人雖然官銜不大，卻是武功極高城府更深，有關他的傳言很多，但總而言之，沒事別去招惹此人。再瞧這二人老神在在有恃無恐的模樣，顯然是有備而來，弄不好連我也脫不了身！哼！你司馬笑也敢對我耍心機，我王順又何必為你冒這麼大的風險！想到這裡話鋒一轉，對著司馬笑道：「司馬千戶，這是怎麼回事？恐怕得請你說個清楚！」

這麼大的證物，藏不起來也解釋不清，平常說話溜轉的司馬笑愣在原地，一句話也說不出來！王順冷哼一聲，對著手下道：「這是他們錦衣衛之間的事，咱們別蹚這渾水，走吧！」說完頭也不回拂袖而去！

陸建祥取出一封信函道：「這是給你的駕帖，若能束手就擒，或許還能不死。」說完飛擲而出，穩穩飄落在司馬笑手上。

司馬笑見他露出這一手，輕視之心盡去，環顧四周，忖道：「這傢伙功夫確有長進，身旁那人雖不開口，看來亦非等閒之輩，但就憑兩個人能奈我何？莫非在樹林裡埋伏了大隊人馬？不可能！我千餘緹騎遍布巴蜀，人多絕對瞞不過？這次帶來的人雖不多，但其中有三名百戶八名總旗個個均能以一當十，就算你有百餘人，能奈我何？」想到這裡膽氣一壯，隨手撕碎駕帖獰笑道：「欲加之罪，何患無辭！這種假文偽句，不看也罷！你們兩個假冒欽差意圖作亂，大膽妄為莫過於此！來人啊，誰殺了他們，重重有賞！」

話說完成都衛所十餘人紛紛掄起兵器圍攻二人，村民們怕刀劍無眼，自動往後退走，膽小一點的不敢觀看，只想趕緊躲回家去以免慘遭池魚之殃，然而奔行不過百來步忽聞一聲慘叫，打鬥之聲戛然而止，回頭一望，但見圍攻者紛紛刀劍落地，司馬笑搖晃兩下，倒地不起！

陸建祥收棍，攤開一張紙朗聲道：「這是牟指揮使親簽的派令，本人自即日起正式接任成都衛所指揮使。你們這些人跟著司馬笑，這幾年應該做了不少壞事吧！」

眾衛個個嚇得臉色慘白，紛道：「有道是人在官門，身不由己！尚請大人明鑑，原諒則個。」

陸建祥道：「如今元惡已誅，各位只要能痛改前非，既往不咎！但若再惡習不改，傷天害理，休怪我無情！」眾衛們如獲新生，大喜所望，個個磕頭如搗蒜。

持劍之人不受此禮，默默走到數丈之外。陸建祥叫眾衛起身，交代幾句善後之事，走到持劍同僚身旁，神情恭敬道：「今日之事，若非千戶大人出手相助，恐怕……」

持劍者道：「這是職責所在，本應如此！陸兄，你今天起正式升為千戶，與我再無差別，別再這麼稱呼！」

陸建祥道：「若非您不吝指導，在下的棍法恐怕還難以入流；若非您力薦，在下亦難升任。提攜之恩，教武之義，陸某沒齒難忘。」

那持劍者道：「錦衣衛中像你這般辦事牢靠品德亦佳之人不多，這裡是我的家鄉，我唯一能做的，便是給他們一個好官。」

陸建祥道：「承蒙您和指揮使大人如此看重，陸某不敢怠懶，不敢貪求，更不敢狂妄！」

持劍之人輕拍其肩道：「我信得過你！回到驛站第一件事就去抄司馬笑的家，先發點銀子給那些無辜的妻妾，剩下的看帳本依比例送回原處，能還幾成算幾成！但應要求他們別張揚，以免徒生枝節。你知我不愛露臉，這些煩心的事就交給你。我此行另有私事，將在芙蓉客棧多待兩天，若還有什麼難以解決，可派人來找！」話說完擊掌數聲，一匹駿馬奔至跟前，上馬離去。

這個身懷絕世武功卻行事低調，連做個善事都得偷偷摸摸的人，就是江湖上惡名昭彰人憎鬼嫌的錦衣衛千戶——古劍。

「任何人均不准出手傷害屋內之人」，這張告示乃新任百劍門盟主朱爾雅親筆所書，派人連夜趕路送到成都古家，張貼在朱漆大門上，靠著這張護身符，數月來古家之人得以毫髮未傷。

然而這張告示只叫人不要動手，卻沒要人別動口！於是打從裴友琴父子的死訊傳遍江湖開始，古宅前的曬穀場上便日日人聲鼎沸，來自各地的江湖浪人或好事之士聚集在此，叫囂、擾攘、譏諷從沒消停！也不知是誰給的銀子？包吃包住，讓這群人在此搭營設帳埋鍋造飯，竟可數月不散！

未時三刻，輪到佟無愁說書的時候，更是憑空多了上百人。此人多次考舉不中改習劍術，但錯拜庸師且慧根不具，一練十年竟一無所成！然好打抱不平的個性卻是始終不改，靠著一張嘴四處說書，倒也博得一點名聲，與著名的說書先生徐常喜並稱「東無愁、西常喜」，大江南北兩張嘴，座無虛席滿堂歡。

徐常喜雲遊四方見聞廣博，常將各地風土民情、奇人異事編入其中；而這佟無愁卻是熟讀史冊通曉古今，擅長述說歷史事件，良臣名將在他口中栩栩如生！同樣愛史，佟無愁與裴友琴父子早已熟識，一聽到他們被古劍所害之消息便跋涉千里而來，在古宅前日日講述「奸臣列傳」，從趙高、董卓之流談起，已說到宋朝第一奸臣秦檜；只見這佟無愁妙語橫生，在場聽眾無不隨著他的話語時而憤慨時而爆笑……

……「話說岳飛處決前夕，秦檜妻子王氏忽感不安，對著丈夫說道：『相公，聽說外頭無論文武官員還是尋常百姓，似乎對您要處決岳飛一事十分不滿……』

「那秦檜說道：『怕什麼？天塌下來有皇帝頂著，沒有趙構那個昏君力挺，我能幹出什麼事？要罵要恨！他是頭一個！』

「王氏說道：『我怕那岳飛一死，金人沒了顧忌，相公您是否會就此失去利用價值？』

「那秦檜說道：『那倒不至於，岳飛四次北伐不但打得北朝元氣大傷，更讓他們嚇破了膽！他死了還有韓世忠、劉光世這些名將，或許復土無望，但金兵要渡江而來倒也沒那麼容易？何況金人握有半壁江山，早已享用不盡，再加上這份和議「世世稱臣，年年納貢」的條件對他們如此有利，還有需要拚命嗎？』

「王氏說道：『岳飛死了，和議一簽，皇上的位子穩如泰山，萬一哪天他不信任您，咱們的處境……』

「那秦檜說道：『趙構雖蠢，但伴君如伴虎，能否永遠榮寵誰也不敢打包票！嘿嘿！不過我請金兀朮在紹興和議加上一條——「不得以無罪去首相」，趙構把我換掉即是毀約，他敢嗎？』

「王氏說道：『和約可以這樣訂嗎？四王子真會幫我們？』

「那秦檜說道：『只要保住我的相位，便可確保他大金日後得以予取予求，為何不？何況四太子跟咱們的關係……』說到這裡露出一臉詭異的笑容，笑道：『別裝生疏啦！當年咱們被擄到金國燕山府那段日子，妳倆在柴房……嘿嘿……』

「王氏臊得滿臉通紅，噘起她那兩片朱唇假裝生氣的說：『原來你都知道啦！哼！妻子被人占了便宜，竟然連個屁都不敢放！』

「那秦檜笑道：『咱們是戰犯，是家奴，拿什麼吭氣？何況我在房外聽了一會，似乎夫人您……也挺快活的！』

「王氏的俏臉閃過一絲媚笑，卻道：『人家如此忍辱負重，還不是為了保全您和咱們全家老小的性命嗎？』

「那秦檜笑道：『夫人在燕山府的犧牲，檜永世不忘！』他說完又湊近耳邊輕聲道：『四太子對您念念不忘，派人傳話：「此次和議，務必請攜相國夫人前去敘舊一番！」』

「王氏一把推開丈夫，做張做勢的說：『不去啦！要打要和都是你們男人的事，要我們女人去做啥？』說完轉頭，卻忍不住笑得花枝亂顫……」

說到這裡，眾人鼓掌叫好，一個眉粗臉黑的粗漢笑道：「去他個熊！這對夫妻沒去當龜公妓女，可真埋沒了人才！」說完眾人又笑了！

另一名臉上長滿鬍鬚的壯漢笑道：「那騷娘若活在現今，碰到你這個黑頭狼廖田春，我看還沒到妓院，早被折磨得不成人形！」

在眾人大笑聲中，廖田春呸了數聲道：「哼！這女人又賤又髒，我廖田春找豬找狗也不屑碰她！佟師傅！您是否可以先告訴大家，這對禽獸不如的夫妻下場如何？俺聽說那個百劍門的秦檜最近不在京師，不知會不會正朝這裡趕來，若當真來到，誓必會拆這個場子！」

一人叫道：「怕啥？咱們敢來，就不怕錦衣衛抓人。」

廖田春道：「俺不怕死，就怕聽不到奸人的惡報俺就先死啦！」

另一人道：「放心吧！這個曬穀場上千人來此鬧過，他能一個一個抓嗎？何況無恥之人多半不孝，我瞧他只顧一人在京城享受榮華富貴，不會……喂！你是什麼人？朱盟主有交代過，任何外人不得擅入古宅呢？」

眾人正說得興起，忽見有人朝著古宅大門走去，用一頂低斜的竹笠遮住大半邊臉，對眾人的呼喊完全不予理會，逕自走入房門，接著聽到一句：「爺爺、奶奶、爹、娘，孩兒不孝，今日才回來！」眾人面面相覷，俱露驚色，剎那間跑掉大半！

還真有十來個不怕死的留下，更有人貼近窗櫺觀看，但見古劍摘下竹笠，雙膝跪地，身上除了一把劍，另背一個大布袋。正躺在病榻上的古銀山掙扎著爬起，由孫媳婦郭綺雲攙扶著來到廳堂，一看果是孫子，怒道：「拿劍來！」古劍的娘進房拿出一支竹棒，古銀山重重丟在地上，喝道：「我說的是劍！快拿來！讓我刺死這個畜生！」

「不准拿！」古奶奶道：「你這是哪門子的爺爺？究竟發生了什麼事都沒問，就要拿劍殺死自己的孫子！」

古銀山道：「七、八個月來，每天都有人在外頭叫罵！難道妳的耳朵也聾了，聽不見嗎？」

古奶奶道：「你寧可相信外頭的傳言，也不願聽聽自己的孫兒解釋。他若真如外頭傳言如此之壞，今天怎敢過來跪在這裡？」

古銀山道：「好！你就一五一十仔仔細細說個清楚，只要有一句欺瞞，不是你殺了我，便是我殺了你！」

古劍遲疑了一會，道：「孫兒曾立下重誓，此事的經過和因果不能吐露半句，只能告訴爺爺：您的孫子絕非武林敗類，更不是百劍門的秦檜！」

古鐵城怒道：「用一句不能說來搪塞，要人怎麼相信？」

古劍搖頭道：「別人信不信我無能為力，但孩兒盼望您和爺爺能夠相信，劍兒記性不好，但永遠不會忘記百年家訓和『仗劍行俠』這四個字！」

古鐵城道：「你說不會忘！倒請你看看這面牆，掛在上面的四字匾額卻為了你的失德被拆了下來！成都古家，從此不配名列百劍門，若非新任盟主爾雅公子寬懷大量，告訴天下武林你所做的惡事與家人無關，不可連累無辜，恐怕全家人都活不到現在！」

古銀山道：「外傳你殺了朱莊主和裴盟主父子，又將齊剛父子亂劍分屍，是真的嗎？」

古劍道：「朱莊主持劍追殺，孫兒不得不自衛反擊，但其他均非事實。」

古銀山慢慢逼近，道：「你殺了這麼一個江湖上人人崇敬的大俠士，卻不用給一個像樣的理由？叫我如何向天下武林交代？」說到最後一句，忽然一掌往古劍的天靈蓋重重劈下！

古劍的娘大叫一聲：「不要！」古奶奶昏倒在地！

這一掌確實用盡全力，心中忽然閃起一絲不捨的念頭：「真要打死他嗎？」但盛怒之下出掌快疾，想收力已然太晚，不自覺閉上眼睛，「砰！」的一聲，這一掌重重打在某人的背上，睜眼一瞧，卻是孫媳綺雲代夫承受，古銀山病體之軀，內力不足，雖全力一擊，打在背上還不至於要人命。

但見郭綺雲嘴角滲起一抹鮮血，壓在丈夫身上，古劍伸手替她抹去血痕，卻見她開口用唇語道：「快走！別回來！」接著起身陪著丈夫跪道：「爺爺，您就相信他一次吧！如果他再做了什麼壞事，綺雲會陪您到京城執行家法。」

古劍的娘將婆婆弄醒，也過來下跪泣道：「爹！阿劍這孩子秉性純良，我這個做親娘的，說什麼也不相信他會做出如此忘恩負義天怒人怨的事！」

卻見古銀山不停搖頭道：「不管是真是假，連錦衣衛千戶都做了，江湖上還有人會相信他嗎？饒了這個畜生！死後怎麼見列祖列宗？鐵城，去把家裡的扁擔全拿出來，就當作是給百劍門一個交代，重打一百棍！打死算了，沒死馬上滾出去，這輩子別回來！妳們三個婦道人家全都給我進房，摀住耳朵別聽，誰要是忍不住再出房勸阻，我便一棍打在他天靈蓋上！」

古劍道：「在打之前，能否讓我先將背袋裡的東西取出，這是孫兒攢了幾個月薪俸所買的禮物……」他邊說邊從袋裡取出東西，有給爺爺奶奶吃的人參，父親喜歡的茶葉，給娘和姐姐的首飾，還有一把琵琶，做工頗為精細，乃京城製琴名家軒轅十三所製，想送給妻子綺雲。

卻見古銀山全數拋到屋外，罵道：「用錦衣衛沾滿血跡的臭錢所買的東西，我古家無福消受！」盛怒之下所擲物品散落一地，而琵琶撞到門外的磨石，碰出一道長長的裂痕。

有人見到值錢的東西立刻過去撿拾，還沒拾完啪啪聲音響起，又重又沉，古劍怕叫出來奶奶她們聽見會難過，咬牙苦撐，始終沒哼半句！

百杖打完褲子已沾滿血跡，古劍緩緩爬起對著家人道：「請你們多保重！總有一天，我將洗刷冤屈，堂堂正正走回家門！」說完轉身離去，開門時用一種帶著殺氣的眼神環視四周，被他瞧上的人想起錦衣衛古千戶的威名，無不心驚肉跳，紛紛逃逸無蹤。

古劍走了幾步，郭綺雲追了出來，拿著一盒膏藥道：「這是上好的金創藥！」

「錦衣衛什麼傷藥都有，妳留著用吧！」古劍道：「我很想接妳上京，卻怕妳不在時爺爺他們會更加凶險！」

郭綺雲道：「我守在這裡，哪兒也不去！」

古劍仔細端詳數月不見的妻子，稍稍豐腴了些，但雙娥深蹙淚痕猶在的模樣令人心疼不已！看見地上的琵琶沒人拿，撿起來交給妻子道：「先把琵琶收起來，等爺爺氣消了再彈，委屈、難過還是悶得發慌時彈奏一曲，或可將煩惱暫拋雲外！等我下次回家，妳一定可以彈奏出美妙的樂曲！」

郭綺雲道：「傻子，你又聽不到，我彈給誰聽？」

古劍道：「聽不見就用看的，妳彈琵琶的樣子，一定很好看！」

「京城當官會讓人變得油嘴滑舌嗎？」郭綺雲原本蒼白的臉忽然紅潤了些，又道：「一個人不寂寞嗎？或許該找個人照料起居。那個……程姑娘還在京城嗎？」

古劍黯然，過了半晌才道：「她死了！」

「啊！……」郭綺雲掩面而泣，聽著古劍說明事情的經過，心亂如麻，說不出半句話來！

古劍說到末了，終究也忍不住流下幾滴淚珠，緊握著妻子的雙手道：「我會照顧自己，也請妳保重！」說罷轉身朝城裡方向走去，行了百餘步來到綁縛馬匹的銀杏樹下，解開繩子回頭張望，卻見郭綺雲雙膝跪地，緊緊抱著琵琶，似乎在向上蒼祈求什麼？他忽然有股想留下來的衝動！望了半晌，這才轉身離去。

川西首富洪承泰開了一間芙蓉客棧，就坐落在成都城裡最熱鬧的花街上，去年八月百花莊的劍缽洪子揚從太白山試劍大會凱旋而歸，便在這裡宴客慶祝，洪承泰幾瓶黃湯下肚，興頭中發下豪語：「從今爾後，劍客至此吃住半價。」從那天起，芙蓉客棧日日滿座，進來的客人無論真假劍客，多半身上背著一把長劍。

今日向晚不到，亦已人潮熙攘，喧囂中一個衣衫襤褸的江湖小混混直奔入內，喊道：「大……消息！那個錦……衣衛古……千戶出出……現了！」此人姓賴名畔魁，天生口吃，卻喜四處打探，不論消息好壞總愛搶第一個說。這次的見聞果然帶勁，客棧內用膳的人全都停箸瞧來！

但見西側一名劍客道：「賴半鬼，你的消息經常半真半假，若是平常也就罷了，但這個百劍門的禽……」說話的人發現自己一時口快差點釀禍，四處張望確定沒看到身穿錦衣之人，才又繼續說下去：「這古千戶回到成都可不是小事，你有幾分把握？」

這個賴畔魁身形瘦削，長髮垂胸不剪不修，又喜歡在深夜穿著白衣四處走動，於是有人將他的名字去田削斗變成「半鬼」，倒也十分貼切。但見他道：「千……真萬確，我……守在古家，親……眼瞧他進門，親……耳聽他被罵被打，又親……」

「別再親個不停！他這等身手，誰打得了他？」說話的人一臉粗豪，看起來就不像一個有耐性的人。

賴畔魁道：「他……爹，大……家都說他壞，倒……挺孝順！挨……了一百個重板，屁……股流了好多血……」

南側有人道：「那是假血啦！他有留在古家嗎？」

賴畔魁道：「打……完就被趕出家門，朝……城裡走來，怕……屁股疼，牽……著馬兒慢慢走。」

「莫非他也睡在這？掌櫃的，這兩天有沒有一個濃眉大眼，鼻梁秀挺，額寬下巴尖，說話的口音帶點川音又帶點外省的人來你這裡住房？」聽到古千戶正往城裡走來，眾人不免心中發毛，萬一真的來到這裡，會不會找人晦氣？

掌櫃的瞇著眼想了一會，道：「是有一點印象，昨天就來了兩個人，其中一人還真有那麼一點味道，只是他都沒說話，似乎有稍作易容，全由另一個帶著長棍的傢伙開口點菜和訂房。」

西側的劍客拍手道：「那錯不了，一定是他！你們可有聽到最新的消息，就在今天早上，成都衛所千戶司馬笑帶著十來個手下到彭山縣徵收礦稅，突然冒出兩個人自稱錦衣衛千戶，一個帶棍一個帶劍，說什麼奉指揮使牟謙之令前來清除貪贓枉法之徒。司馬笑豈是乖乖就逮之人，結果一打起來沒幾個照面就被殺了，其他的百戶、總旗個個刀劍落地！帶棍的據說是新接任的千戶陸建祥，持劍的也都不說半句話，但錦衣衛千戶中能有這等本事的，除了他還有誰？」

話說畢眾客譁然，一時間客棧鬧哄哄，有人說最好快走，有人想留下來瞧瞧，也有人說這個客棧裡少說也有十來位真劍客，若能聯合起來圍攻他，大夥眾志成城，說不定可以把他給抓起來；卻馬上被人潑冷水道：「別傻啦！去年百劍門上百位好手殺他不成，咱們這些烏合之眾能幹啥？」……

喧鬧聲中，東南角坐著兩名年輕劍客卻有一人躍躍欲試，眼神流露出一股興奮的光芒，對著另一人道：「你我替天行道，除惡務盡，師父知道了只有誇讚，豈有責怪之理？」

「雖然江湖上人人皆曰此人可殺，但我總覺得這其中仍有疑點未明，咱們魯莽出手，難道不怕鑄成大錯？再說記憶中小時候的古劍，學劍雖慢卻是本性良善，實在不像是一個會使心眼的人？」

「這種人才可怕！如今仔細回想，當年他在咱們武當學藝時最愛問：『這一招為什麼要這樣使？為什麼不那樣？』大家笑他痴傻，這些劍招乃當年祖師爺張三手所創，經過數百年代代相傳都是如此，還錯得了嗎？這小子裝傻佯乖笑罵由人，沒想到卻在偷學咱們武當劍法，再進一步汲取各大門派劍法精髓，弄出一個什麼『無常劍法』，一般人哪有如此城府？這等人留在錦衣衛中，哪天大權在握，非把整個武林給攪得天翻地覆不可！如果真受了傷，正是天賜良機！」

「趁人之危，似乎不是咱們武當派的作風。」

「師弟，成大事者不拘小節，咱們要對付的是武林中最狡猾陰狠之人，若不能智取變通，非吃虧不可！」

「您也上過太白山觀劍，這人即使受了點傷，劍法威力未必有太大影響，你我的『太乙玄門劍』還差一點火候，未必能取勝！」

「所以必須兩人聯手，栩良，你不會眼睜睜看著我被人殺了吧？」

「可是師兄您莫忘了，此人已入廠衛且深受牟謙重用，你我殺了他便等於公然對抗錦衣衛，難道不怕連累師門？」

「別擔心，我自有辦法。」說到這裡，整個客棧忽然安靜下來！只見古劍穿著一件被鮮血染紅的褲子進門，正要往樓上客房行去，那人拉著師弟，一個輕躍，擋在前頭。

古劍停步端詳，認出來人原為舊識，道：「寒師兄、溫師兄，多年不見，近來可好！」話一說出全場騷動，這下可有好戲可看！原來這兩位是武當派最負盛名的年輕劍客，神情冷峻的是大師兄寒路，自在溫和則為三師弟溫栩良。峨嵋有三少，少林有四壯，武當最強的年輕劍手，江湖人稱「一冷一熱，劍不留情」，說的便是這兩個人。

卻見寒路道：「你離開武當久矣，別再這麼稱呼！再說閣下現在的名聲如此響亮，人還沒到，整個客棧卻都在談論著古大千戶；哪像我倆，坐在這裡快一個時辰卻沒有半個人認得出來！如何敢當您的師兄？」

古劍道：「武當弟子向來淡薄名利，行走江湖不張揚，兩位早已名滿天下而不自知。」

寒路道：「你的話或有幾分道理，不過寒某還是很希望知道，苦練二十年的『太乙玄門劍法』能否與四大劍缽一較長短？偏偏你們百劍門太過死板！訂下什麼二十五歲以下方能試劍的規矩，寒某不過是早生了兩年卻無緣試劍，不免令人遺憾！」

古劍道：「寒兄的劍法，古某自小欽佩至今；只是貴派自古與世無爭，即使資格有了，灰纓道長也不會准您參賽。」

寒路搖頭道：「那可未必！這些年來江湖上盛傳：四大劍門裡的少年高手武功早凌駕於六大門派之上，掌門師伯表面不在乎，其實心裡頭頗不是滋味。可惜我和三師弟年紀稍微多了一點，其他人又尚欠火候，只好眼睜睜看著四大劍門出盡風頭！」

卻見古劍淡定道：「說得極是。」

那寒路沒料到對方會這麼說，愣了愣才說：「你嘴巴說是，心裡恐怕不以為然吧！」古劍笑而不答，反倒讓寒路更感不快！說道：「打從太白山試劍之後，寒某便一直想找你試劍，可是幾個師弟卻不怎麼贊同，你可知是何緣故？」

古劍道：「請說。」

寒路笑道：「閣下曾待在武當偷學了九個多月的劍法，對本門各套武學早有鑽研，而寒某只看過你幾場比試。俗話說知己知彼百戰百勝，我在這方面吃了大虧，要贏你恐怕十分困難。」

古劍道：「那您說該怎麼比，才算公平？」

寒路道：「如果我和溫師弟兩人聯手用太極劍陣對付你，似乎也是勝之不武！」

古劍道：「貴派的太極劍陣天下無敵，二位師兄武藝精湛，再輔以絕佳的默契，在下確無取勝之機會。」

寒路道：「所以還是由我向你挑戰，溫師弟站在一旁，若發現你因熟悉本門的『太乙玄門劍法』而提早預知我的出手，他可出劍稍助一臂之力。」

古劍在武當學藝不到一年，哪有可能接觸到鎮派劍法之一的「太乙玄門劍法」？但他依然微笑道：「十分合理。」

寒路又道：「我可先說好，咱們比劍可不是小孩子玩遊戲，刀劍無眼，若真有什麼三長兩短，可別……」

古劍道：「請在場的朋友做個見證，若我古劍不幸有什麼閃失身亡，只能怪自己技不如人。請轉告錦衣衛的牟指揮使，切勿報仇！」

寒路道：「古千戶果然是個爽快之人，您的傷不礙事吧？現在可以比劍嗎？」

古劍道：「就到對面的戲臺試劍，參照百劍門的規矩，長劍抵身、劃破衣衫、見血或落地都算輸！勞煩您稍待片刻，先讓古某換件褲子；否則還沒比試，看起來已經先輸了！」

「請便！」寒路笑著讓開。

古劍進了客房擦完傷藥換妥長褲後走下來，客棧裡的人已全擠到戲臺前，就連附近百花莊的洪承泰、洪子揚和洪嬌蕊等人也得到消息趕來觀戰，古劍對這些舊識微微一笑，躍上戲臺，三人拱劍為禮，寒路立刻長劍出鞘，「青龍出海」、「野馬分鬃」……一開始便是「太乙玄門劍」的厲害殺招！

這套劍法共有七十二招，講究形與意合、意與氣合、氣與神合，武當內家氣功若無一定火候，根本無從學起；但見寒路使來快慢相兼，剛柔相含，恍若輕風，似有若無，變化萬端，難以捉摸。古劍不敢小覷，「無常劍法」在摸清楚對方劍招虛實之前，暫且守多攻少；只覺得對手的劍法陰柔中帶著一股凌厲的後勁，透過劍刃傳到自己身上的傷口，每一次交劍都好像屁股再次被重重擊打，疼痛不已！

痛歸痛，向來不影響古劍的招法，一輪過去，立刻反客為主，瞧出對手出劍時一個下身虛浮的瞬間，朝著對手腰、腿、膝、腳連攻十三劍，眼看就要逼入死角，橫地裡一道劍光閃爍，溫栩良一招「黃雀出林」，刺向左胸必救之處，逼得古劍不得不回劍削架。

溫栩良只出一劍便收回，但就這麼一招遲延，寒路長劍寒芒連閃，一招接著一招，得理不饒人的連攻對手全身要害，用劍快狠，就連洪嬌蕊這等外行人，也瞧得出來他的意圖，不免為古劍擔心起來！

武當劍法講究攻守有度，修為若未達化境，一味強攻反而容易有漏洞，不過十來招又主客易位，古劍再次攻得他狼狽，但溫栩良又再次一劍解危。

就這麼樣不斷交換攻勢，又不斷的解危，過了百餘招仍難分出勝負。兩位對手表面上一主一副，其實可怕的卻是伺機而動的溫栩良，每一劍的出手，無論時機、方位均拿捏得恰到好處，逼得古劍保留七分心力提防此人，剩下的三分對付寒路，要取勝談何容易？然而傷口卻愈來愈疼！

激戰中古劍一劍逼退寒路，忽然掉頭轉攻溫栩良！這一改變大膽至極，溫栩良應變倉促，寒路更是怒極！這麼一來劍勁雖更強猛，但招式已亂了章法，古劍將大部分的劍勢用來攻迫溫栩良，一步步將他逼到死角，卻忽然轉身一劍旋削寒路的左肩，這一招既快又絕，寒路萬沒想到對手會在此時轉身攻向自己，慌忙低頭避過，卻逃不過緊跟著劍勢而來的一記踢腿，「砰」的一聲！整個身子凌空橫飛，墜落地面！

這時古劍卻收劍對著溫栩良道：「可否到此為止，雙方不計勝敗！」

溫栩良道：「古千戶的劍法果然驚人，現在情勢對您來說又十分有利，再比下去溫某非敗不可！不知您為何要收劍罷鬥？」

古劍道：「寒兄的劍法勁道強，若非稍顯躁進在下恐難僥倖得手；而溫兄的劍法嚴謹有度，即使剩下一人，在下也未必能輕鬆取勝！可是屁股卻愈來愈疼……」

說到這裡倒有不少人笑出聲來，只有溫栩良內心清楚，對方這麼做是想給武當派保留一點顏面，絕非不能再打，說道：「與古千戶試劍，溫某自覺獲益良多，日後若有機會，還請不吝指教！」

古劍知道溫栩良為人溫良敦厚，清楚這番話並無再挑釁之意，回道：「好說！溫兄日後若有機會前往京城，無論是切磋還是敘舊，古某隨時歡迎！」說完轉頭向寒路道：「得罪！」寒路沒說什麼，但瞧其憤懣的眼神，古劍心知自己又多結了一位仇家。

觀劍人眾雖不乏江湖劍客，但掂掂斤兩，連武當二俠都討不著便宜，自己的武功頂多能讓古劍屁股再多疼兩下，紛紛打消挑戰的念頭！比完眾人逐漸散去，洪承泰與洪子揚遠遠對著古劍點頭致意，只有洪嬌蕊毫不避諱的走近道：「劍哥，一起吃頓飯吧！」說完拉著古劍的袖子，走到客棧的一角坐下，點了幾盤菜道：「爺爺和子揚哥是百劍門的劍主和劍缽，這個時候不太方便……」

古劍道：「我很清楚他們的難處，這個時候沒跟著別人拿劍刺來，已不容易。」

洪嬌蕊笑道：「那當然不會，就算百花莊會使劍的通通都來也打不過你呀！」笑完正色道：「爺爺說他相信你不是一個貪圖富貴之人，此事必有隱情……」

古劍比了一個小聲的手勢道：「相信就好，請轉告洪老莊主，請他千萬別對外人說！否則或有性命之憂！」

洪嬌蕊道：「爺爺也是這麼講！還說對你們家只能暗助，不能明幫，我問為什麼卻見他搖頭不說，神情凝重！」

古劍道：「妳爺爺做得對，有些事知道得愈少愈好。」說著從背後遞出一信一劍道：

「這把『龍吟劍』應該在一年前送到百花莊，如今鏢局散了！人事全非……」說到這裡卻沒由來的想起喬小七，一陣惆悵上心頭，卻見洪嬌蕊睜大眼睛，似乎完全不懂他說什麼？

古劍道：「個中緣由一言難盡，洪莊主讀了信自會明白；總之我這個趟子手護鏢不力，如今雖奪回寶劍，卻也沒臉討鏢金……」說到這裡飯菜上桌，古劍卻不吃，道：「我該走了！嬌蕊妹子，以後把我這個義兄放在心裡就好，日後見面，最好連招呼都別打！」

說畢起身欲走，衣袖卻被洪嬌蕊拉住道：「我帶你去見一個人。」

古劍問道：「誰？」

洪嬌蕊白了他一眼道：「你的青梅竹馬！這件事你做得有些過火，連爺爺也不甚諒解，還說：『大丈夫風流無傷，但既然做了就應負責到底！』」

說完帶著古劍往大街走去，穿過幾條窄巷來到一間破舊的土房，敲門道：「姐姐開門，妳想見的人來啦！」說完轉頭對古劍道：「你們好好談吧！她雖然一時糊塗，但也挺可憐的，別再對不起人家！」說罷掉頭離去。

正摸不著頭緒時木門打開，驚見貝甯站在門口，開口叫了一聲：「阿劍！進來坐吧！」說著把原本抱在懷裡的一隻小猴子放在床上，倒水給客人喝。

古劍坐上圓凳，打量門內事物，只見牆面斑駁，陳設簡陋，一床、一桌、一椅，床上躺著一隻小猴子，身上還包著毯子，桌上幾本佛經，一角放著兩籃衣衫未洗，件件花俏鮮豔，唯獨穿在身上的衣衫單薄褪色，貝甯本人則是面無血色略添豐腴，那隻小猴子冷不防哭將起來，這哭啼的模樣讓他想起了程小荳，怎麼猴子哭起來和小孩一個樣？

「這是怎麼回事？」兩人不約而同說出相同的話，古劍被眼前的景象弄迷糊，貝甯卻關心他的傷！

「不礙事！」古劍簡要說出此行的經過，末尾說道：「江湖上關於我的傳言假的比真的多，但有些事不能講，有些事卻是說破了嘴也沒人信！」

貝甯微笑道：「爺爺不會看錯人，我也不會！」

古劍心中一陣暖流湧起，思道：「我古劍何其有幸！能得到程姑娘、綺雲和貝師姐的信任；就算天下人都說我十惡不赦，又有何妨？」

卻見貝甯抱起身旁長得像猴子的嬰孩，就像母親哄孩子般的輕輕拍背，並道：「阿劍！他叫魏喜，可以拜託您照顧嗎？」

古劍心中一震！隱隱約約猜到一些東西，問道：「妳可以說清楚嗎？」但見貝甯雙眼多了兩行清淚，欲語還休。古劍道：「如果有什麼不便，不想說也行！」

貝甯道：「我必須說！無論如何，不能讓您莫名其妙的又多了一項冤屈！」

古劍這回仔細的再看那小嬰兩眼，愈瞧愈確定他是人，一個臉上長滿毛髮的嬰孩，心中暗嘆：「如果真是一隻猴子就好啦！」

貝甯拭去淚痕，開始說道：「風師哥是個好人，我心中永遠的英雄！掌門師父早在三年前就有意將我許配給他，我毫不猶豫點頭同意，沒想到他卻一口回絕！當時我心下十分難過，在一次練劍的空檔，忍不住私下問他是不是另有中意的姑娘，或可稟明師父讓你們早日成親。

「他卻說：『甯兒，我不是不要妳，只是怕因此分心，影響兩年後的試劍，如此一來，如何對得起師門？』我說：『我不懂為何成親會讓人分心？很多劍缽都在試劍前成親生子，小孩早一年長大，多練一年的劍，來年的試劍就多一分把握，師父要你我早日成親，就是這個意思啊！』

「他雙眼凝視著我，似乎有股說不出來的憂傷！忽然扯開衣衫，露出又濃又密的胸毛道：『妳一定沒瞧過吧！』我笑著說：『阿誨也有，只是比你少一些。』他卻說：『一般漢人就算有，也沒那麼濃密。』說著他脫下上衣，不只胸口，連背、腰、手臂都長滿毛……」

「原來如此！」古劍道：「記得以前風師兄從不跟大家一起洗澡，無論天氣多熱，他永遠把身子裹得緊緊，別說胸背，連手臂都沒人瞧過！」

貝甯續道：「我告訴風師兄我不在乎！也不覺得醜！他卻說起自己的身世來。」

古劍道：「風師兄不是商掌門從川西鄉下帶回來的孤兒嗎？」

貝甯道：「那是一個遺世獨立的小村莊，從成都城往西行數百里後車馬難行，還得徒步行走五、六日才能到，當地漢人管這個村落叫『狼村』，約莫百來戶，全靠打獵為生，所有的男丁個個強健敏捷膂力驚人，盡是練武的上上之材；然而每個男孩從呱呱墜地起身上便長滿細毛，當年掌門師父之所以挑中風師兄，只因為他是村裡頭臉毛最少的小孩。

「我告訴風師兄說我不在乎你身上有多少毛，他卻說這還不是最慘的事！

「狼村的漢子多有『失心瘋』過，悲傷也罷，酒醉也罷，甚至有時無緣無故也會突然發了狂，做出難以彌補的憾事，事後卻全無印象。因此一旦成年，就必須和家人分開，即使成了親，也只能在村外弄個山洞獨居，每年回家三天，直到四十歲之後症狀明顯減輕，方能返家長住。

「我告訴風師哥你早已成年，但別說發狂，連個小脾氣都從未鬧過，又何必擔心？他卻說我武功練得愈強便愈害怕！萬一哪天發了狂，誰來制我？其實打從小時候第一天見面，我就知道今生今世少不了妳！正因如此，我更怕傷到妳！再說如果我們成親，生下來的小孩身上臉上都是毛，又該如何是好？

「我告訴風師兄，咱倆可以到一個杳無人煙之地生活，小孩臉上長什麼，誰管得著？萬一你真犯了病，頂多傷我一人，那也是命，絕無怨言！

「不論我說什麼，風師兄仍堅持要我再等兩年，好讓他專心準備試劍，否則屆時若奪不下金劍，他會覺得對不起掌門師父的苦心栽培，更配不上我！

「我說你的劍法無論在哪都是一等一的高手，但朱、裴兩家的劍缽稱霸百劍門八十年，哪有這麼容易從他們手中奪取金劍？再說能進入四大劍門已是了不起的成就，何必非奪金劍不可？

「他卻搖著頭說如果知道苦練多年只能爭第二，又何必參加比試！想娶心愛的姑娘進門，就要讓她風風光光，只得銀劍也算失敗！哪還有臉成親？

「我沒再說什麼，一來風師哥向來好強，多說無益；再說當時我對他的劍法頗有信心，相信只要發揮正常，就算朱、裴兩家的劍缽再厲害，也不是他的對手，沒想到……」

「對不起！我……」想到自己竟是害慘風師兄的人，古劍心情沉重，卻不知該說什麼來安慰貝甯！

「比武試劍，即使親兄弟也不該容讓，相信風師哥不會怨你！何況你是憑本事贏的，他說他輸得心服口服！只是……從雲端跌落谷底，實在很難接受！……師父怕他難過，比完當天便趕著下山，但他仍發了三天三夜的傻，吃不下睡不著不說一句話，即便強健如斯，也不免染上了風寒！」瞧她表面上說得淡然，但古劍心裡清楚，這三天貝師姐也決不好過！

貝甯續道：「他這模樣不免拖累大家的行程，師父他們決定先走，留下我一人照顧師兄，第四天我和他投宿在陝南，我想今日無論如何都要設法讓他吃點東西，說好說歹不知多久他還是動也不動，只是眼神有些怪異。我實在沒有法子，看到床頭的長劍忽然靈機一動，伸手拔劍道：『既然你不吃飯菜和藥，就喝一點鮮血補補身子吧！』說完把劍架在手臂，正準備劃上一刀將血滴在碗上，他卻忽然出手點我全身麻穴，我高興的說：『你終於肯動……』話沒說完，卻被他連啞穴也點上，一把將我抱上床，那眼神……不像平常的風師哥……」

說到這裡忽然停住，古劍愣了一會，見她臉蛋羞紅，忽然間心中好像被人重重捶打了幾拳，問道：「這……這孩子就是這樣來的？」貝甯微微點頭！

古劍高聲問道：「他事後怎麼不管呢？」

貝甯道：「做了那件事之後，他睡了一個很長的覺！第二天醒來人正常了許多，卻完全不記得那回事！」

古劍道：「妳怎麼沒告訴他？沒催他和妳成親？」

卻見貝甯用清澈的雙眼瞧著自己，道：「阿劍！如果有人告訴你，你曾經做出這等事，你會怎麼辦？」

怎麼辦？古劍幾乎不敢想像，如果對著自己心愛的姑娘做出這等禽獸不如之事！萬死不足以贖罪！絕對沒有辦法再苟活下去！說道：「這個時候千萬不能讓風師兄知道！這種事若真讓他知道！必將令他在極度自責、懊悔及痛苦的心情下，結束自己的性命！」

貝甯點頭道：「眼看著我的肚子一天比一天大，若繼續待在青城早晚瞞不住人！到那時風師兄的性命、爺爺的清譽還有青城派的名聲，都會被我這個不潔的女子牽連……」

古劍道：「妳沒有做錯什麼，哪來的不潔？」

只見貝甯回他一個淒苦無奈的微笑道：「那事發生三個月後，我給商掌門和風師兄各留下一封信，就說想一個人闖蕩江湖，找尋爺爺的屍骨和殺害他的仇人，請他們不要擔心，更無須尋人。

「我本想走得愈遠愈好！但很快盤纏用盡只好留在成都，這條花街雖不安寧，但每天幫那些姑娘洗濯衣物換得三餐溫飽倒是不難，就算哪天師父或風師哥想找人，也決計想不到我會隱身在此。」

古劍道：「那嬌蕊又是怎麼知道的？」

貝甯道：「初到此地不免心情苦鬱，常信步到附近的圓覺庵，聽完浮雲師太說法唸佛後總能換得一方心靜，也因此認識了許多師姐；其中有位剛出家不久的果慧師姐對我十分關照，此人正是嬌蕊的親奶奶，百花莊的莊主夫人米金花，嬌蕊認出我來，知道一部分事情卻也有些誤會，他們好像以為喜兒……是你的……」

難怪洪嬌蕊會說什麼「負責到底」之類的話！古劍恍然大悟，說道：「沒關係！反正我古劍名聲已臭，不差這條惡名。」

貝甯道：「對不起！我不知該怎麼解釋才能讓他們相信與你無關。」

古劍道：「千萬別再澄清！試想孩子的父親若不是我，他們會去懷疑誰？再說洪莊主是我爺爺的朋友，即便誤認是我，應該也不至於將此事對外宣揚。」

貝甯道：「嬌蕊姑娘確曾說過洪莊主曾再三交代，此事切不可再對他人提起。」

貝甯道：「其實打從這娃娃的頭從肚子裡冒出來時，便將產婆嚇得奪門而出，引起一番騷動！所幸圓覺庵裡一位師姐及時趕到，替我關上房門，順利接生。」她說得輕描淡寫，但古劍想像得到驚嚇中的產婆一定沒命的喊出「妖怪」之類的話語，很快傳遍附近街坊！一個女子大著肚子獨居已夠蜚短流長，偏偏又再生下這等孩子，不知還有多少天殺的閒言流語傳入耳中！古劍忽然回想起小時候那個自在無憂的小師姐，如今神情依舊柔順如水，心卻堅強如石！經歷這麼多不幸，她沒有號啕大哭也沒有怨天尤人！倒是古劍心中難過得一句話也說不出來！

卻見貝甯問道：「你一定要當什麼千戶嗎？錦衣衛的名聲不好，多待一日，武林中人對你的誤解就多一分！」

古劍取出身上錦衣衛千戶腰牌，苦笑道：「若非這片腰牌護身，那些江湖好漢早將我古劍碎屍萬段！」

卻見貝甯道：「阿劍！你有沒想過到一個人家找不到的地方住一段時日，只要不再做出什麼讓人誤會的事，或許過了幾年之後，人們自會相信你不是壞人；就算還有人懷疑，幾個寒暑過去，什麼仇怨都淡了！」

古劍怔怔瞧著她的雙眸，哽咽道：「我很想！卻不能！」若非有所承諾，真想把這陣子所受到的冤屈苦楚一股腦兒給說出來！

貝甯似乎看得出來他的難言之隱，不再追問，道：「我知道你煩心的事不比我少，但喜兒長相如此奇特，若留在我身旁，這消息早晚會傳回青城山；但若非過命的交情，誰還願撫養這樣的一個小孩？左思右想，只剩下你和阿珉可以託付，卻聽說他雲遊四海去了，本想過兩天啟程前往京城找您，沒想到菩薩護佑，把您給請來了！」

古劍道：「日後要給這孩子學劍嗎？」

貝甯道：「你覺得適合就讓他學吧！長相如此，注定無法成為一個平凡自在的人；或許這孩子有朝一日，能用他手上的劍做出一番好事，但請……別叫他試劍！」

古劍想起魏宏風試劍敗北的下場，戚然道：「無論這孩子將來劍法練得如何，都不會讓他試劍！至於妳，日後有何打算？」

貝甯淡然道：「我想為爺爺超渡，替風師哥、喜兒還有你祈福，也給自己找一個撫平傷口尋求寧靜的處所，落髮圓覺庵，應該就是最終的歸宿！」

古劍道：「不打算回青城？或許妳和風師哥還可以……」

卻見貝甯搖頭道：「風師哥心中的結，只有自己能解！而我塵緣已盡，唯有在菩薩面前，內心才能喜悅安和！」

說到後來正要把懷中的娃娃交給古劍時，小魏喜卻又在此時號啕大哭起來！貝甯隨即將之緊緊摟在懷裡，雙頰緊貼，淚水就在眼眶轉呀轉……忽然唱起兒歌：「小猴寶呀小猴寶，媽媽的心肝小猴寶，跳跳蹦蹦愛瞎鬧，哭哭叫叫又傻笑，是否想過有一天，你會長大我會老……」

這是一首川西童謠，古劍心中輕輕響起親娘的歌聲，熟悉的曲調盤旋迴盪久久不去；而貝師姐的臉微微笑，眼神卻藏不住一股難以言喻的哀傷……

第二十六章

問柳

背著魏喜回到客棧時已是夜晚，卻見不少人聚在馬廄前方議論紛紛，遠遠發現古劍走來，眾人一哄而散。古劍暗叫不妙快步奔去，只見坐騎癱倒在地，身中餵毒飛鏢奄奄一息！掌櫃和小二跪在地上頻頻磕頭道：「千戶大人請饒命！千戶大人請饒命……」「不過是剛剛的事，客人吃飽離開，小的正在收拾碗盤，忽然聽到馬兒慘叫一聲，趕緊衝到馬廄，只見百步之外一個黑衣人正朝著東南快步奔行，也不知是不是凶手！」「小的已派人去請洪老闆，立即賠您一匹上好良馬……」

「不必了！請你厚葬這匹馬，我會另找坐騎。」古劍說罷回房收拾包袱，下樓時卻見幾名殘丐正在乞食，其中一人衝著古劍道：「官爺行行好，捨一點剩飯也好！」古劍掏出幾個銀錢遞給他們，其中一名聾丐用無聲話道：「別讓人發現，幫主病了，請您走一趟十里坡。」一說完眾丐磕頭稱謝，一哄而散。

十里坡正是去年古劍、程漱玉二人曾經造訪數日之處，古劍借了一盞燈籠，連夜趕去。原來的破茅屋經一番修補後成了斜瓦土房，古劍來到門口，還沒敲門，韓翠已將木門打開，稍微張望了一下道：「沒人跟蹤吧？」

古劍道：「應該沒有。」

韓翠道：「快進來。」

古劍一進門便瞧見郭世域躺在床上，正掙扎著要坐起，隨即過去抓著他的手道：「岳父大人身體不適，請勿起身！」

卻見郭世域讀唇後搖頭以嘴型回道：「這話重要，我想坐著說。」古劍只好將他扶起。

而這時本來在行走中睡著的魏喜，一進屋停步反倒醒了，韓翠聽見哭聲道：「你怎麼背著一個娃娃？給我。」

古劍道：「朋友所託。」說著把魏喜解下放在韓翠手上。

韓翠摸到娃娃臉上的毛，驚道：「這是誰的娃娃？怎麼臉上長滿了毛？」

古劍道：「這娃娃的爹娘都是好人，生下他純屬意外，卻有不能說的苦。」

韓翠道：「你的名聲已經夠壞了！又帶著這個娃娃，還不能說出爹娘的名字，真讓人看見，可知還會有多少難聽的話傳出來嗎？」

古劍道：「反正已聲名掃地，也不在乎多這麼一件。」

韓翠不悅道：「你不在乎！但我那苦命的女兒怎麼辦？」

古劍無話可說，一時語塞，卻見郭世域道：「江湖義氣，這也莫可奈何，咱女兒堅強明理，說清楚就好！」

韓翠道：「知道了。娃娃我來照料，你們翁婿倆還是把重要的話快說一說吧！」

古劍首先賠不是道：「這些日子小婿有負所託，且未能時時探望兩位，實深感……」

卻見郭世域伸手阻他繼續說下去，道：「去年十月，山西鬧饑荒，朝廷急撥五萬兩銀子賑濟災民，錢糧送到地方手上，七折八扣竟剩不到萬兩，因此白白餓死了數千人。朝廷派出的巡案御史高維帶了十幾個人查了一個多月，回京後卻說查無實據，且從此之後，這個高維只要一見到錦衣衛就嚇得瑟瑟發抖，不久便告老還鄉。

「這事傳到錦衣衛指揮使牟謙耳裡，只派了兩個人，其中一人是新任千戶廖百和，另一人身分不明，不過五天，便將一切查得清清楚楚。涉案的欽差大人伍元進、太原知府宋恭棋等人押送回京；而平日作惡地方，與知府等人沆瀣一氣的錦衣衛太原分舵千戶段真則當場就地正法。確有此事？」

古劍點頭。

郭世域又接著說道：「錦衣衛蘇州分舵千戶闞鎮山，與嶺南四惡相互勾結欺壓良民，連官府也畏懼三分。牟指揮使也不過又派了兩人，其中一人是新任千戶戴新，另一人也是身分不明，依舊是三兩下就將闞鎮山就地正法。確有此事？」

古劍仍是點頭不語。

郭世域道：「那個身分不明之人刻意易容，且從未開口，雖說劍法不俗，卻沒人知道是誰？不過我請京城的朋友查了一下，那兩次剛巧古千戶均不在京城；再加上這次司馬笑之死，你又現身在成都……」說到這裡，眼睛眨也不眨的直盯著古劍瞧。

眼看瞞不住，古劍只得說道：「小婿只怕您知道的事情愈多，愈難保命。」

郭世域笑道：「一個久病纏身剩下沒多少日子可活的人，還會怕死嗎？而哪天我不在了，你岳母也會變得……非常非常的不怕死！而你……還忍心隱瞞嗎？」說到後來語帶哽咽，古劍轉身瞧了一眼站在身旁的岳母，只見她啜泣不止。

古劍突然跪道：「請兩位原諒，小婿與那人有所約定：我不洩露對方，他不多造殺孽，最遲二十年後做個了斷。在此之前，古劍必須是個十惡不赦的壞人。」

沉吟半晌，郭世域才嘆道：「果然如此，可憐我那女兒，還要等你那麼久。劍兒，忍辱也好，偷生也罷，無論如何你都得活下去！起來吧！」

古劍哭著站起道：「一定會的！」

郭世域道：「聽說你儘管小心低調，還是不免得罪了一些權貴。要知道京城官場之晦暗險惡絕不輸江湖爭鬥，再這麼下去，只怕不出兩年就要惹禍上身。」

古劍道：「岳父能否告訴小婿，您在京師的朋友是哪位？」

卻見郭世域道：「你還是別知道的好。」

見古劍一臉疑惑，郭世域又道：「我以前的事，你在京城可有耳聞？」

古劍道：「此事十分敏感，小婿也不敢逢人就問，只知您因妖書一案被人誣陷，但來龍去脈一概不知。我猜東林黨可能比較清楚，但那幫人本就嫉惡如仇，又似乎聽信江湖傳言，個個對小婿嫌惡萬分，偶有碰面機會，不是冷嘲熱諷，就是視若無睹。」

郭世域道：「你問不出來的，不如聽我說。」他嘆了口氣，才開始娓娓道來：「你聽過『國本之爭』吧！當今皇上專寵鄭貴妃，欲將太子之位交由那女人所生的皇三子常洵。群臣不依，認為國之大位，向由嫡長子繼承，王皇后無子，就該立皇長子常洛為太子，豈能憑個人好惡而定？

「這事從萬曆十四年就開始鬧騰，一國之君與滿堂朝臣為了此事鬥了十餘年，一批批的言官諫臣前仆後繼直陳上疏，這段期間，著力最深的便是東林黨，也不知有多少人為此丟了官位，挨了板子，終於在萬曆二十九年才將皇長子常洛送上了太子之位。

「儘管如此，仍有不少人認為皇上立這個太子心不甘情不願，終有一日會找個理由廢長立幼。兩年後，一篇名為〈續憂危竑議〉的文章就這麼出現，大致是說什麼情勢危急，皇上準備改立福王常洵為太子，還順便罵了當時的首輔，也就是浙黨的頭子沈一貫，黑了次輔朱賡及其他幾名大臣。

「此文很快傳遍朝野，於是廠衛大出，風風火火查了一陣，卻沒什麼結果。當時的內閣三大重臣中唯有東林黨的沈鯉大人未被妖書提及，自然成了最有嫌疑的幕後主使者；但沈鯉大人位高權重，聲譽正隆，沈一貫動不了他，便拿我這個沈鯉門生下手，抓進了北鎮撫司大牢，一陣折騰之後，就成了這副德性。」

古劍道：「沈鯉大人只有您一個門生嗎？再說東林黨有這麼多人，無憑無據，為何只拿您開刀？」

郭世域道：「只因我之前看不慣沈一貫的為人，曾數次與其針鋒相對，這個首輔大人早對我恨之入骨，就算知道妖書與我無關，也想趁這機會整治一番？若不是後來太子出面保全，恐怕還出不了大牢呢？」

古劍雙拳緊握，道：「齊楚浙黨那群腐官敗儒，有時真想全抓起來，一劍了結！」

郤見郭世域搖頭道：「今日說了這麼多，就是怕你重蹈覆轍。」

古劍道：「難道您不恨那幫人？」

郭世域嘆了口氣，道：「早年我的想法亦是如此，總覺得普天之下只有東林黨維護道統，心繫黎民，齊楚浙黨全都是一些貪腐卑劣之人，不徹底除之，天下難安；因此不論何事，兩派人馬總是針鋒相對，你抓我的辮子，我挑你的毛病，非得鬥個你死我活不可！到頭來不免兩敗俱傷，對朝廷及百姓而言，也沒半點好處。那三黨雖然風紀鬆散些，倒也非個個卑劣；而東林黨人為了鬥垮對方，有時也不免手段過分了些，現在仔細回想，孰是孰非，一陣亂咬之後，已經很難分得清。」

古劍官場歷練不夠深，細細咀嚼這番話郤總有些似懂非懂，郤見郭世域又道：「在太白山上，裴盟主曾找我敘舊，他的一番話點醒了我：『歷朝黨爭，少有贏家，往往一個黨最強的時候，也是最危險的時候。』

「不管你能理解多少，若想在這滿布荊棘的京師中保住性命，你得記住：不入朋黨，遠離爭鬥，避免樹敵。」

古劍道：「前兩樣可以做到，但錦衣衛掌直駕侍衛，巡查緝捕，若發現貪贓枉法之官，恐難視而不見；但抓了一人，往往又得罪了十個人。」

郭世域道：「職責所在，有時確實難以迴避；若非做不可，必須更加慎密。」

古劍道：「有關妖書一案，岳父能否透露更多；若有機會，小婿想查個水落石出，還您一個公道。」

卻見郭世域連連搖頭道：「萬萬不可！此案好不容易才平息下來，若有人再撩撥，真相也未必能夠大白，反將引出一場腥風血雨。錦衣衛南鎮撫司卷庫中有一卷文件與此案有關，證據未必齊全，但已足夠整死一票人。回到京城後麻煩你這麼做……」說著從床底取出一張泛黃紙張。

古劍仔細瞧了一眼，與他印象中的妖書十分類似，道：「您怎麼也有？」

郭世域道：「妖書初期就有十張，均出自同一人手書，查案時要求收到的人全部交出來，但總有一些大膽之人隱匿未交。剛出獄時，一心想洗刷冤屈，便從一個舊日同僚手中借出原稿，謄寫一份，我對模仿他人筆跡頗有天分，雖為仿抄，幾可亂真，日後若有機會發現相同筆跡，取出一對，便可抓出原凶。然而現在我的想法變了，日後若再有人想用妖書來整肅異己，希望你能盡力阻止。」說著又告訴古劍應對細節……

聽完古劍再次問道：「岳父，您真不想有朝一日能沉冤昭雪嗎？」

只見郭世域面帶微笑，望著窗外，深吸一口氣道：「事到如今，只求無愧於心，至於別人怎麼想？管他的！」

瞧著郭世域那對堅毅的眼神，在斑白的頭髮與憔悴的病容間熠熠生輝，古劍心中油然升起一股崇敬之心，轉頭瞧了一眼岳母，只見她抱著魏喜靠在牆上，暗暗啜泣。

古劍回到客棧已是次日凌晨，三個錦衣衛等在門口，中間之人一身黑衣勁裝，對著古劍行禮道：「小的乃錦衣衛百戶林向山，陸大人正在離此不遠的司馬笑宅第，聽到您與武當門人動手之消息，特命小的前來看看有什麼需要幫助？不料晚來一步，連坐騎也未能護住！不過我們定會派人徹底清查，務必水落石出，給您一個交代。」

古劍道：「不必！世間恨厭古某之人數之不盡，我不想知道更無意追究。此事就此打住，就當什麼事都沒發生過。」

林向山恭敬一禮道：「遵命！所幸成都驛最不缺的就是馬匹，還請千戶大人勞駕金步，陸大人見到您，想必十分歡喜。」古劍點頭跟著他走，心中卻暗暗搖頭，為官以來最令他難以習慣的，還是這一堆繁文縟節，尊稱敬語，卻又不得不受！

走進司馬笑宅第，卻見十來箱的金銀珠寶擺在花園仍未清點完畢，七、八名妻妾數十名奴僕排成一列，有的暗自啜泣，有的一臉茫然，古劍忽然感到背上的魏喜晃動得厲害，一見陸建祥走來便問：「這裡有人可以餵奶嗎？」

陸建祥道：「有兩個女人生了小娃娃，其中一位是司馬笑第九個小妾，另一位卻是婢女。」

古劍道：「我需要兩匹馬、一輛馬車加一個奶娘，兩位都請來瞧瞧。」

陸建祥馬上傳人去辦，不多時一名校尉帶著兩個抱著娃娃的女子過來，要她們自己報上姓名，那小妾衣著華麗，乳凸臀翹，長相頗為美豔，媚笑道：「小女子管紅娟，嫁到這裡未滿一年，詩詞歌賦稍有涉獵，非常願意跟隨大人走一趟京城。若嫌旅途枯燥，就讓小女子帶著一把揚琴，隨時為您歡歌解憂。」

那校尉道：「此女曾是如香園的紅牌歌妓，大人若有意思，不妨安置在身邊；否則將她留在京城，也無須擔心其謀生之道。」

古劍把目光移向那婢女，長相還算清秀，但身形瘦小衣衫樸素，看來不過十六、七歲，稚嫩的臉龐慘白中帶點些許的憂傷，看到古劍身著錦衣千戶的官服，竟嚇得慄慄發抖，那婢女道：「小女秦芳，家住離此三百里外的龍蟠鎮，為籌父親治病的藥錢，被輾轉賣到這裡當下人。」

古劍道：「妳丈夫呢？」說完卻見那婢女臉色大變，吶吶答不出來，古劍忽覺自己問得十分愚蠢！富貴人家花了大把銀子買了一個婢女，沒做到人老珠黃，怎會讓她嫁人？

果見管紅娟笑道：「千戶大人有所不知，這賤婢仗著三分姿色，媚惑我那死去的司馬相公，生下一個雜種，誰知她做得出這等不知羞恥之事，這回卻故作姿態不敢答話？」

卻見秦芳搖頭泣道：「我沒有！是司馬主人他……我想死，又怕司馬主人跑去找我爹娘麻煩……若要他們賠償當初賣身所得銀錢，豈不又害苦了妹妹！」說到這裡已是泣不成聲，古劍這回什麼都懂了！這個可憐的婢女，身不由己的被司馬笑玷汙，卻還要遭其妻妾所妒恨，折磨打罵求生不得，卻又不能求死！

古劍道：「妳的娃娃有名字嗎？」

秦芳道：「叫司馬夢吉！」

古劍道：「司馬笑已死，不配做妳的主人，更不配做這娃娃的父親，妳帶回老家之後，就改叫『秦夢吉』吧！」

卻見秦芳搖頭急道：「我不能回家！若讓爹娘知道女兒發生了這等事情，只會令他們羞愧，在家鄉一輩子抬不起頭！千戶大人發發好心，把我帶回京城，燒飯洗衣做什麼都可以，只要能讓我兒三餐溫飽，小婢願意做牛做馬服侍您一生……」

話未說完，卻見管紅娟一巴掌賞了過去，罵道：「妳這賤婢，裝出一副楚楚可憐的模樣來跟我搶！大人您別聽她的……」

「住口！」古劍喊道：「把這女人帶走，別讓她接近秦姑娘。」

陸建祥道：「這婢女如此瘦弱，就怕奶水不足！」

古劍道：「一天吃不進幾粒米當然瘦弱，請你們買一些上好補藥，三餐燉雞給她補身子，兩天之後再瞧瞧。」

古劍把魏喜解下，對著秦芳道：「這娃娃長相有點奇特，請別害怕，抱到房裡餵飽他！」

她瞧了一眼魏喜，倒沒露出什麼奇怪的表情：「我不怕！你們殺了司馬笑，就算要我餵老虎吃奶也行！」

幾天之後，古劍接到指揮使的飛鴿傳書，要他盡快回京。於是古劍和秦芳只得立即啟程，十來天後到達京城，先將秦芳及兩個娃娃安置在城西自宅，即刻前往大明門西側的錦衣衛本所，牟謙一見到他，開口便問：「見到長輩了嗎？還好吧！」

古劍苦笑道：「還好！不過挨了幾板。」

牟謙道：「你再幫我好生整頓，或許幾年之後錦衣衛不再聲名狼藉，一切誤解便能煙消雲散。走吧！咱們現在得去見皇上，有什麼事路上說。」

說著起身欲走，卻見古劍不動道：「您不是說我初來乍到，先別進宮。」

牟謙笑道：「你的初來乍到，也有九個月了！其實不讓你進宮是聖上的旨意，畢竟他聽過一些你的傳聞，不免有些疑慮，要我再觀察一陣，確認足可信任以前，別讓你走進紫禁城。」

古劍笑道：「聖上安危乃天下第一大事，確實不該讓一個聲名狼藉的鄉野武人靠近。」

牟謙道：「其實早確認過啦！但我怕萬一皇上瞧上了眼，想把你留在身邊，老夫豈不頓失得力助手，很多大事幹不了。」

古劍道：「大人謬讚，愧不敢當。」

牟謙道：「真的！還記得剛到任時，你辦事生疏，不善言辭，但這一年不到已進步飛快，處事圓熟慎密，應對進退拿捏得恰到好處，就連那最油腔滑調的葛天文都說：現在連拌嘴都贏不了你！」

古劍道：「這錦衣衛什麼牛鬼蛇神都有，待久了耳濡目染，再加上大人不吝指教，自然學得快。」

牟謙搖頭道：「不！這是因為你肯看、肯聽、肯想、肯問，自然學得好！」拿出一只腰牌交給古劍，道：「你可以出師了！這給你，憑此腰牌，可自由進出紫禁城。」古劍恭敬接下。

二人邊說邊往紫禁城走去，從大明門經承天門、端門、午門、三大殿到乾清門、乾清宮，乃京城最重要的中軸龍脈，需行三千步，沿路燈火通明，空曠平坦，禁衛森嚴，無須特別擔心隔牆有耳，不過二人小心謹慎慣了，仍時時輕聲細語。

牟謙道：「聽說你上個月曾在西市教訓了田爾耕的弟弟田爾耘。」

古劍道：「那傢伙喝了點酒，仗著他哥是東廠掌刑千戶，竟然在光天化日之下調戲良家婦女！下官聽了您的話：『若遇東廠，能避則避，能讓則讓。』出手前已先將臉蒙住，未發一語。」

牟謙道：「教訓得好！只是你雖蒙臉禁語，但仍穿錦服，那田爾耕事後推敲調查，還是把這嫌疑指向你。」

古劍道：「下官一時義憤，思慮欠周，又替您惹了麻煩。只是查遍了大明律、百官圖等，從無規定錦衣衛屬東廠所管，咱們的人又比他們多出數倍，為何大人對這幫人馬如此忌憚？一般百姓分不出『廠』與『衛』，咱們整頓得再好，卻任由他們作威作福，豈不徒勞？」

牟謙道：「太祖皇帝曾立鐵牌『內臣不得干預政事，預者斬』，然而從成祖皇帝至今，宦官干政什麼時候消停過？很多規矩沒有白紙黑字，但歷來如此，只得遵從。表面上錦衣衛與東廠互不相屬，但東廠的頭子不是司禮太監就是秉筆太監兼任，平常就跟在皇上身邊，算是親信中的親信，自然權勢要大些。牟某要不是也曾在皇上身邊待過幾年，碰到提督東廠趙富安，還得下跪磕頭呢？」

古劍道：「明白了！下次再有這等情事，悄悄靠近，點他一個昏穴便是。」

牟謙道：「委屈你了！」

古劍道：「不會。」

兩人說著已走到承天門，古劍問道：「今晚紫禁城內有什麼事？」

牟謙道：「恐怕得麻煩你當一夜的御前護衛。」

古劍道：「皇上的安危，不都是何千戶在負責嗎？」

牟謙道：「何致昇的功夫與死去的四大統領相距不遠，宮裡戒備森嚴，倒無須擔心，除非皇上出宮，才須由我隨行戒護。但今早傳來我娘重病的消息，得連夜返家，快則三日慢則五日回京。本人已傳下口諭，這幾天由你暫代指揮使。」說著拿出一塊金葉子交給古劍。

古劍並未伸手接下，道：「這不合適吧！下官畢竟資歷尚淺。」

牟謙道：「那就請皇上封你一個指揮同知吧！官銜大一些，也比較好辦事。」

古劍搖頭道：「不可！不可！指揮使難道忘了，當初您可答應過在下，永不提升官之事。」

牟謙道：「我明白你的苦衷，只是現在除了你，還能把這腰牌給誰？笑面達摩？兩頭蛇？還是無齒蝙蝠？」

古劍道：「屬下的名聲，恐怕比他們還要壞？」

牟謙道：「你該怕一個君子，還是小人呢？有時名聲壞也有好處，至少做起事來無須瞻前顧後，發起怒來誰都怕！」

古劍一臉苦笑，想駁卻覺得對方的話也有其道理。

牟謙收起玩笑，拍其肩道：「論人品說本事，叫你幹個指揮同知還算委屈呢！你十年不升任，這個缺就十年不補。」

古劍道：「大人何必多慮？只要此人有德有才，就算功夫平平，在下仍會心悅誠服。」

牟謙嘆道：「你還不太了解官場，才德兼備之人往往自視甚高，未必能容得下一個比自己強的下屬！不提這些，你現在不想接金葉，難道還能代老夫回鄉探母？」

古劍無奈接下金葉，牟謙大略交代重要事項及裘深志等六名留京千戶所各自負責之案子。

眼見宮城已近，牟謙長話短說，又提道：「皇上興之所至，突然說今夜便要微服夜巡！這裡是京城，龍蛇混雜，江湖人物進進出出如過江之鯽，你得時時提防！」

古劍道：「微服夜巡，不就是探訪民情嗎？」

牟謙笑著搖頭道：「也算是吧！只不過探訪的地點總在胭脂胡同裡的『不思蜀』。」

古劍大感詫異，不可置信的道：「萬金之軀，怎能……」

牟謙道：「宮裡有幾個大太監愛逛妓院，知道皇上也雅好此道，只要發現哪兒有新鮮姣美的姑娘，總會湊到身邊說上幾句悄悄話，弄得皇上心癢難耐，每隔幾個月，便要『微服夜巡』一次！最近瞧上綠柳姑娘，更是樂不思蜀頻頻造訪。偏偏這姑娘的牌子最是難約，少說也要提早一個月下訂，今夜不去，又要再等一個月。」

見古劍仍是一臉困惑，牟謙道：「你是否在想，貴為天子，為何還要訂牌子？還要等上一個月？」

古劍連連點頭，牟謙續道：「因為微服出巡，不能讓任何人知道皇上的真實身分。再說如果招之即來，呼之即去，那跟宮裡的嬪妃又有何不同，又有何興味？」

古劍似乎仍不甚理解，又問：「可是皇上不是已經有了皇后和幾位妃子嗎？」

牟謙道：「皇上只愛鄭貴妃一人。」

古劍道：「既然如此，為何還要去那種地方？此事貴妃娘娘可知情？」

牟謙道：「貴妃娘娘如果夠聰明，就算知道了，也會裝作不曉得。」

古劍迷惑更甚，道：「就算其他的妃子都不愛，後宮之中仍有數之不盡挑之不完的美女，為何還要冒險……」

牟謙面帶微笑：「因為皇上……也是個男人。」見古劍似懂非懂，牟謙又笑道：「這種事不是你這種人所能理解，再說咱們的職責只是保護聖駕，至於私事，知道愈少愈好。我已將你的情況概略稟報，帶刀護衛隨侍左右，保護天子安危是你唯一職責，記住，不要多管閒事，沒事別開口。」

話語間二人已穿過午門進入皇城，過了奉天門，來到皇極殿的原址，只見地上堆置上百根大大小小的圓木，寬數尺長數丈，另有各種施工用具，牟謙不等古劍開口相詢，說道：「皇極殿、中極殿、建極殿並稱三大殿，在萬曆二十五年毀於祝融，卻因國庫空虛，延至今年才運完原木，籌齊銀兩，擬於七月十八黃道吉日開工。」

古劍道：「這木材如此巨大，不知如何運來？」

牟謙道：「如此參天巨木，不可能在平地長成，從南方深山砍伐運送，自是萬分辛苦，據說光是運送這批金絲楠木，就耗費國庫數百萬兩銀子。」

古劍聽了不免咋舌，道：「一場水災，不過拿個三、五十萬兩救濟災民，一把火，卻可燒去數百萬兩，這筆錢若能拿來濟貧救苦，不是更好嗎？」

牟謙嘆道：「這話你現在可以說，見了皇上就別提了，三大殿乃一國門面，作為一國之君，絕不可能坐視不管。只是萬曆三大征已耗去國庫上千萬兩，再加上這一把火，還有各地連年的旱澇，難免弄得國庫空虛，需財孔急。」

古劍道：「我瞧民間富人頗多，就拿京城首富皇甫和貴來說，他的忘憂坊日進斗金，身價就不知幾百萬兩？賭場是非多，更害人不淺，皇上為何不去抄他家，好放過那些採礦、種田的辛苦人。」

牟謙忽然停步，轉身面對古劍，正色道：「還記不記得剛到任時，老夫曾提醒你的三個小心。」

古劍道：「莫捲入黨爭、莫牽扯政務、莫招惹忘憂坊。」

牟謙道：「你方才那番話，犯了後面兩個禁忌！」

古劍道：「恕我失言！但下官難以理解，您為何對忘憂坊如此忌憚？」

牟謙道：「皇甫和貴十九歲進忘憂坊，從默默無聞到稱雄京師不過短短幾年，在他前頭擋路之人一個個死於非命，卻查不到任何證據。

「如今的忘憂坊坐擁十六家分鋪，說它樹大招風吧！但它乖乖的年繳三成盈利入庫，逢年過節，京城裡的高官要吏都收到厚禮，更三不五時向太后、皇上、鄭貴妃還有一些掌權太監，貢奉稀世珍寶，若有賑災，也從不忘跟著出錢買名聲。

「兩年前有個不識相的御史杜實深上書直陳忘憂坊之害，駁他的官吏便有十來個，都說忘憂坊從來不逼拐詐騙，進去的賭徒全是自願，願賭服輸，何過之有？有的說皇甫先生是賺了大錢，但他樂善好施，慷慨好義，忘憂坊不過是向那些富貴人家的膏粱子弟收一點錢，轉交皇庫或救濟貧苦，也算一種劫富濟貧，何罪之有？」

古劍道：「聖上的意思呢？」

牟謙道：「當今聖上多年不上朝，一般臣子難見龍顏，他卻年年召見皇甫和貴，每每相談甚歡；你說，皇上究竟信誰？」

古劍道：「皇上不知此人武功極高嗎？見他不危險？」

牟謙道：「我都得在場，百姓面聖，需徹底搜身，確認無任何兵器、暗器、毒藥等物，倒不擔心他作亂。」

古劍道：「來了幾次，恐怕紫禁城的格局也知道不少。」

牟謙道：「外人進來，不會任其四處閒逛；不過有心人若真想弄一張紫禁城布置圖，找個熟稔皇城的太監來畫個圖並不難。」

古劍點頭，又想到一事，問道：「您曾經要我熟記的京城百官之簡歷，方才提到的御史杜實深不在裡頭，是被調職了嗎？」

牟謙嘆道：「隔了一個月後，杜實深被人告發收了吉祥賭坊萬兩白銀，故此誹謗於忘憂坊；於是龍顏大怒，派人查抄，果真在宅邸床下找到萬兩白銀，儘管他哭天喊地的發誓說絕無此事，但事情爆發後吉祥賭坊的張顯揚連夜逃亡，不知去向，加上萬兩白銀的罪證確鑿，最終被判抄家，子女流放，本人在獄中自盡，聽說因服上用鮮血寫了一個大大的『冤』字。從此以後，再也沒人敢提忘憂坊的不是。」

古劍道：「似乎真有冤情，沒有再查嗎？」

牟謙道：「什麼冤情，那件囚服馬上被東廠的人給燒了！聽說的事，能當證據嗎？這案子是東廠辦的，咱們的人也不好插手。」

古劍道：「看來東廠已有他們的奸細。」

牟謙道：「何止東廠！恐怕連我們錦衣衛及整個朝廷、紫禁城都布滿了皇甫和貴的人！」

古劍感到不寒而慄，道：「只要好賭，欠了一屁股債，就很難向他們說不；所幸大明律法嚴禁七品以上官員涉賭，他們要往上布線，恐怕也沒那麼容易。」

卻見牟謙搖頭道：「如果是這樣，那杜賓深上書，為何馬上就有十來個高官駁陳？」

古劍道：「莫非……有暗場？」

牟謙點頭，說道：「我們正在查，說來慚愧，陸續派了五個人進忘憂坊臥底，卻始終進不了核心，所獲有限。」說畢看一下天色，道：「快點燈了，咱們得走快些，有關忘憂坊的事，你也該知道多一些，待我探親回來再和你仔仔細細說個清楚。」說畢又開始往內城走去，卻見古劍還在發愣，道：「怎麼啦？」

古劍道：「這個皇甫和貴，會不會也是赤幫的人？是否因為有莫愁莊在背後支持，才使得忘憂坊日益壯大？」

牟謙道：「我們也曾懷疑，卻一直查不出什麼蛛絲馬跡。」

古劍道：「下官突然有個感覺，那皇甫和貴如果剃鬚易髮，似乎與朱末央有幾分神似。」

牟謙拍掌道：「正是！兩人都是國字臉，三角眉，眼神亦有相似之處，莫非是……親兄弟？這些年來，我們一直把莫愁莊當成最大的敵人，卻忽略了城裡的忘憂坊，若是兩方實為一體，到時候裡應外合，而我方少了狐指揮使和四大統領，胭脂胡同又幫不上忙，只剩你我二人，要如何阻擋？」

古劍道：「能否請問大人，老夫人生病之事，是什麼人告訴您的？」

牟謙道：「怎麼？莫非你懷疑此事有詐，我娘生病一事，其實是有心人調虎離山之計！」

古劍道：「這是您教我的，幹咱們這一行，多疑是保命，小心才能活。」

牟謙點頭道：「你曉得幹這個差事得把家人藏好，儘管母親安養之處離京師不遠，為了怕有心人跟梢，只能隔幾個月返家探視一次。自我女兒嫁人之後，平日便拜託一位遠房表親的媳婦照料，昨日來京師找我的，便是那位表親，說我娘受了風寒，生了一場大病，我問他找哪個大夫，開了些什麼藥，他卻有些支支吾吾，說事情全由他媳婦處理，細節並不清楚。現在回想起來，那人說話時眼神閃爍，確有古怪，我當時竟未留意！」

古劍道：「您乍聞老夫人生病，一時心驚而沒能注意其他微末也是人之常情；但無論如何，這一趟您還是得跑，方能安心！」

牟謙道：「我今夜返家，若母親身子無大礙，明日即回，再慢不超過五日；但如今事情急迫，我給你個地點，若五日未返必有要事相商，得請你親自跑一趟。」

古劍道：「您放心，下官一定小心，不會讓人跟梢。」

牟謙道：「我信得過，走吧！」

兩人快步行到弘德殿，只見一個寬面大耳身形肥碩之人，身著龍袍斜靠在龍椅之上，雙頰泛紅，略顯醉態，不用說也能猜到此人便是當今天子萬曆。

古劍跟著牟謙行跪拜之禮，萬曆一句：「平身！」再張開他那原本半開半合的眼睛仔細打量古劍全身上下，神情慵懶的道：「這就是那個很會使劍的聾子？」

牟謙道：「正是，古千戶雖然聽不見，但劍法著實高明。」

萬曆道：「哦！有比何致昇強嗎？」

站在一旁的何致昇立刻恭敬道：「啟稟皇上，古千戶的『無常劍法』名震江湖，卑職的劍法確實不如。」

卻見萬曆搖頭道：「沒比怎麼曉得？這樣吧！不如你倆比試一番，贏了有賞，輸了不罰。」

何致昇堆出一副討饒的笑臉道：「皇上您又說笑了！據說即使是當年的四大統領聯

手，也未必能贏得了古千戶，微臣那點微末功夫，根本不是對手！」

萬曆道：「那怎麼行！你的武功若真遠不如他，就不該領一樣的薪餉。快比試吧，朕等不及瞧了！」說著露出一臉的不耐！

卻見牟謙道：「啟稟皇上，兩位千戶武功都強，就怕一時三刻分不出高下，壞了您今夜的興致。」說著貼近萬曆耳旁低聲道：「聽說綠柳姑娘向來不等人，就怕去晚了惹得她大姑娘一個不高興，不理咱們！」

只見萬曆睜大了眼，一臉興奮道：「比武不急，改天再瞧，來人哪，快給咱們易容換裝，備妥馬車？」

一名太監忙應道：「啟稟聖上，馬車就停在外頭，一切完妥，即可移駕龍步。」

全明晰第三記卻見萬曆比了一個噤聲手勢，道：「今夜我只是一個尋常百姓洪順福，你們可別說漏了嘴！」

胭脂胡同的不思蜀乃京城三大妓院之一，花園裡熙來攘往，亭臺樓閣間假山蒔花中，總有男男女女三五圍坐。園中有一荷花池，池中又有一座三層高的木造樓，萬曆等人頭戴遮臉斗笠，下轎後行過拱橋走入樓內，一名老鴇堆著笑臉道：「洪老爺您來啦！還是老地方嗎？」

不等萬曆回答，隨行太監張成道：「自然，綠柳姑娘今日可有空閒？」

那老鴇道：「無論王侯將相，士農工商，只要出得起每人五十兩銀子，來者便是客；因此咱們家的綠柳姑娘，無論颳風下雨從來沒閒過，至於能留住她大姑娘多久？只能各憑本事。這些規矩，您還沒忘吧？」

張成道：「自然，咱們老爺相貌堂堂，富貴逼人，言語有趣，胸中自有丘壑，哪個姑娘不想待久一點？」

「正是！正是！」話語間眾人已來到三樓的東雲閣，老鴇開門道：「各位請自便，酒菜隨後送到，這就去告訴綠柳姑娘，她念念不忘的洪老爺子再度蒞臨，好生招待。」說罷退去。

未料這麼一等便是良久，只見萬曆的臉色愈來愈是鐵青，太監張成幾次想去催人，卻都見他搖頭。

原來不思蜀這棟三層四凸樓造得頗有巧思，從上往下瞧有五個三丈見方的房間成十字形，東南西北側各有一室，均三面臨水，中間為樓梯及走道。每一層亦各有玄機，第一層的東波閣、西灩閣、南漫閣、北漾閣每一室都可以叫四位姑娘陪食；第二層的東雨閣、西風閣、南晴閣、北雪閣每一室只能選一位姑娘全程作陪，當然這四位姑娘無論姿色、才藝都遠勝於前者；至於最上層的東雲閣、西霞閣、南霧閣、北煙閣卻只有綠柳一位姑娘，要在哪個房間停留多久，除了得看大爺的長相是否順眼、言談是否有趣外，也要視她大姑娘當時心情而定。

若想一親芳澤，就得想盡辦法討她歡心留人到子時，偏偏這姑娘常在亥時三刻呵欠頻頻回房歇息，許多王公少爺來了十餘次仍鎩羽而歸。萬曆貴為天子，後宮三千佳麗任其擇人侍寢；但他偏偏對這任人挑剔的遊戲迷戀不已，至今五次，感覺一次比一次有希望，就差那麼一點，怎肯放棄？以他的身分，若肯亮出來自不成問題，但那又有何興味？

直到半個時辰過後，才見一女子娉娉婷婷滑步而來，容光明豔，膚若凝脂，玲瓏有致，姿態婀娜，古劍但覺此人似曾相識，過了一會，才猛然想起兩人曾在尤豔花的嬉春園曾有過一面之緣！一段陌生人的驚鴻一瞥，未曾交談，更不知彼此來歷，只記得當時她懷裡抱著一個嬰孩。

而古劍經過一番喬裝打扮，這宮裡的易容術雖不怎麼高明，但要把人弄得不像自己倒不困難。但見她對著自己多瞧了兩眼，淺淺一笑，似未認出什麼。

只見萬曆收起臭臉堆笑道：「不愧是不思蜀的頭牌姑娘，洪某等得望穿秋水，但見紅顏一笑，一切都值了！」

綠柳笑道：「誰叫您是這麼一個有趣的人兒！綠柳恨不得趕緊擺脫南霧閣的劉御史和蔡侍郎，偏偏這裡是天子腳下，咱們做風月的哪有不怕官的道理？只得……」

萬曆道：「妳說的劉御史可是人稱鐵面無私的劉中培大人？」

綠柳道：「正是，洪老爺怎知有此人物？」

萬曆道：「咱們做生意的講究廣結善緣，認識的官愈多愈好。真有他的，此人平日道貌岸然，聽說性子拗起來時連皇上都敢數落兩句，結果脫下烏紗帽，還不都是一副德性；那蔡侍郎看來也是個老實勤懇之人，沒想到……」

綠柳道：「洪老爺既然認識，何不過去打聲招呼！」

卻見萬曆連連揮手道：「萬萬不可！不瞞您說，洪某家有醋妻，認了什麼熟人，萬一口風不緊，今日之事傳到她耳裡，那可……」

綠柳笑道：「醋罈子打翻了可不好，沒由來惹得一身酸！尊夫人如此，不知洪老爺可有納妾？」

「納妾倒是阻不了我，其實這種事元配從來不敢說什麼。」萬曆湊近耳輕聲道：「我說的醋罈子，其實是二房。」

綠柳笑道：「二夫人能治得了您洪老爺，想必是個十分厲害的美人兒！」

萬曆嘆道：「說她美倒是不假，但人看似精明卻偶有糊塗之舉。唉！興許是上輩子欠她的，俺就是沒法子對她說個不！」

綠柳道：「難不成她給您惹了麻煩？」

萬曆道：「為了怕財產愈分愈散，咱們洪家的祖先立了一個家規，當家的走了之後大部分的財產只能傳給大房的長子，她這做娘的總擔心親生兒子日後無依無靠，吵著要我將繼承順位改給她兒子，哪知一堆族人死不同意，說什麼亂了祖制，壞了規矩，一鬧數年仍無結果……」

綠柳道：「這些族人也真是的，做父親的高興把財產給誰就給誰，旁人管那麼多幹嘛！」

萬曆拍手笑道：「正是！正是！本來我也沒有非傳給次子不可；然而那幫人成群結黨，變本加厲，竟是非爭不可！愈是如此，我就愈不甘心，就這麼一直耗了十來年，唉！還是得順他們的意……」

瞧著萬曆愈說愈是氣憤，張成不得不使個眼色，插話道：「老爺別忘咱們是來找樂子的，何必提那些令人掃興的鳥人狗事？」接著取出一件絲綢比甲，交給綠柳道：「這是咱們老爺的一點心意，還請姑娘莫嫌棄。」

綠柳輕輕一展，貼在身上比了又比，嫣然笑道：「不愧是冀北一帶的絲綢巨商，一眼就瞧出人家的胖瘦高矮。」

萬曆哈哈笑道：「不是俺誇口，賣布多年，瞧過的姑娘只怕不比妳看過的漢子少，只要瞧上一眼，便知該用多少布料。」

話方說完，卻聽不遠處有人哈哈笑道：「放屁！放屁！洪老爺您既然是大布商，可知上等絲綢一匹要賣多少？」話未說完，赫見四個人出現在門口，一高一矮一胖一瘦。說話之人身形矮小，一手搰扇輕搖，一副商賈模樣，另三人也是穿得一身貴氣，滿臉酒氣。

萬曆有些吃驚！所幸他為了冒充布商早有準備，不假思索便答道：「上等絲綢批發十五兩銀子，次貨十兩。」

卻見那人道：「那你可知北京城裡有幾家大布商？」

不等萬曆說話，張成往前一步道：「咱們自然知道，但為何要告訴你？」

那人道：「在下羅英，乃湖南絲綢商，人說同行相忌，我倒覺得同行便是有緣……」他說得口沫橫飛，古劍卻愈瞧愈是疑心，一般練武之人氣息勻長，但喝了酒之後卻往和常人沒什麼不同，躊躇間卻見綠柳上前笑道：「四位官人第一次來，恐怕不曉得咱們不思蜀的規矩，各室各有隱私，客人是不應四處串門子的……」

羅英身旁的胖子道：「管你什麼規矩！咱們四人在西霞閣等了一個時辰，一罈女兒紅都喝得快見了底，卻連您大姑娘的影子都沒見著！本大爺有的是銀子，不信掏給妳瞧……」說著左手探入上衣口袋，古劍忽感蹊蹺，再不遲疑，拔出長劍朝那人手臂刺去，這一劍只是試探，若來人不知閃躲，自會在最後一刻止劍停招。

卻見羅英右手亮出短劍，左手撒出數枚喪門釘，本來這一出手少說也有十來枚釘，然而古劍出劍比他預想快得多，一眨眼食、中兩指一陣劇痛，已被長劍削去半截，擲出的喪門釘也去勢大減，都朝萬曆身上招呼，只見何致昇拔劍擋在前面，擊落數枚，卻漏了一枚在他面前急落而下的鋼釘，左足略疼，何致昇也不在意，隨手拔去，仍擋在萬曆身前。

四人果然俱非庸手，第一時間便亮出傢伙，齊往古劍身上招呼而來，高個子和瘦子使的都是劍，胖子則是一把大刀，矮小的羅英自行在左手腕一帶的列缺、神門及合谷穴點穴止血之後，右手短劍穿梭來去，依舊難纏。

古劍運劍如風，一夫當關將四人擋在八尺寬的木門外，下方花園布滿身著便裝的錦衣衛，很快就會衝上來支援，卻沒料到經過漫長的數十招仍未見半個人影上來，暗叫不妙：「莫非還有其他的人，把樓梯給封住了？」

他猜得沒錯，還有兩位刺客是對兄弟，一舞長槍一使短刀配合得天衣無縫，七、八個錦衣高手一時間也莫可奈何。使短劍的喊道：「你們四個在幹嘛？不就兩個護衛嗎？怎麼弄了半天殺不進去？咱們兄弟再厲害也是四拳難抵十幾手，再來什麼高手怎麼辦？」

這邊一名使劍的回罵道：「閉嘴！這『無常劍法』天下第一邪門，你兄弟倆若是不信，不妨過來試試！」

而這邊的萬曆也在悚悚發抖，叫何致昇擋在前面，不准離開半步。張成則在一旁嘀咕個不停，渾然不知該如何應變？只剩綠柳還算冷靜，開窗道：「不知洪員外怕不怕水？」

張成道：「妳這是什麼意思？」

綠柳道：「這池子水深至少七、八尺，只要敢跳多半沒事。」開窗處離水面二十餘尺，萬曆望了一眼不禁皺起了眉頭。

張成道：「別開玩笑！萬金之軀，豈能如此搏命！皇上您放心，待會真有刺客殺來，您就把俺當成盾牌，老奴就算萬箭穿心，也不會讓他們傷您一根寒毛。」說完見綠柳臉色大變，這才發現自己一時慌張說漏了嘴，正想再解釋什麼，惶惑間卻見東側的木牆被一個胖子一刀劈出一條大縫，緊接著唰唰數刀，一腿踢倒了木牆。何致昇向前迎了兩步，忽感一陣暈眩，倒地不起，原來羅英的喪門釘餵上了劇毒！

眼見大勢不妙，古劍一記狠招逼退三人，再迴身一劍刺中胖子右臂，朝著萬曆三人直撲而去，喀喇一聲，三道驚呼，四人就像中了箭的鵬鳥一般，直落池心。

羅英等人朝下望去，萬曆等人還在水裡掙扎，古劍卻已立在橋上，左手拿著吊掛燈籠用的竹竿，右手仍握劍等著，胖子道：「如果大家分散一起躍下，那傢伙就算有三頭六臂，頂多也只能招呼其中一、兩人。」

話說得容易！在方才短暫交手中，四個人身上都不止一處劍傷，在親身體會「無常劍法」可怕之處後，你瞧我，我瞧他，終究無人敢跳。

古劍將萬曆送上馬車，萬曆道：「張成，你和綠柳一道進來。」

綠柳道：「你們想幹嘛？我不進宮！」

張成道：「恐怕由不得姑娘。」使個眼色，一名百戶拔刀押著綠柳上馬車，古劍躍上馬背，一聲吆喝，便往紫禁城直奔而去。

眾人回到乾清宮，先將綠柳安置在暖閣裡，兩耳塞布，由兩名帶刀侍衛守著。很快有宮女服侍萬曆沐浴更衣，浴後送來一碗參湯，萬曆喝了兩口，召來張成咕噥幾句，張成親自端給古劍道：「古千戶此次護駕有功，聖上特賜一碗驅寒參湯。除此之外，千戶大人還可再討一賞，不知您要升官還是加俸？」

古劍無意升官，對目前的俸祿亦感滿意，正想回絕，卻見太監喊道：「貴妃娘娘求見！」

萬曆臉色一變，問道：「誰走漏的消息？怎麼這麼快？」

張成一臉驚惶，忙跪道：「太可惡了！三令五申叫他們不可向任何人透露半句，依然有人露了口風！奴才立馬去查，查不出來是哪個侍衛，就把他們全給……」

說著正要比出一個殺頭的手勢，鄭貴妃已走進門內，一進門便撲在萬曆腳下，泣道：「皇上您沒事吧？萬一有個三長兩短，臣妾也不活了！」古劍第一次親睹這位頗有爭議的萬曆第一寵妃，據說也已年逾四十，但仍肌光勝雪，風姿綽約，頗有姿色。

萬曆面露心疼之色，扶起鄭貴妃，喚其小名道：「小鑾，妳……都知道啦？」

卻見鄭貴妃淚如雨下點頭道：「賤妾人老珠黃，皇上感到厭倦，也是人之常情。」說著走近暖閣，掀開床簾道：「膚若凝脂，酡顏如醉，腰纖胸豐，不愧京城第一名妓，跟她相比，賤妾有如一株枯草，怎能與盛開之牡丹爭輝？」

萬曆急道：「千萬別這麼想！這麼多年，朕對妳一直沒變，至死不渝。在朕眼裡，愛妃的美貌無人能比。」

卻見鄭貴妃搖頭道：「賤妾只是一個平凡女子，多年來獨受聖寵，不僅後宮佳麗人人嫉恨，滿城文武亦多有不平！有時不禁會想，這些年如果沒有賤妾，皇上或許不必經歷這麼多風風雨雨；如今皇上另有心儀對象，賤妾理應歡喜才是！」

萬曆道：「妳誤會了！朕只是覺得以一個尋常百姓的身分到宮外走走，特別的新鮮有趣……」

鄭貴妃斷話道：「整天只見我一人，當然氣悶！話說回來，賤妾本不該妄想獨占恩澤，期望皇上心裡，永遠只有賤妾一人！」

鄭貴妃榮寵多年，歷久不衰，絕非單靠美色；其實私下與萬曆相處時，打情罵俏，無所禁忌，反倒讓皇上離不開她。是以她言語愈是卑微柔順，萬曆愈是緊張，噓了一口氣道：「好吧！朕答應妳，從今爾後再也不出宮啦！」

鄭貴妃卻指著床上的綠柳道：「皇上是否打算把這如花似玉的大美人收進豹房？」

萬曆連忙搖頭道：「朕並非好色之徒，怎會容許一個煙花女子入宮長住！」

鄭貴妃道：「如果不留，不知皇上打算如何處置？」

見萬曆猶豫未答，張成趨前道：「依奴才淺見，如果就這麼放她回去，後患不小！不如就當作綠柳姑娘在方才的刀光劍影中不幸遭人誤傷，搶救無效，失血而死。」

鄭貴妃道：「還是張公公想得仔細。聖上，京師第一名妓所在的『不思蜀』鬧出如此風波，必將喧騰擾攘好一陣子；雖然聖上的身分未曾洩露，但有心人稍一推敲，或能猜出個大概。而只要在場幾位都守口如瓶，無憑無據，誰敢搬弄皇上的是非？但今日若讓綠柳姑娘就這麼回去，只要哪天一個不勝酒力，不慎說了什麼『皇帝老爺也曾拜在本姑娘石榴裙下』，那聖上的事不就鬧得天下皆知？若讓史官大人載入史冊，更是冤枉！」

雖然對宮裡的事已略有耳聞，但若非親眼所見，實難相信這些人竟然可以為了這麼一點小事而殺人！古劍明白這裡沒有一個護衛插嘴的餘地，卻又不能見死不救！幾番思量，終究說了出來：「啟稟皇上，您說微臣可以再討一賞，不知是否當真？」

萬曆正自躊躇難決，忽被古劍打斷，未怒反笑道：「當然！君無戲言嘛！」

古劍道：「能否請皇上放了綠柳姑娘。」

萬曆睨著古劍，笑得有些曖昧，說道：「你真想救她？」

卻見鄭貴妃道：「咱們宮裡的規矩是什麼時候變的？怎麼一個帶刀護衛也有說話的餘地？」

萬曆道：「古千戶救了朕一命，是朕答應賞他。」

鄭貴妃笑道：「原來如此！自古英雄難過美人關，但這麼一來，要如何永遠堵住她的嘴？除非……」

萬曆道：「除非什麼？」

鄭貴妃淺笑道：「不知皇上是否捨得把這位嬌滴滴的綠柳姑娘讓給他人？」

萬曆做出一副不以為然的神情，道：「我和她本來就沒什麼，豈有不捨之理？妳說該給誰？」

鄭貴妃笑道：「皇上怎麼聰明一世……？事已至此，前因後果絕不能再讓第五個人知道。」話說完萬曆和張成都跟著鄭貴妃望向古劍。

古劍還有些許疑惑，卻見張成拍手叫好道：「妙極！妙極！自古英雄難過美人關，就說千戶大人仰慕綠柳姑娘已久，多次光顧不思蜀只為一親芳澤，未料今夜不思蜀的仇家找上了門，千戶大人武功蓋世，力退數名高手，英雄救美。綠柳姑娘感謝其救命之恩，心甘情願洗淨鉛華，結為連理。如此佳話傳開，誰還會計較那洪順福是何許人也！」

古劍終於弄懂了！搖頭急道：「萬萬不可！不瞞皇上，我在川西老家已有一妻，正在照料家裡的長輩……」驚惶之餘，連自稱「微臣」的禮節都忘了。

卻見張成笑道：「大丈夫三妻四妾乃天經地義之事，又有什麼打緊！」

古劍道：「不成！不成！我對綠柳姑娘絕無半分遐想，更不能因此而對不住我那辛苦守在成都老家的結髮賢妻。」他說得一本正經，萬曆與張成相視而笑，卻是不怎麼相信。

萬曆道：「既然如此，朕就賜你黃金千兩，綠柳姑娘另行處置吧！」

古劍道：「不知皇上打算如何處置？」

卻見張成道：「放肆！古千戶，別以為你護駕有功，就可忘記自己的身分！皇上要如何處置一個小民，哪輪得到你一個帶刀侍衛說嘴？」

古劍明白自己確已逾越分際，但難道就此裝聾作啞見死不救？他做錦衣衛也不是一、兩天的事，明白要讓一個人守口如瓶，不是充軍邊荒、押入天牢便是死。想到這裡，咬牙道：「啟稟聖上，微臣不要黃金，還請聖上將綠柳姑娘交給微臣。」

萬曆與張成相視而笑，說道：「要不要由朕主婚，幫你倆熱熱鬧鬧的拜堂？」

古劍道：「萬萬不可！微臣認為此事不宜聲張，免得又惹風波！」

萬曆道：「沒錯，剩下的就讓張成處置，朕累了！」說畢牽著鄭貴妃的手並肩離去。

張成恭送皇上之後自行走入暖閣，過了一陣子帶著綠柳出來，只見她臉上猶有淚痕，不發一語，冷冷瞧著古劍。張成道：「咱家該講的都講了，綠柳姑娘聰慧明理，已同意這些安排，你可以帶人回去。這幾天把人看好，等牟指揮使回來，請他作主給你們倆成親。」古劍道謝後便帶著綠柳離去。

兩人一前一後沉默不語，到了家門口古劍才道：「房舍簡陋，委屈妳了！」

這一轉頭，卻見綠柳臉上淚痕未乾，匆匆拭淚道：「我還以為千戶大人的宅邸都應富麗堂皇呢？」

古劍道：「錦衣千戶看似風光，其實薪餉並不如外人所想，即使如此的房子，也向指揮使借了一些銀子才買得起，所幸我開銷不大，按月攤還，約莫三、四年便可還清。」

綠柳淡然道：「千戶大人高風亮節，令人佩服。」話雖這麼說，瞧她神情似乎是不怎麼相信！這倒不能怪她，畢竟是京城名妓，每日送往迎來的不是王公將相就是巨賈強豪，見聞自非一般村姑所能相比，錦衣衛平常做些什麼勾當，她可是比皇帝老爺還清楚些。

這時咿呀一聲，秦芳一身淡雅衣裝，背著秦夢吉，左手抱著魏喜，右手提著燈籠道：「大哥回來啦！這位是……」古劍簡單替兩人介紹彼此，原來古劍一直沒把她當作丫鬟，在路上便以兄妹相稱。綠柳多瞧了魏喜一眼，卻沒再多問。

這時手上的魏喜忽然哭了起來，綠柳道：「怕是肚子餓？妳去餵奶吧！」說著伸手將秦夢吉接了過去。

秦芳道：「謝謝姑娘，他剛喝過，這回恐怕是拉肚子，得去浴室洗洗屁股。」說完便抱著魏喜往門後走去。

古劍倒了兩杯茶水，一杯遞給綠柳，道：「我們剛從外地回京，什麼食物都還沒準備，委屈妳了！」

綠柳笑道：「不委屈，倒是千戶大人身為大內第一高手，護駕有功的大英雄，未來前途不可限量；如今卻得被迫娶我這個煙花女子為妻妾，才真是萬分委屈呢！」

說到這裡倒讓古劍略顯窘迫，吶吶的道：「不……不是這個樣子，我……對妳的身分並不在意，只是……今日……今日之事只是權宜之計……」

綠柳笑道：「何謂權宜之計？」

古劍道：「他們說妳知道了一些不該知道的事，若不能封住妳的嘴，就得把妳殺了。」

綠柳道：「所以絕不能讓我回到『不思蜀』，最好找個像您如此可靠之人，好生看管。」

古劍苦笑：「恐怕得委屈姑娘在這待一陣子，過個一年半載，等皇上忘了這回事，便可離開京城，找一個沒有是非的地方過活。」

「聽起來好像是千戶大人挺身而出，救了小女子一命。」綠柳突然大笑起來，道：

「要是兩年多前綠柳涉世未深，恐怕真會拿你當英雄；只可惜『不思蜀』是天下最能讓人長見識的地方，不論是宮廷內鬥、黨派政爭還是江湖恩怨，待了兩年什麼光怪陸離的事都聽得到，不免讓人覺得人心難測，生命無常。你可知最近上三樓買醉的江湖豪客，談得最多的人是誰嗎？」見古劍笑而未答，續道：「一劍成名的大英雄古劍，出賣朋友的無常古劍，為了榮華富貴投靠錦衣衛的古千戶，都是閣下！叫我怎麼相信你？怎麼在此安身立命？」

綠柳心中另有他人，不能嫁、不該嫁、更不想嫁，不得不立刻攤牌，但說完不禁忐忑，盯著古劍瞧，卻見這人微笑不語，膽氣再壯，怒道：「你笑什麼？莫非在盤算著要如何折磨於我？」

這一激動，驚醒懷裡的小夢吉，秦芳趕忙將換好褲子又睡著的魏喜放回房間，過來抱起秦夢吉道：「對不起，這回換他尿褲子，有弄溼您嗎？」

綠柳笑道：「不打緊！您去忙吧！」

秦芳一走，綠柳繼續逼問道：「怎麼要請千戶大人回答一句話這麼難？」

古劍忽然笑了起來，說道：「我突然發現被人誤會這種事，久了也自成習慣，並不會太難過。」

這回換成綠柳無言，心中思道：「這人是瘋了嗎？還是大奸大惡者，喜怒不形於色？」

就在這時，忽聞敲門之聲，來人喊道：「張公公駕到，千戶大人請開門。」綠柳將目光移向大門，皺起眉頭。

古劍順著她的目光，也注意到門外光影晃動，立即起身開門，來人果然是掌印太監張成，進門宣旨道：「奉天承運，皇帝詔曰：錦衣衛千戶古劍救駕有功，特賜玉鐲一對、絲綢百匹、白銀千兩，欽此。」白銀千兩並不算多，但萬曆生性吝嗇，肯出這些已是不易。

皇恩難拒，古劍謝恩，起身卻道：「不是說好無須任何額外賞賜了嗎？怎麼皇上……」

張成道：「皇上豈是如此小氣之人？千戶大人無須客氣！這些就當作是聖上給您的新婚賀禮。」

古劍道：「那也用不著勞煩公公深夜趕來。」

張成笑道：「為聖上辦事無上榮幸，哪敢計較什麼日夜？說到這裡，倒是另有要事和您商量，得請綠柳姑娘迴避片刻。」說著雙手一揮，遣退左右。

綠柳睨了兩人一眼，走進房間，卻從門縫裡偷偷往外瞧，只見兩人移向靠近後門的屋角，低聲說話，但見張成開始時神情曖昧，後來略有爭論轉為嚴肅，最後卻滿臉不悅的拂袖而去。

古劍送客之後關上大門，卻見秦芳抱著睡著的秦夢吉走出來道：「大哥，聽人說深宮之中最是險惡，您不怕得罪宮裡的大官嗎？」

古劍道：「無所求便無所懼！方才張公公說的話，妳都聽到了？」

秦芳突然臉紅起來，道：「鄉下村姑不懂禮數，不敢現身見宮裡來的大官，方才聽是聽了，但京城的官話有些不甚明瞭，大哥，什麼叫『圓房』？」

「這不便解釋。」古劍略顯尷尬，又道：「今夜恐得委屈妳和綠柳姑娘共宿一房。我待會沐浴之後便自行至小房間就寢，不必再招呼。」

秦芳一進房內，綠柳立馬關上房門，拉她坐下道：「妹子咱們聊聊好嗎？」

秦芳道：「好呀！但綠柳姑娘高雅尊貴，而秦芳只是一個見識淺薄的村姑，只怕您覺得無趣。」

綠柳道：「哪兒的話，我瞧妹子長相清秀，好生打扮，必是一個美人兒，明日我便傳人回去拿衣裳，妳挑幾件穿在身上，說不定連我都比不上呢？」

秦芳羞道：「綠柳姑娘愛說笑，秦芳長這麼大，還沒看過像您這麼美的姑娘呢！」

綠柳笑道：「別再這麼姑娘長姑娘短的，咱們既是有緣，我稱妳一聲妹子，妳就叫我姐姐吧！」

秦芳道：「這怎麼行！秦芳出身卑微，哪有什麼資格和您這天仙般的姑娘結為姐妹！」

綠柳道：「這什麼話！其實我一點兒也不高貴，還怕妳了解之後，不屑跟我說話呢！」

秦芳大受感動，不禁落淚道：「秦芳以為來到京城人生地不熟，恐怕得好一陣子才能習慣，如果能有個談心說話的好姐妹，那可比什麼都好！」

綠柳面露微笑，握住秦芳雙手道：「妹子，這回您可得幫幫姐姐，方才千戶大人和張公公所說的話，能否一五一十的全告訴我？」

秦芳再次羞紅了臉，道：「是聽了，但有些話不甚了解，好像有些關於男女之事難以啟齒，您當真想知？」

綠柳道：「性命攸關，我必須完全清楚。妳說吧！反正千戶大人聽不見，咱們姐妹倆說說男女之事又有何妨？」

秦芳想了一會兒才道：「那個叫『張公公』的大官說什麼請大哥暫忍幾日，把什麼一朵好花留給一個叫『陛下』的大官『破處』。請問『陛下』是做什麼的？比千戶大很多嗎？什麼又叫『破處』？為什麼有叫『公公』的官，他有很多孫子嗎？」

綠柳噗哧一笑，道：「這些待會再解釋，那古大哥怎麼說？」

秦芳道：「聽語氣好像不太高興，他說不信這是『陛下』本人的意思，又說什麼一言九鼎，豈有許了親又後悔之理，『九五之尊』，怎會有調戲人妻之企圖？」

綠柳道：「他真敢這麼說？」

秦芳道：「那個叫『張公公』的大官有點著惱，支支吾吾說了一些奇怪的理由，又勸古大哥若肯配合，日後平步青雲，前途無量。古大哥就是不肯，最後還說：『陛下既已賜婚，豈能兒戲？請您回去告訴那位想陷陛下於不義的權臣，無論如何，古某已定在今夜圓房。』姐姐，什麼是『圓房』？那張公公聽到之後，罵了兩句就走人。」

綠柳問道：「罵了什麼？」

秦芳道：「那張公公說：『千戶大人，你可知色字頭上一把刀，硬要留下綠柳，勢必徒增數不盡的麻煩。』大哥又問：『什麼麻煩？』那張公公說：『要留下此人，就得攬下此事，今夜就請你好想想，該怎麼講才不會牽扯到陛下。日後只要一句話說錯，害得聖上一世之英名因此蒙上陰影，別說綠柳，恐怕連你自己的項上人頭都保不住！』」

卻見綠柳神情轉為凝重，問道：「妹子，這兩個小娃娃是誰的小孩？」

秦芳道：「長了毛的那個是友人託孤，另一個是……我和千戶大人在四川生的孩子？」說到後來雙目低垂，不敢見人。

卻見綠柳拍桌怒道：「什麼？妳才多大？這個畜生，竟然做得出這等事！」這一拍桌同時驚醒兩個娃娃，只好放下話頭忙著哄睡，弄了好一陣子，秦芳也睏乏了，綠柳卻遲遲不敢入睡，熄了蠟燭，拔下玉簪，思道：「說什麼圓房？只要這個色鬼敢來碰我，就在他脖子上刺出一個窟窿。」

綠柳一夜驚嚇，守到五更終究不支而倒，醒來時已近午時，還是兩個娃娃同時哭鬧才把她吵醒，秦芳連忙賠不是，請她繼續安睡，綠柳搖頭道：「什麼時候？那人還在嗎？」

秦芳搖頭道：「一大早就見不到人，桌上留了一個碎銀，我拿去買一些燒餅，放久又涼了，您等一等，我再去熱熱。」說著要把放在桌上的燒餅拿走。

綠柳肚子早餓得慌，早一步搶在手上，道：「先別管這，我還有更要緊的事想拜託妳呢！」說著取下耳墜子交給秦芳道：「妹子，兩個娃娃我來照顧，這裡朝北走再隔兩條街便是胭脂胡同，勞煩妳拿著這個信物到嬉春園找一位尤大姐，告訴她說我有了麻煩，請前來商救。」

秦芳道：「古大哥本領高強，有他在，您不會有事。」

綠柳道：「拜託拜託！這可是性命交關……」

說到一半，忽聞後院門外有一娃娃哭喊聲，不停叫著：「娘……娘……」打開房門，竟是尤豔花！她懷裡抱著一個兩歲大的小男嬰，那男嬰一見綠柳，又喊了一聲「娘！」掙扎著要給抱。

綠柳見到兒子，淚水不禁奪眶而出，緊緊抱著兒子道：「妳怎麼知道我在這？」

尤豔花笑道：「同一條街發生了這等大事，想裝聾作啞也難；再說不思蜀的琴姐是我當年的好姐妹，昨晚便急著跑來商量，我能不管嗎？唉！妳什麼人不好惹，偏偏惹上皇帝老爺！」

綠柳道：「您都知道啦？」

尤豔花點頭，嘆道：「既然兩個月前便猜到這個人便是皇上，幹嘛不聽妳琴姨的話？把該給的早點給，萬金之軀走一趟不思蜀其實諸多不便，若能早日得到妳的身子，興許就不會再來。可是妳偏要若即若離，把人逗得心癢難耐，吃不到口的肉最香，當然放不下！這回，終究惹出一個大麻煩！」

綠柳道：「這個道理我何嘗不知？只是……唉！說出來您又會笑我，幹咱們這一行的，本不該奢望能成什麼貞節烈女，但我卻偏偏想留著一身潔淨等他回來。」

尤豔花一臉訝異，道：「什麼？妳守了整整兩年？是為了小青的爹嗎？他人呢？怎可讓妻子如此苦等？」

只見綠柳眼眶微溼，娓娓說出一直隱而未宣的私密心事：「不瞞您說，我本名姚若蘭，乃廣州知府姚容謙之女，父親與同榜進士錢應祈向為莫逆之交，常有往來。他的長公子錢澄大我兩歲，在大人的默許下我倆一直都是青梅竹馬，只待成年便可成親。

「但是後來兩位父親分別入了東林黨和浙黨，卻漸行漸遠。幾年前東林黨人楊時喬主持京察，貶謫許多浙黨官員，錢伯父就是其中之一，列出五條罪狀，其中最關鍵的一條罪名除了我爹以外，沒有他人清楚，因此認定是我爹為了黨派之爭，不惜出賣多年好友，婚事自然無人再提。

「削籍為民的錢伯父不到兩年便抑鬱而終，錢澄卻不知去哪學來一套劍法，在一個深夜闖入我家，抓了父親，眼看就要一劍了斷恩怨！我即時趕到，跪求他饒我爹一命。錢澄憶起舊情，遲遲下不了手，突然大笑道：『妳是否願意代他償命？』我說：『只要放過我爹，要殺要剮任君處置。』於是，他就這樣把我給擄走了。

「父親找來營救我的江湖人士不是武功不濟就是追不到人，他帶著我一路北上，大多時候待我很好，只是偶爾情緒上來時，想起自己不該喜歡上殺父仇人的女兒，免不了對我有所發洩，事後又感後悔！

「就這樣折騰幾個月，他終於受不了，留下一封信離去，信上說唯有自己當上大官，洗刷父親的汙名，才能光明正大的娶我為妻；然而身為罪臣之子，科舉從政之路已不易出頭，登龍捷徑，唯有遼東參軍一途；然此去生死未卜，請我自行決定是要回家、嫁人或是留下來等，無論選擇為何，他決無怨言。」說到這裡早已淚溼沾襟。

尤豔花遞給她一張手帕道：「妳選擇留下等人。」

綠柳道：「我無怨無悔！只是一個弱女子在京城生活不易，過了一個月，竟發現有了身孕，孩子出生不久，我爹派人找來，我死活不肯回去，留下一封家書，說明事情原委，就請他當作沒生過這個女兒吧！為了表示決心，我當晚就進了不思蜀，東林黨人個個自視清高，豈能容許自己有個當妓女的女兒，自然不會想再前來接人。

「我在不思蜀定下一個規矩，誰有本領把我留到子時，便可一親芳澤，兩年下來，一想到我那尚未成親的夫君仍在北方苦寒之地，為了我們的將來冒死奮戰，哪怕來的人是家財萬貫、貌似潘安還是權勢熏天，綠柳都不稀罕，只想要留著這份純潔，等待夫君衣錦榮歸。只是……兩個月前我探得消息，他所屬的先鋒營中了敵人埋伏……死傷逾半，其餘或俘或……不知去向。我也明白凶多吉少，但是……無論如何……只要沒人見著屍體……我都當他還活著。」說到後來，已泣不成聲。

尤豔花拍拍肩膀，輕聲安慰道：「所幸妳運氣好，遇上了古劍。」

綠柳道：「豔花姐，您可知江湖上怎麼評價此人？」

尤豔花笑道：「武功極高，人品極低，說明白些便是陰毒狡詐，賣友求榮，不擇手段，為武林正道所不容，只好投靠錦衣衛，既可苟活，更能發達。」

綠柳道：「既是如此，我何幸有之？」

尤豔花道：「那是外面聽來的，然依我親目所見，卻是大大的不同。綠柳妹子，這個人昨夜可有對妳做出什麼令人髮指之事？」

綠柳搖頭道：「若敢進來！我用髮簪刺不死他，自盡總行！」

尤豔花笑道：「百劍門並列第一的劍缽，若連妳一個弱女子都搞不定，那試劍大會可以收了！」

「昨日沒做，不表示今日不做。」綠柳指著秦芳道：「若是正人君子，又怎麼會欺負一個小姑娘，認作義妹，卻又跟她生了個娃娃？」

卻見秦芳搖頭急道：「沒有！沒有！沒這回事！」

綠柳道：「妳昨夜才說小夢吉是妳和千戶大人在四川所生？如今只不過一覺醒來，怎麼就全不認帳？」

「原來如此！」秦芳露出無奈的笑，才把這十幾天所發生的事說個清楚，原來她以前當丫鬟時，一直稱司馬笑為千戶大人，即使後來生了他的小孩，仍是個無名無分的小丫鬟，稱呼未改；而古劍從未當她是個下人，為了方便行走，一開始便以兄妹相稱。原來此千戶非彼千戶，誤會大了！

尤豔花聽完笑道：「妹子啊！咱們風塵中打滾過的人，個個都練就一番識人的本領；只是妳這次犯了先入為主之誤，什麼都往壞處想，不免看錯了人。」

卻見綠柳搖頭道：「或許是此人精於偽裝，要不然怎麼連百劍門朱、裴兩家都能出賣？豔花姐！您神通廣大，可有辦法送我和小青出城？」

尤豔花道：「就算送得出去，但一個弱不禁風的女子帶著一個小娃娃，真能躲到深山裡獨活嗎？再說一旦妳憑空消失，首先倒楣的便是古劍，就算不怎麼在乎他的死活，但不思蜀的琴姨待妳不薄，難道真要害得她無路可走？」

綠柳沉思了一會，道：「也罷！橫豎不過一死，就賭它一場吧！豔花姐，妹子若有什麼不測，小青可得拜託您照顧啦！」

尤豔花笑道：「我看即使您大姑娘願意，他都未必心動呢？也許這個人正在懊惱昨夜為何要多管閒事，惹來一身腥呢？要不，怎麼一大早找我過來！」

第二十七章
妖書

古劍當夜並未入睡，騎馬出城，直到次日向晚時分，才帶著一個布袋和一身塵土回到南鎮撫司，卻見馬面盧方雄與無齒蝙蝠葛天文早已坐在廳堂上等著，一見人便起身問道：「古大人可知昨夜不思蜀發生之事？」

古劍故作驚異，道：「你們聽到什麼？」

葛、盧二人先是沉默，突然一齊爆笑，葛天文指著古劍笑道：「您消失了大半天，難不成什麼都不曉得？」

古劍不耐道：「我出城辦事剛回來，哪會知道什麼？快說，究竟怎麼回事？」

盧方雄笑道：「發生這等情事，現在全城都在傳你人在現場，竟還有心情出城？」

葛天文笑道：「別再裝啦！古大千戶，上次咱們邀您上紅薔院，碰了一鼻子灰，還以為您真要當聖人啦！沒想這次竟然會跟何致昇走一趟不思蜀，真讓人料想不到啊！」

盧方雄道：「想是古大人眼光高，紅薔院那幾個胭脂俗粉，還不看在眼裡。」

葛天文笑道：「京師第一英雄配京師第一美女，這才稱對嘛！」

葛、盧兩人與其他四個千戶並稱京城六煞，在江湖上聲名極差，古劍與牟謙想先清理門戶，首先就調查他們；然而查了一陣子，卻發現許多市井傳言，不是陳年舊事便是張冠李戴，或有小惡似無大奸。原來人一旦進了廠衛，惡名自動上升兩級；再加上古劍一連除去三名真正作惡多端的外驛千戶，這六人瞧在眼裡，更加不敢添亂。或許有人真的壞，但做得夠隱密，查無實證一時也莫可奈何。

葛天文與盧方雄正是六人之中較易相處的兩個人，「無齒蝙蝠」葛天文沒了牙齒，臉皮極厚，說成「無恥」也算名副其實，但除此之外，並無作惡之膽；而「馬面」盧方雄人雖醜，心機倒是不重。

古劍初到京城時威名太盛，眾人不免對他有些懼怕；但相處久了，發現他從未挾名自重，更不仗劍欺人，便漸漸有所親近，這其中又以葛、盧二人最為相熟，有時小鬧一番，他也不怎麼生氣。哪知這回古劍卻重重拍桌喝道：「別嘻皮笑臉！你們若還尊重我這個代理指揮使一職，就該正正經經，把外頭傳言一五一十先說來聽。」這怒氣半真半假，真正的內情有口難言，市井傳言以假亂真，卻傳得如此之快，不免讓人懷疑，是否有人蓄意流布？

只見兩人臉色略變，葛天文道：「別這樣嘛！咱兄弟倆也是關心您呀！消息亂得很，有人說只是一場爭風吃醋出了意外，有人說這是江湖仇家來找您晦氣，還有人說……」停下來瞄了一圈，才低聲道：「皇上也在那兒。」

古劍啐道：「別亂說！萬金之軀，怎會到那種地方？」

盧方雄道：「是啊！負責此案的邵捕頭想找您問問……」

古劍插話道：「你說的可是京城三大名捕之一的『三隻眼』邵通？」

葛天文道：「正是，此人查案快又準，好像在犯案時，早就被他的第三隻眼睛給盯住似的。」

盧方雄續道：「那『三隻眼』找了您好幾遍，偏巧您又大半天不見人影，自然愈傳愈亂，還有人說您畏罪潛逃呢！要不是此事咱倆也幫了點忙，可真不知該信誰的好？」

葛天文道：「兄弟，我瞧這次您恐怕是脫不了身，不如就大大方方認了下來，反正自古英雄愛美人……」

古劍不想再被揶揄，露出一臉不悅道：「你們還知道什麼？快說！」

葛天文只得識相說道：「其實昨夜咱兄弟倆就在與不思蜀相隔一條街的群芳閣喝酒，那種地方去多了，也知道妓院本來就不是清靜之地，因此遠遠聽到不思蜀那邊的打鬥聲響，也不怎麼大驚小怪……」

古劍道：「那個時候兩位正左擁右抱，捨不得離開溫柔鄉吧！」

兩人嘿嘿一笑，葛天文又道：「但後來聽人說出了人命，咱倆才整裝前往，到達時邵捕頭已在現場盤問，而兩方人馬早已不知去向，只留下一具屍體，不思蜀的琴姨嚇得全身打顫，直說那些人全都是生面孔，其餘一概不知。詢問其他目擊者，有的酒客說看見一位身穿大紅絲綢的胖子跳下水池，邵通叫人拿溼布把死者臉上易容所塗的藥水洗去，竟是當今天子貼身護衛何致昇的臉！這些串起來，不免讓人懷疑……」

古劍道：「不要再說這個！你們身為錦衣千戶，難道不知禍從口出？萬一聖上下令追查散播謠言之人，該不該拿下兩位？」

只見兩人臉色大變，盧方雄急道：「萬萬不敢！好兄弟，再怎麼說咱們也有一定的交情，無心之過，千萬別當真！」

葛天文也道：「別的不說，傅安、秦沖他們把您當成瘟神，能躲多遠就躲多遠，只有咱兄弟還把您當成朋友。把咱倆抓了，日後您覺得氣悶，要找誰說話呀？」

古劍只覺得好氣又好笑，搖頭道：「接著說下去吧。」

葛天文道：「本來一般民間的命案是六扇門的事，咱們錦衣衛不該插手；但死的人是錦衣千戶兼大內第一帶刀護衛，自然不能不管。那邵通雖為京城名捕，若非我倆從旁協助，適時提點，恐怕到現在也未必能有什麼頭緒。」

錦衣衛中有許多人的官位是世襲而來，這倆人能當上千戶，多靠父蔭。古劍很清楚他們的本事，武功還過得去，辦案卻常抓不著頭緒。不思蜀眾多姑娘在場，這倆人想必極力表現，免不了在一旁亂出主意，他們想得到的主意人家也一定知道，幫得上忙才奇怪。但巡捕畢竟只是個芝麻小吏，真不知這個邵通是如何打發他們？

古劍笑道：「有兩位協助，想必邵捕頭很快便能找到真凶。」

兩人面露得意之色，盧方雄笑道：「正是，發生這種事，那些酒客幾乎跑得不見人影，在我倆不藏私的指導與協助之下，那邵通很快便問出一些名堂出來。」

古劍道：「問出什麼？」

葛天文道：「第一，兩派人馬可能是為了京城名妓綠柳姑娘爭風吃醋而大打出手，其中一邊有六個人，看來都是江湖人物。」

盧方雄道：「另一邊人數稍多，有的從二樓往三樓攻；然而待在東雲閣那幾個人似乎不是個個能打，沒多久便被逼得從三樓跳下水池。不知怎麼，就連綠柳姑娘也跟著跳水，這時何千戶已倒在三樓，全靠另一名劍客頗有氣勢的站在橋上，占了上風的六人竟無人敢跳！」

葛天文道：「其中有個全身珠光寶氣的胖子，看起來像個主子，在眾人保護之下上了馬車，連綠柳姑娘也被帶走。」

兩人說到此處便沒再說下去，古劍問道：「還有嗎？」

葛天文道：「其他得問邵通！」

古劍道：「你們不是全程協助嗎？」

兩人支吾了一陣，盧方雄才道：「後來邵通說要問訊的人太多，只留下琴姨和幾名當時在三樓飲酒的酒客，其他十幾名姑娘請我倆帶到另一個房間仔細盤查，咱倆好人做到底，也就沒推託。」

葛天文道：「為了不錯過任何破案的關鍵，所有的姑娘都細細盤問，有的姑娘膽子小，還得安慰幾句呢！」

古劍道：「怎麼安慰？不會趁機動手動腳吧！」只見兩人笑而不答，古劍嘆道：「算我沒問，這等千載難逢的機會，你們怎會放過！」

兩人嘿嘿一笑，盧方雄道：「咱倆也不得不如此！青樓之中臥虎藏龍也是有的，您想想，殺死何致昇的餵毒暗器，說不定正是從這裡某個姑娘手上發出去的，若不逐一搜身，豈能證明她們的清白？」

邵通為了擺脫這兩個渾人的糾纏，使了調虎離山之計，卻苦了這些姑娘。古劍也只能搖頭，問道：「花了這麼大的精神，可有抓到什麼可疑之人或問出什麼名堂？」

兩人同時搖頭，盧方雄罵道：「等咱倆問完，邵通早已不見人影！然而到了今天，他又過來找您幾次，我問他案子查得如何，這狗養的，竟敢跟咱倆打馬虎眼，就是不說！」

古劍道：「我現在就去找他。」

說畢正要出門，卻見守在門外的一名總旗入內傳話說：「啟稟千戶大人，順天府巡捕邵通求見！」

古劍道：「快請。」

過不多時，只見一名三十來歲的精壯漢子走了進來，一見面便躬身施禮道：「下官順天府捕頭邵通拜見代理指揮使古劍大人。」

古劍回禮道：「您客氣了！衙門抓的是作奸犯科之徒，為百姓伸張正義，未必不如調查貪官逆臣的錦衣衛，彼此也並無隸屬，邵捕頭客氣無妨，但不必自居下屬，否則待會要怎麼問話？」

邵通道：「在下確實有事要請教大人，能否……」古劍明白他的意思，請他坐著說，示意讓葛、盧二人迴避。

待二人走遠，古劍開門見山道：「你知道多少？」

邵通道：「除了何千戶以外，那神祕的洪姓布商，一個總管，另一個護院恐怕也都是易容而來。男人上得起不思蜀，好像也不是什麼丟人的事，何必那麼大費周章？」

古劍沒有答話，卻又問道：「你懷疑古某就是那個護院？」

邵通道：「已經不必懷疑了。」

古劍道：「就憑死者也是一個千戶，且那護院有些武藝，就可以驟下結論？」

邵通道：「不思蜀的三樓有四間房，洪員外與何致昇在東雲閣，那六名凶徒在西霞閣，劉御史和蔡侍郎在南霧閣，您可知北煙閣是誰？」古劍搖頭，當時忙著護駕，哪有餘神去管這些？一般若是文官商賈，碰到這種事躲都來不及，怎敢在一旁觀戰？如今聽他這麼說，莫非當時另有江湖人物也在場？

只見邵通道：「這幾個人恰巧是您的舊識，幻劍門的李鳴幽、芙蓉染坊的孫禾、城南鏢局的趙峰和水月山莊的黃棋然，人稱京城四少，都是百劍門中排得上名號的劍缽，這四個人可不會沒膽子觀戰，都異口同聲斬釘截鐵的說：『那護院模樣的傢伙，使的正是「無常劍法」。』」

古劍道：「你可知古某與百劍門有很大的誤會嗎？」

邵通笑道：「在下也算半個江湖人，如此著名的公案怎麼可能沒聽過？或許他們想嫁禍於你，所言不可盡信，因此今早特地跑了一趟貴宅，你猜我見到了誰？沒想到千戶大人如此風流倜儻，屋裡的姑娘，有的風姿綽約，有的爽朗俏麗，有的清秀可人，各有各的美。」

邵通一口氣形容了三個姑娘，古劍卻沒留意。聽了只是笑了笑，也不想再多作解釋，其實他也知道只要綠柳還待在屋裡，此事遲早瞞不了人，只是無論如何，就是不想大方認帳。說道：「邵捕頭果然名不虛傳，除此之外還有查出什麼？」

邵通道：「在下也找到了那位洪姓布商，原來他跟死去的何致昇是同鄉舊識；而何千戶與你又是同僚關係，於是一個拉一個，相約去了一趟不思蜀。那洪順福雖說家財萬貫，卻十分懼內，深怕上不思蜀一事會被發現傳回家鄉，因此就請大家易容赴會，沒想到卻惹出這等情事。」

古劍道：「不知洪員外如今人在哪兒？」

邵通笑道：「人又不是他殺的，問一問就讓他走啦！我想一般人發生這等事情，應該無心逗留，恐怕早已出城，回家收驚去啦！」

古劍笑道：「正是。」

邵通道：「今早有人在城外一間老宅發現六具屍首，一高一矮一胖一瘦，再加上一對兄弟，不知與千戶大人所見是否吻合？」

古劍點頭道：「除了那對兄弟未曾相見外，另四人確是如此！」

邵通道：「本以為古千戶為了替同僚報仇，出手殺了他們；但貼近細觀，才發現六人分別傷於厚劍、薄劍及大刀，顯非千戶大人一人所為。」

古劍道：「邵捕頭果然心細如髮，無須古某多費唇舌為自己伸冤。」

邵通道：「從服飾、兵器及隨身物品的做工及樣式看來，這六人應來自江南。」

古劍道：「洪員外也曾說過，聽口音似乎來自於江浙一帶。」

邵通笑道：「洪員外做生意免不了四處奔波，自然熟悉各省口音，他既然這麼說，想必錯不了！」

邵通道：「瞧古大人一身塵土，聽說一早就不見人影，不知……」

古劍道：「與案情有關的事，古某能說的都說了。」

邵通見他不想多說，知趣笑道：「感謝代理指揮使大人撥冗告知，下官任務圓滿，就此告辭。」

剛送走來客，卻見葛天文與盧方雄疾奔而來，喘著氣道：「廠公……廠公來啦！帶著十來個人，會不會……古大人，你麻煩大啦！」

瞧這兩人緊張兮兮的模樣，古劍笑了笑，啜了一口茶，道：「廠公是人非鬼，兩位何必如此害怕？」

葛天文道：「您到京城也超過半年啦！難道不知所謂『廠衛』，向來是廠大於衛！」

古劍道：「可是查遍大明律法，就沒看到哪一條說東廠高於錦衣衛。」

盧方雄道：「我瞧您還沒學全呢！怎不知官場的道理，往往法不如勢，理不如情。咱們錦衣衛人數雖多，但東廠提督太監向來是皇上親信，若不能好生伺候，一句話可以定咱們的生死呢！」

葛天文道：「不管了，待會見到廠公，您就跟著我們，該跪就跪，該叫爺爺就叫爺爺。」

話方說完，只見提督東廠太監趙富安與東廠掌刑千戶田爾耕帶著十餘名大小廠衛，大搖大擺走了進來。葛、盧二人遠遠見到隨即跪拜道：「廠公大人吉祥！小的錦衣千戶葛天文（盧方雄）有失遠迎，還請恕罪則個。」

唯獨古劍只行下屬之禮，拱手拜道：「提督大人與掌刑大人聯袂而來，不知有何要事？」

卻見田爾耕笑道：「方才聽邵捕頭說了，果然英雄出少年，古千戶在不思蜀一夫當關，英雄救美；而綠柳姑娘為了感謝你救命之恩，還願意下嫁呢！真有你的！」

古劍苦笑道：「大人說笑了！在下昨夜是想說賊人未擒，綠柳姑娘留在原地不甚安妥，只好委屈她在寒舍借住，沒想到卻因此害了她名節。」

田爾耕笑道：「哪有英雄不愛美人？這也沒什麼丟人，何須隱瞞？再說綠柳姑娘豔冠京城，多少王孫公子費盡心思想一親芳澤而不得，卻被你一夜……嘿嘿！說實在，讓人好生羨慕！」說到羨慕，果見葛、盧二人眼睛睜得老大，口水都快滴了下來。

古劍看出他話裡的酸味，不再多言，卻見趙富安不悅道：「別再提這些苟且之事！快談正事要緊。」

原來太監少了那話兒，男歡女愛成了缺憾，平日最恨聽這些東西，田爾耕一時妒意升起，只想酸古劍幾句，竟忘了廠公的禁忌，趕忙換個話頭，對古劍道：「聽說牟謙大人不在，由古千戶暫代指揮使一職？」

古劍答道：「是。」

田爾耕道：「那好！我們廠公想看多年前『妖書』一案的查審卷宗，就在你們南鎮撫司的審案卷庫之中，請你立即派人取來！」原來他們是為了此事而來，古劍心底才放下一顆石頭，又升起另一顆巨石，想起郭世域的話，若是這幫人真如岳丈所言，想用這份案卷再掀鬥爭，豈不又將鬧出一番風雨？問道：「經過這麼多年，不是都結案了嗎？怎麼兩位還要再看？」

田爾耕道：「當年錦衣衛受到限期破案的壓力，辦得有些倉促，如今仔細回想，疑點重重，或許不免錯抓好人，卻讓真正的幕後主使者逍遙法外。聖上一再要求咱們廠衛辦案務必勿枉勿縱，廠公向來慈悲公正，便想再仔仔細細研究一遍當年的辦案經過，以廠公智慮之精，見識之明，必能找出破案關鍵，讓真凶無所遁形。」

古劍道：「想必當年查案時，廠公大人並未參與。」

田爾耕道：「當然！當年負責調查此案之人，乃錦衣衛前兩任的指揮使王之采。此人早已仙逝，就算皇上究責，也罰不到他身上。」

古劍道：「話是沒錯，但隔了十來年重啟調查，勞師動眾不說，想找出真凶更不容易！萬一又有什麼搞錯了，弄得朋黨爭鬥，朝野紛亂，傷及無辜，恐怕得不償失。」

只見田爾耕拍桌罵道：「豈有此理！廠公大人親自出馬，怎會疏失？哪來的朝野紛亂，傷及無辜？」

古劍雙手一攤道：「無論如何，茲事體大，下官作不了主；你們要查要翻，得等牟指揮使回來再說。」

「放肆！」東廠頭目趙富安又開了金口，古劍聽不見他語氣中的盛怒，只見他氣得白臉翻紅，眼睜眉凸。

田爾耕見狀，指著古劍啐罵：「你這個小千戶見到廠公大人不知下跪恭迎已是無禮至極！如今竟敢以下犯上！當真以為有牟謙撐腰，咱們就不敢把你怎樣？」

古劍道：「你們真要我下跪行禮？」

田爾耕道：「這有什麼不對？按例來說，若非廠公特許，即便是你們牟指揮使，見到他老人家也該跪迎才是。你這小小的代理指揮使，憑什麼和他們不同？」

「既然如此，下官只好跪下了。」說著雙膝一彎，朝著趙富安行跪拜之禮。

趙富安容色稍緩，道：「怎麼樣，『妖書』一卷，現在可以借了嗎？」

卻見古劍道：「下官查過大明禮典，除了面見天子之外，官員之間無論上下，並無跪拜之禮。廠公大人堅持要下官行此大禮，莫非自認您的地位崇高，可與當今聖上比肩？」

此話一出，趙、田二人頓時嚇得面無血色，趙富安急道：「快起來！老夫……可從來……沒叫你跪！」

古劍起身拍去兩膝塵土，笑道：「那就是田千戶揣摩上意，私自作主囉？」

田爾耕道：「不是！不是！我只不過開個小玩笑，誰知你當真了！」

古劍道：「堂堂東廠掌刑千戶，竟可拿大明禮法當成玩笑！這事有趣極了，不知聖上知道了，會怎麼想？」

田爾耕又急又氣，東廠實權向來高於錦衣衛，而錦衣衛有四大統領加十四千戶，東廠卻只有一個千戶，雖說掌刑千戶這個官銜聽起來與其他錦衣衛並無多大差別，但論實權則大得許多，別說錦衣千戶在其面前不得不卑躬屈膝，就連錦衣衛指揮使見了他，也得容讓三分。就是平常這種氣焰讓他失了戒心，想以官威壓人，反倒被抓了一條小辮子。

但田爾耕畢竟老於江湖，一陣氣急敗壞之後，很快恢復鎮定，大笑起來，連聲喝道：「你有聽見嗎？你有聽見嗎？……」他每說一句便伸手指向場中某人，一圈下來包括葛、盧二人無不搖頭說沒有，一一點完後對著古劍道：「你這個聾子，到底是用哪隻耳朵聽我說跪不跪的？用你那讀唇術亂猜一通，胡說八道，誰會信？再說憑你一個小小的尋常千戶，要到何年何月方能見到龍顏？還想告我的狀？門都沒有！識相的話，快叫人拿『妖書』過來，或可饒你不死。」

卻見古劍取出背後長劍，笑道：「你們若要強取，古某奉陪；但若殺不死我，錦衣衛與東廠鬥鬧之事傳到聖上耳裡，親傳你我審訊，到時候，不就見到皇上了嗎？」話說完只見田爾耕發起飆來，重重劈了案桌一掌，兩寸厚的花梨木桌面登時裂成兩片，葛、盧二人全身顫慄不止，在京城當差的，誰沒聽過「鬼吐血」田爾耕的威名，意思是說他出掌威力奇大，連鬼都怕。在古劍來到京師之前，論武功也只略遜牟謙一籌，這回可好！兩人四目相對，擺好架式，誰是京師第一？即將分曉！

就在劍拔弩張之際，卻聞一聲「聖旨到」，眾人大驚，下跪接旨，只見張成來到大廳，展卷唸道：「奉天承運，皇帝詔曰：傳錦衣衛代理指揮使古劍，即刻入宮商議要事，欽此。」

宣旨完畢，眾人起身，卻見趙、田二人臉色慘白，趙富安將張成拉到一旁竊竊私語道：「這是怎麼回事？這小子什麼時候攀上陛下的？」

張成笑道：「這我不能說，但這小子天不怕地不怕，連皇上都敢得罪，偏偏陛下欣賞，竟然沒事！」說完笑著離去。

趙富安露齒而笑，瞧著古劍半晌無語，最後一聲：「走！」率眾人離去。

廳上只剩三人，那葛天文果然臉皮夠厚，竟能若無其事的讚道：「古大人，經過此事，我葛天文可真是服了您啦！」

古劍笑道：「葛兄方才還和東廠那班人一鼻孔出氣來對付古某，現在又能拍馬屁，您這厚臉皮的功夫，古某也是萬分佩服！」

葛天文嘿嘿笑道：「這也是沒法子的事，俗話說：寧可得罪君子，不可得罪小人。當時咱們心裡是這麼想的：站在你那邊，將成為一個有義氣的死人；但若站在東廠那邊，則變成活著的小人。您也了解，咱倆從來不是什麼高尚的東西，會這麼選邊，一點也不奇怪。」

古劍無奈笑了一笑，點頭道：「說得對。」

古劍來到紫禁城時已是點燈時刻，一進乾清宮，行完臣子之禮，萬曆第一句便道：「日夜奔波，辛苦了！平身。」

古劍起身回道：「多謝聖上關心！」

萬曆道：「昨天半夜你從家裡出來，先到衛所，出來時背著一個布袋，又帶著一隻狗到各城門搜尋，走到廣寧門，瞧見地板有清洗的痕跡，便料定那裡才經過一場惡鬥，看來是守門官兵打不贏那六名凶徒，不得不開門放人。負責看守廣寧門的參將饒東河守城不力，卻又怕被朕知道了要砍頭，連夜叫人清洗血跡，卻沒想到還是被你查了出來。」

古劍道：「那六名刺客的功夫陛下也親眼瞧過，實在不是一般守門官兵攔得住的，京城裡龍蛇混雜，能武之人想從裡面出去不難，皇上若是個個都要照律懲處，恐怕日後這種職位沒人敢接。再說微臣為了盡快出城，已同意饒東河不再追究。」

萬曆道：「罷了！既然古千戶開口，朕就當作不知此事。聽說你出了城門更是精彩，能否說來聽聽？」

古劍道：「那沒什麼，不過就靠著一隻狗幫忙追到了人。」

萬曆笑道：「錦衣衛養的狗又沒聞過這些人的體味，怎麼知道要朝哪裡追？」

古劍從身上拿出一瓶水，倒兩滴在手心上，再問道：「皇上是否也想聞聞看？」

萬曆湊近一聞，說道：「味道很淡啊！」

古劍道：「這是十里香，人聞起來似有若無，但香味可以傳得極遠，對受過訓練的緝犬而言，這味道清楚得很。」

萬曆笑著對張成道：「朕猜得沒錯吧！古千戶定有法子，在激鬥中神不知鬼不覺的把什麼東西沾到賊人身上。」

古劍道：「微臣一見到那幾個江湖人，便覺來者不善，還沒開始交手，即暗暗將半瓶十里香倒入劍鞘中，不交手便罷，一旦交上了手，劍上沾到的香液必然會彈濺到對方身上，就算未能當場解決他們，也有利於事後追捕。」

萬曆笑道：「你的判斷沒錯，昨夜那幫人臉色紅潤，態度輕浮，顯然在不思蜀已喝了不少酒，半醉之人特別想休息，找到空屋倒頭就睡，一般走不遠。」

古劍道：「可惜微臣晚了一步，進屋時只見六具屍體，有的被薄劍割斷咽喉，有的被厚劍刺入心窩，也有的死於刀下。」

萬曆道：「隨後你提著燈籠往南追凶，有找到人嗎？」

古劍道：「由於屍體還是熱的，估計剛死去不久；於是微臣讓緝犬聞嗅血味，再由牠帶著追凶。」

萬曆道：「原來如此，那些傢伙剛殺了人，劍上必留血跡，逃不過緝犬的鼻子。你朝南走了十來里路，進入樹林，朕派去的人跟丟了，後來怎樣？」

古劍道：「那三人發現有人追蹤，將微臣引至樹林，埋伏截殺！三人都蒙面，功夫也不弱，所幸微臣有幾年常待在森林裡跑跳攀躍，占了點便宜，因此並未中招。一陣廝殺，雖傷了兩人；但緝犬被殺，燈籠被毀，林中月色昏暗，只能在後頭勉力苦追。

「見微臣緊追不捨，有人放了一道煙火求援，那時天色逐漸轉亮，微臣加快腳步，追上其中一位帶刀的殺手，眼看就要重創對方，橫地裡冒出兩個使棍的蒙面高手，配合巧妙，也不好對付，五人聯手，換成微臣落居下風，只能跑給他們追！」

萬曆笑道：「有意思！五個人一起行動，總有人追不上你；若分批或包夾，又打不過你。」

古劍道：「就這麼一會兒追一會兒逃，直到日正當中，大家都累了！摸摸肚子，揮手道別！」

萬曆道：「辛苦了！雖然沒帶回半個人，但聽說厲害的劍客，只要交過手，便能知道對方用的是什麼劍法？」

古劍道：「那也得見識過才行。先前三位，使厚劍者出自天山崑崙派，使薄劍的出自峨嵋派，至於使刀的微臣便不得而知；而後頭兩位的棍法迅猛剛強，似乎是少林一路。」

「朕曾聽牟謙說過：江湖上最負盛名的十個門派，分別是少林、武當、丐幫、華山、峨嵋、崑崙六大門派，與胭脂胡同、莫愁莊、洗劍園、樂遊苑四大劍門。」說到這裡，萬曆神情轉為嚴肅，問道：「請你告訴朕，究竟是什麼了不起的組織，可以聚集這些各路高手？」

古劍道：「微臣沒有證據，實不敢妄加揣測。」

萬曆笑道：「上萬錦衣衛遍布全國，江湖上的事，如果連你們都弄不清楚，那朕還能問誰？莫非是心裡早有了底，卻不肯說？」

古劍凜然一驚，他曾聽牟謙提過：「這個皇帝雖懶，卻一點也不糊塗。」正猶豫是否該稟報有關赤幫之事？卻見萬曆怒道：「你們以為不講，朕就不知道嗎？其實朕不但知道江湖上有個妄想傾覆我朝的隱祕幫派，也知道他們的首領紫微星是誰，哼！大膽至極！這個傢伙竟然也姓朱！」

古劍道：「聖上請息怒，有關赤幫之事，一來證據並不明確，二來不想讓皇上擔心，是以一直不敢稟報。」

萬曆冷笑道：「若想讓朕不擔心受怕，何不發兵剿了莫愁莊？」

古劍道：「微臣在江湖上千夫所指，便是拜莫愁莊所賜！若發兵即能剿滅，怎會等到現在？然而只要軍隊靠近，那幫人早走得一個不剩。」

萬曆道：「那就重金禮聘全天下的武林高手，他有二十八星曜，朕有七十二天罡！看誰怕誰？」

古劍道：「莫愁莊以仁俠為名且高手如雲，就算皇上拿出金山銀山，恐怕也找不到幾個人敢與之作對。總之若要硬拚，無論明爭還是暗鬥，咱們都占不到便宜。」

萬曆怒道：「朕身為一國之君，難道什麼都不能做，只能等著他派人來砍腦袋？」

古劍道：「微臣認為此事若是赤幫主使，那對方應無意除去聖上。」

萬曆道：「你在朕的面前睜眼說瞎話，不怕掉腦袋嗎？」

古劍道：「即便殺了聖上，有忠心保皇的東林黨在，紫微星也控制不了朝廷，頂多一陣紛亂，讓太子提早登基罷了，又有何益？再說護衛一個人遠比殺一個人難！赤幫既然高手如雲，難得探得皇上微服出巡之消息，如指派那三位高手執行任務，微臣一人恐難阻擋！偏偏派出來的全是貪生怕死的二流武人？還要另費功夫殺人滅口！究竟所為何來？耐人尋味。」

萬曆容色稍緩，問道：「派人行刺又不想成功，這個紫微星，究竟想怎樣？」

「激怒聖上！」古劍道：「莫愁莊沽名釣譽多年，在江湖上聲望崇隆，近年來暗地裡做了不少事，以離間朝廷與百劍門甚至整個武林，或已略有成效。然因這些年來皇上無為而治，或許在民間略有批評；但無論如何，自您登基至今，大明處處歌舞昇平，繁榮昌盛，百劍門中又多富庶之家，想一呼百諾，讓百劍門及其他江湖幫派跟著他造反，恐怕不易。但若朝廷無憑無據，硬說他們想謀反……」

萬曆道：「何來無憑無據？那六人上京行刺，鐵證如山。」

古劍道：「人已經死了，如何證明這六人便是莫愁莊派來的？就算能活捉，讓六人全都認了罪，那幫人也能說成嚴刑逼供，欲加之罪。再說，若要真以此為理由討伐他們，那皇上昨夜之事，豈不弄得天下皆知？」

說完只見萬曆臉上陰晴不定，又道：「那這十多年來，赤幫數次暗地與朝廷作對，而幾次民變，亦有參與興風作浪的傳言，甚至部分事證明確，就算他們再怎麼巧言善辯也難以否認；依你看，可依此來討伐那幫逆賊嗎？」

古劍道：「微臣曾逐一查閱卷宗，這幾件案子的起頭，盡是那些貪官汙吏打著徵稅的名義橫徵暴斂所致，每發生一次，只會減損一分聖德，反倒增添赤幫在民間的聲望。」說完但見萬曆臉色鐵青，不發一語。

過了一會，逐漸冷靜下來，才道：「如果朕派人滅莊，卻又說不出個好理由，等於是與百劍門甚至整個武林公開宣戰，只會引發眾怒，說什麼官逼民反，豈非中了他們的計？」

張成連忙附和道：「正是如此！陛下聖明，思慮周全，奴才萬分佩服！」

只見萬曆不悅道：「思慮周全又有何用？管不動朝廷這群亂臣在先，治不了外面一堆賊子在後，朕身為一國之君，做得可真是無趣！」說罷拂袖而去。

古劍奔波終日粒米未進，走出紫禁城時早已飢腸轆轆，然總掛心家裡，心想家裡連個像樣的鍋碗都缺，這兩位姑娘外食不便，也不知餓了多久，匆匆買了幾顆飯糰便快步走回住處，一開門卻發現餐桌上擺滿菜肴，頗為豐盛，另有一壺陳年女兒紅，卻有四只酒杯，古劍心中不禁起了一絲疑竇？思道：「這女兒紅多半是綠柳弄的，莫非她知我酒量不佳，想把我灌醉，不知有何企圖？只有三人，為何準備四個杯子？莫非哪裡找來一個厲害的幫手？」當了千戶之後，竟不知不覺中變成一個多疑之人。

才剛坐下，只見綠柳娉娉婷婷端了一碗雞湯走來，在古劍對面坐下，盈盈淺笑道：「大人奔波了一天，想必肚子餓得慌，快吃吧！」

古劍尷尬的提起手上飯糰，綠柳臉色略變，道：「不管！那些留著明天用，先吃咱們煮的六道菜，各試一口，再告訴咱們哪個好吃，哪個難吃？」

古劍依言逐一嘗菜，吃完將六道菜分成三類，其中兩道好吃，兩道一般，兩道尚待改進。

綠柳嘟囔道：「如此評斷，三人平分秋色，不是得再比一次？」

古劍道：「哪來的三個人？」

綠柳兩手一攤，朝著廚房喊道：「瞞不住啦！都出來吧！」語罷，竟見秦芳與紀草各抱著一個熟睡中的娃娃，從廚房裡走出來。

古劍驚道：「紀姑娘，妳怎麼來了？」卻見紀草紅著臉，半晌不答。

綠柳笑道：「這位姑娘自稱是千戶大人半個徒弟，聽聞您在京師遇上了麻煩，便跋山涉水從西安趕來相助。」

古劍問道：「紀苑主可知此事？」

紀草嘟起嘴道：「爹逼我成親，我不想，便留了字條，說要探五嶽、遊三江，玩夠了再回去。」

古劍道：「胡鬧！許給哪家的公子？」

紀草道：「華山派的童暉。」

古劍道：「華山派大弟子，為人誠樸，學劍勤勉，劍法在華山派年輕弟子中出類拔萃，妳莫嫌他出身寒微，父母雙亡。」

紀草翻了白眼道：「我有說嫌棄他嗎？」

古劍道：「那為何不願成親？」

紀草道：「本姑娘年方十八，一旦嫁作人婦，什麼三從四德，相夫教子的，往後的人生，便只能老老實實待在樂遊苑中，不能再闖蕩江湖，快意恩仇，豈不辜負了這一身功夫？」

古劍笑道：「嫁雞隨雞，妳應該會待在風景壯麗的華山，日後隨著童暉行走江湖，行俠仗義，並不氣悶。」

紀草道：「可我爹要他入贅，成親後待在樂遊苑。」

古劍笑道：「他不會答應吧！」

「他竟然同意！氣死人啦！」嘴巴雖說生氣，神情卻無絲毫怒色。

綠柳笑道：「誰叫姑娘您長得如花似玉，就算一身勁裝，英氣中也還帶著遮不住的俏麗可人。」

紀草道：「您別亂誇啦！我有自知之明，若論美貌，別說十六個姐妹中還排不上前五，跟妳比更差了一大截！那童暉又不是瞎子，為何不過一劍之緣，就說瞧上我？」

古劍道：「什麼一劍之緣？」

紀草自知說溜了嘴，眼睛骨碌碌轉了一圈，才講：「我……不過比劍輸給了他！」

古劍道：「妳怎麼又招惹了華山派？」

紀草道：「去年九月，華山掌門仲孫天六十大壽，我跟父親前往祝賀。當天用完午宴，父親已醉得不省人事，我一人百無聊賴，便任由華山派一個小師妹帶著四處閒逛，走到一處園子，那小師妹突然說要出恭，請我在一顆大石頭上坐著等。

「我依言坐下，沒多久便聽到隔牆有人說話：『五師兄，您不是最愛美貌姑娘？樂遊苑此次前來的紀草姑娘頗有姿色，怎麼瞧您似乎興趣缺缺？』

「那個叫五師兄的帶著酒意說：『瞧什麼？你可知樂遊苑十六金釵中最為潑辣，最像男人的是誰嗎？』另一人笑道：『正是！樂遊苑的「極樂劍法」向來是傳子不傳女，哪知這位姑娘竟自己偷學劍法，在試劍大會前不斷尋找劍缽試招，聽說還打敗不少人呢！』

「那五師兄又說：『那又如何？別說樂遊苑已非四大劍門，就算是，她一個姑娘家習練如此陽剛之劍法，能強到什麼程度……』我實在聽不下去，便現身罵人，他們失禮在先，卻堅不認錯，一言不合便打了起來，三人聯手仍不敵我，便回去討救兵。這次是大師兄出馬，果然有些門道，他贏了，換我不服，拉著我爹研究破招之法，第二天、第三天再度挑戰，依舊不敵。」

古劍笑道：「一般人比武敗北，往往會等個一年半載才會再次挑戰，哪有人像妳如此無賴，死纏不放！」

紀草道：「我忍不了那麼久！第三天爹不理我，逕自返家，我留在華山繼續討教，一連十天，竟無所獲！師父，您不會眼睜睜瞧著徒兒受人欺辱吧！再教教我，究竟要如何打敗他們華山派的『蒼松劍法』？」

古劍道：「『蒼松劍法』只有三十九招，古樸沉穩，似簡實難，但凡華山弟子入門超過三年者，少有學不會的；然而這套劍法不以招式奇變見長，看起來似乎每個人都會，細微處卻因使劍者之內力、修為及悟性之不同而生極大之差異！想擊敗這套劍法，唯有在內力、修為等處超越對手方是正途，另學怪招應對，恐難奏效。」

紀草道：「你說得容易，但我一介女子，天生氣力不如男人，劍勢劍速難以匹敵，不從劍招取勝，如何能贏？」

綠柳笑道：「這個人究竟有多惹人厭？讓妳這麼想贏他！」

紀草嘟嘴道：「討厭極啦！我非贏不可！」

綠柳笑道：「他又如何惹您生氣？」

紀草半晌未答，鼓起雙頰，突然噗哧一笑，啐道：「總之我看到他就像看到蟑螂、老鼠，沒由來的一肚子氣！」說完大家都笑了。

紀草斂起笑容，道：「別說我啦！如今你的麻煩還不夠多嗎？瞧瞧這屋子，兩個如花似玉的大姑娘加上三個小娃娃，傳到外頭，會有多難聽？」

古劍道：「反正古某早已惡名昭彰，也不差這一條。」

紀草道：「你不在乎，那綺雲姐姐呢？獨自留在成都守護您的親長，可知長夜漫漫，苦冷寂寥？哪天你的事傳回成都，她聽了不知會有多難過！」

古劍道：「說得極是，芳妹，再拿幾只酒杯，咱們四人正式結拜為異姓兄妹，今後只有兄妹之義，再無男女之情。」

綠柳首先拍手叫好，道：「正有此意，不枉我準備這壺老酒。」

卻見秦芳道：「大哥您一路稱我『芳妹』，以為只是路上方便的權宜之計，秦芳畢竟出身卑微，收我為奴為婢，讓我和吉哥兒有口飯吃，已是感激不盡，實不敢和您這樣的大英雄妄稱兄妹。」

綠柳笑道：「照妳這麼說，像我這等煙花女子，也配不上千戶大人嘍！」

古劍道：「有何高攀低就之疑？如今的古劍，江湖上人人喊殺，同僚間表面虛與委蛇，私底下厭賤咒罵之人更不知有多少？與我結義，不但沒有任何榮喜，說不定哪天還會被拖累呢？」

秦芳道：「大哥言重！就算天下人再怎麼唾棄您，在秦芳心中，您永遠是我最敬愛的大哥，再說我們娘倆的性命為您所救，就算哪天因此遭受羞辱或不測，那也是心甘情願，絕無怨言。」

古劍頗為感動，道：「委屈妳了，其實錦衣衛中也有老實誠樸的，過一陣子，找一個不計較的，讓妳歡歡喜喜的嫁出去。」

秦芳道：「你要我走，那魏喜呢？他長相如此奇特，要叫誰來照顧？」

古劍道：「我想把魏喜送到嬉春園，那邊娃娃多，從小相處，看習慣了，也不會嫌他與眾不同。」秦芳不再多說，一轉頭卻忍不住落淚不止。

綠柳過來抱著她，讓她盡情在自己肩上哭泣，說道：「你們漢子不會懂的，咱們女人，常覺得奶大的孩子和親生的沒兩樣，我瞧芳妹照顧這兩個娃娃從來沒分彼此，甚至餓了先餵的，哭了先哄的，都是魏喜，在她心中，早把自己當成親娘了！而你怎可如此狠心，硬要拆散他們！」

古劍道：「不論妳是否叫我大哥，既然把妳帶到京城，就有責任保妳一生圓滿。今天或許操之過急，思慮欠周，但往後這兩個娃娃大了些，可以照顧自己，還請妳重新考慮。」說完再度抓起一杯酒道：「話說清楚了，大家心裡沒疙瘩，來！喝完這杯結義酒，便是一家人。」說罷一飲而盡，綠柳與秦芳也跟著乾杯，卻見紀草沾了一口，卻不動了！

三人放下酒杯瞧著她，只見紀草道：「我已經有十五個親姐妹，好像不必……」

綠柳笑道：「妳若覺得姐妹太多，不與秦芳和我結拜也行，但妳可沒有半個兄弟啊！」

紀草又道：「嘿嘿……總覺得古劍曾經教我使劍，算是半個師父，如今變成大哥，總是有些奇怪！」

綠柳笑道：「這有什麼奇怪！長兄如父，是父親也是師父，據說有不少人的武功是師兄或是親哥教的呢！」說著過來拉著紀草，兩人轉向背對古劍，道：「妳也喜歡古大哥，對嗎？」

紀草漲紅了臉道：「沒有！」

綠柳笑道：「既然如此，妳也知道他的難處，就……」

紀草甩開她的手，轉身拿起酒杯道：「大哥、綠柳姐姐、秦芳妹子，喝完這杯酒，可不能再嫌棄我刁蠻任性，嬌縱妄為囉！」說罷連乾三杯，臉上的紅暈，已分不清是羞還是醉。趁醉分別指著三人道：「今後咱們就是一家人，大哥、二姐、我老三還有四妹，咦！我記得嬌蕊姑娘也是你的結義妹子。」

古劍道：「妳們倆誰大一些？」

紀草道：「我早生了三個月，所以四妹得往後排，變成五妹妹。除了這些，你還有跟誰結拜嗎？可得老實交代，免得日後見面不相識，大打出手豈不尷尬？」

古劍笑道：「我在青城派學藝時還有一位結義兄弟徐宏珉，聽說他也離開了青城山，現在不知改了什麼姓名，總之是一個憊賴傢伙，學武懶散，胡混高明，說起書來天花亂墜，滑稽有趣，若真惹您生氣，可千萬別動手，以他那三腳貓功夫，恐怕一劍便被妳解決。」古劍邊說話邊學起徐宏珉說書的神態，三個姑娘都被逗笑。

綠柳道：「瞧你這個模樣，突然想起了一個人。」

古劍道：「不可能，我活了這麼大，可還沒見過第二個說話如此誇張、唐突逗趣的傢伙呢！」

綠柳笑道：「真的！春秋樓著名的說書先生徐常喜，說到精彩處，就是這副德性。」

古劍道：「他多大年紀？」

綠柳道：「留了鬍子，不過瞧得出來，其實年紀不大，或許和你差不多；身形約莫只比秦芳妹子高些，三角眉，嘴唇右上角有顆黑痣……」

古劍起身問道：「妳剛剛說他在哪兒說書？」

綠柳道：「春秋樓，現在去晚啦！記住，每日申時開講，未時三刻前得先去候位，當日午時不宜吃太飽，以避免吃進肚子裡的飯，聽到好笑處，都給噴了出來。」

次日申時，春秋樓依舊是座無虛席，眾人掌聲中徐常喜來到講臺，盤腿而坐，摺扇輕搖，扇面繪著遠山、晚霞、枯樹和一個孤寂的身影，開口道：「在下徐常喜，小時候也確實學過幾年劍術，十分佩服那些路見不平，濟弱扶強的俠士；更好奇所學之劍法，究竟在江湖上可排行第幾？皇天不負苦心人，終於在昨夜夢到了關公，我逮著機會趕緊問道：『關老爺子，在下想知道，我的劍法在江湖上排行幾何？』關老爺子扳起手指算了半天，氣得臉都紅啦！把那八十斤重的青龍偃月刀重重頓地，怒道：『你這小子問題忒整人，這麼個問法，算到你夢醒都沒完！』」說完滿堂哄笑！

徐常喜又道：「我只好換個問法：『請教關老爺子，咱們中原武林，學劍的有幾人？』關老爺說：『這我查得到，原本是一萬六千三百五十八人，昨天有兩個病死，三個與人鬥劍被刺死，方才有個喝醉酒失足摔死，另外有個被家裡的小妾和長工謀財害命給毒死；少了七人，不過也有六個昨天才剛開始學劍的孩兒，增減之後，應是一萬六千三百五十七人。』

「我又問道：『我有沒有贏過一半的人？』關老爺很堅決的說：『沒有。』『那三成的人？』『沒有。』『一成總有吧！』『沒有。』『贏一千人總有吧！』『沒有。』『一百呢？』『沒有。』」每一句「沒有」後都有不少人笑了出來。

「這下換我不高興：『您沒誆我吧？那請告訴我，究竟強過幾個人？』關老爺說：『五個。』『您別逗了！不是說昨天才開始學劍的小孩有六位嗎？』關老爺說：『其中有個小孩曾在武當派幹過一年的掃地童子，見識不凡，一開始學劍就頗有架式，估計你可能也……』」說完又引起眾人哄笑不止！

笑聲暫歇，徐常喜道：「所以說如果有什麼土豪惡霸奪人妻女、強占田產什麼的，麻煩告訴在下這個江湖排名第一萬六千三百五十二名的劍客一聲……」說到這裡停頓了一會，環視左右，瞧得眾人愕然，才道：「好讓我躲得遠一些。」說完有人捧腹、有人笑得前仰後合，還有一個員外把剛含在嘴裡的茶給噴了出來，所幸隨從機警，知道這徐常喜話語停頓之後，必有爆笑，提前用袖子擋住，才沒噴濺到旁人。

暖場之後，徐常喜連說了幾個段子，有《西遊記》、《三國演義》，也有這兩年遊歷三江五嶽所見所聞的奇人異事，以及平日生活的大小雜事，他妙語如珠，舌粲蓮花，總能把其中的甘苦化成笑談，滿客盡歡。

說完七個段子，各桌的飯菜也已備妥，徐常喜在眾人掌聲中起身鞠躬答謝，笑道：「又是在下打秋風的時候，不知哪桌不嫌棄？」說畢各桌紛紛有人起身吆喝著請他入席，原來這徐常喜每次說完都會挑一桌共食，由於他言談詼諧逗趣，來此用膳之人，無不喜迎嬌客，每一桌必有多留一個空位，多添一副碗筷，只盼他能賞光。

只見他左顧右盼，對著東側一桌搖頭道：「喬員外，您那桌吃了兩次！再吃您夫人可要尋我算帳啦！」那喬員外笑道：「沒這回事！」又對著中間一桌道：「侯爺，上回搶了一塊雞屁股，還怕您記仇呢？」那侯爺笑道：「不恨！不恨！你瞧這回俺點了整盤的雞屁股，哪怕搶呢？」

卻見徐常喜依舊搖頭道：「我有條怪毛病，看到的東西只有一個就想搶；若是太多……說實在，反而有些倒胃口，您還是自個盡情享用吧！」說畢指著末排西側的一張方桌道：「那一桌怎麼回事？只有一個人，卻點了滿桌的酒菜，敢問閣下貴姓大名？」

眾人的眼光都瞧著那人，鄙夷有之、厭惡有之、卻也有幾分畏懼，正是武林公敵，全京城最惡名昭彰的錦衣千戶——古劍。

古劍道：「在下錦衣千戶古劍。」

只見徐常喜眼神閃現一絲懼意，說道：「您真是那位……名滿天下的古千戶？」

古劍笑道：「應該是惡名滿天下，你敢來吃嗎？」

徐常喜道：「這可為難了！我這個武林中倒數十名內的劍俠，總希望有朝一日能和一位排行前十的劍客同桌共飲，這麼一來，咱們這一桌的劍法，至少能提升到中等水平。可又怕跟您吃了這麼一頓，會不會那北鎮撫司的大牢……又近了一些……」

眾人哄笑，隔兩桌一名客人起身笑道：「江湖傳言：『得罪黑白無常，不過一死；得罪無常劍法，連屍首都找不著。』先生若還想多活幾年，勸您還是別坐那！」同桌另一名來客亦起身道：「先生，您江湖資歷淺，恐怕還不太了解，此人在我百劍門冒出頭來沒多久，便開始吃裡扒外，陷害忠義；眼看武林人人憎厭，待不下去，又投靠錦衣衛，仗著官府勢力，橫行霸道。」真是冤家路窄，這桌只坐了兩個人，卻是水月劍門的黃雲鵠和城南鏢局的趙淡竹。

眾人目光灼灼，而古劍始終面帶微笑，不發一語。鄰桌一人拍桌怒起，指著古劍破口大罵道：「不僅如此，堂堂錦衣千戶，竟然跟一個布商到不思蜀飲酒尋歡，究竟所為何來？那姓洪的富商究竟是何方神聖？在京城惹出這麼大的一個案子，第二天竟能消失不見，不奇怪嗎？而你如今代理錦衣衛指揮使，為何不查個清楚？」說話之人乃戶科給事中楊漣，年約四旬，官職低微，貌不驚人，但向來敢說敢言，論事鏗鏘有力，在京師小有名氣。

但古劍笑了笑，依然靜默不語。

這一桌另有左光斗、周朝瑞、李三才，都是東林黨人。只見李三才輕搖摺扇，笑道：「不僅如此，古大英雄還因此救了綠柳姑娘一命，人家可是京城第一名妓，多少人想一親芳澤而不可得……」

徐常喜忽然打岔道：「且慢！您所說的綠柳可是上個月來過這兒，那位美得不像人的姑娘？」

李三才笑道：「我可無緣一睹芳容，但全京城就這麼一位綠柳，傳言：『髮微亂，眼迷濛，酡顏醉，腰似柳，千金難買伊人笑。』這麼嬌滴滴的一個美人，就這樣被你收入了房，真不知用了什麼手段！」

古劍還是笑了笑，無語。

左光斗起身指著古劍道：「怎麼不回話？莫非心裡有愧，無話可說？」

古劍笑道：「大概是經常被人指著鼻子罵，久而久之慢慢習慣，到後來，連辯駁的話都懶得說。」

徐常喜笑道：「所言甚是，如果每次挨罵都要認真看待，生氣回嘴，千戶大人恐怕早見閻王去啦！」說完又惹出眾人笑聲。

古劍笑道：「先生這話究竟是褒還是貶，還真讓人捉摸不定？能否坐下來，你我詳談？」

徐常喜道：「坐就坐，只要不是跟您比劍，有什麼好怕！」說畢走近，一屁股在古劍對面坐了下來，再也不理會旁人。眾人有的點頭佩服徐常喜的膽識，也有的搖頭替他擔心，坐得近的想拉長耳朵聽兩人對話，無奈整個春秋樓人聲鼎沸，兩人對話音量極小，表情始終似笑非笑，什麼也瞧不出來。

古劍給他倒了一杯薄酒，道：「沒想到咱們會在這種地方見面！」

徐常喜道：「是啊！早想去找你，但你對門那個賣餅的漢子十分可疑……」

古劍笑道：「那人做的燒餅其實不難吃，只是在那擺攤不太合適，人長得凶，又不愛笑，一整天賣不到幾片，但若論武功，恐怕有些千戶還打不過他。」

徐常喜道：「你又不是一般千戶。」

古劍道：「就算殺了他又如何？他們人多，明天馬上再換一個。昨夜從後院的暗門出去，在胡同裡穿來繞去，確認無人跟梢後來到客棧，晃了半個時辰也沒見著你的人！」

徐常喜道：「不曉得我住哪間房，怎麼不問掌櫃？」

古劍道：「你我曾是一丘之貉，狼狽為奸之事，最好別讓人知道。」

徐常喜笑道：「我只是一個說書弄笑的小人物，倒不怕名聲被你連累。」

古劍道：「萬萬不可！兄弟我樹敵無數，若讓人知道你我曾有過命的交情，以閣下的劍法，要保護自己太難，對你我而言，都會有極大的麻煩。除非真有要緊事，可找嬉春園的尤大姐，兩家後門相距不到五百步，只是胡同東彎西繞，不甚好找。」

徐常喜苦笑：「我知道了！」說完端起酒杯與古劍同乾，續道：「作夢也想不到你會成為百劍門數一數二的劍鉢，關於你的事，江湖傳言太多太雜，你得告訴我真的故事。」

古劍笑道：「先說你的吧！我的故事說來話長，怕你聽到睡著。」

「跟你比起來，我的上半生平淡如水。」徐常喜笑道：「你離開青城之後，為了教訓彩鹿門那些傢伙，兄弟我也曾認真練了幾個月的『驅狼劍法』，把他們全都打敗，師父要我年校時好好表現，應可升至『白狼門』甚至『黑熊門』；但我總覺得練劍無趣，爭勝升門更沒啥意思，過沒多久便告別師父，和喜妹他們同住，三年多前岳父岳母竟不幸同染瘟疫，喜妹照顧雙親亦受感染，三人先後身亡，治病加安葬，只得散盡田產。」古劍聽不出語調中的哀傷之意，但強顏歡笑的臉，仍有掩不住的憂傷。

徐常喜續道：「我總相信惡運終有散盡之一日，於是更名徐常喜，以說書為生，靠著一張三寸不爛之舌，帶著未滿週歲的小兒徐平大城小鎮四處遊走，名氣漸響，倒也不缺盤纏……」

古劍沒見到什麼幼童，問道：「小孩呢？」

徐常喜黯然道：「今年開封元宵燈會，有個江湖賣藝的傢伙表演一手彈弓滅燭火神技，只見他無論唱歌跳舞蒙眼下腰，總能精準打滅燭火，博得喝彩，這時坐在我肩上的平兒忽然卻開口說了一句：『我也會！』

「那人轉身瞧了一眼道：『當真？』平兒竟回答：『真。』那人點起三根蠟燭，把彈弓交給平兒，笑道：『給你試三次，只要能打滅一次，盤子裡的賞銀全都給你！』平兒竟不知怯生，接下彈弓，瞄了一眼，射了一發，方向對了，但因力道不足，只射中寸許下方的燭身；第二次他把彈弓往上抬了半分，再用力拉弓，只見『唰』的一聲，竟準確命中！第三次如法炮製，結果一樣！

「觀看人眾掌聲如雷，都說平兒是個神童！我卻覺得有些不安，沒拿賞銀就走了！過了幾天，不知吃了什麼東西忽爾感到昏昏欲睡，醒來時平兒已消失無蹤，遍尋不著！」

古劍道：「抱走平兒的，多半是個劍門。有了神童，二十年後之試劍，就有大放異彩光耀門楣的機會。」

徐常喜道：「所以我留在北方，暗中打探我兒可能的去處。」

古劍道：「可有問出什麼蛛絲馬跡？」

徐常喜道：「大概知道當時有三家京城的劍門，恰巧有人來到開封。」

古劍道：「哪三家？」

卻見徐常喜道：「什剎海之諾未解，你能帶人進去各劍門搜查嗎？再說如今你自身難保，更不該管我的事。」

古劍道：「我的事你聽了多少？」

徐常喜笑道：「想不聽都難！依我對你的了解，總覺其中疑點重重。因此每日挑一桌共食，這些江湖豪客，對我這種只會插科打諢而全無本事之人沒啥戒心，往往三杯黃湯下肚，什麼都肯說。查訪了一個多月，疑竇日深。阿劍，你能把來龍去脈說個清楚嗎？或許有朝一日，我可用說書的方式，讓眾人明白整件事情的真相。」

古劍道：「萬萬不可！對手太強大，而我要保護的人太多，沒法子豁出去鬥。如果相信我，就別再追查下去！對他們而言，要殺一個排名倒數第六的劍客，根本不算一回事。」

接著古劍開始敘說這些年來的經歷，能說的都說了，但有關莫愁莊的事，雖然徐常喜已略知一二，仍避重就輕帶過。無論如何，他還是應信守當時的承諾；再說此事知道愈多愈危險，報仇洗冤的擔子，自己扛就夠了。

兩人吃喝中聊起往事，說到後來已略有醉意，但眾目睽睽，不得不分，古劍先行離去，徐常喜轉身舉杯朝著眾賓客道：「這杯酒敬各朋友，慶祝常喜還活著。」

眾人笑聲中有人問道：「你也忒大膽，敢跟那種人同桌共飲，還有說有笑。」「你們聊些什麼，可以說嗎？」

徐常喜帶著醉意道：「沒什麼！那人三杯黃湯下肚，朝著我不斷喊冤，說什麼他是好人，被陷害了！」

黃雲鵠起身問道：「豈有此理？你信嗎？」

徐常喜走過去拿起桌上的酒壺一飲而盡，笑道：「世間事真真假假，假假真真，恐怕只有老天爺知道！」說罷兩手一攤，吟起歌來，搖搖晃晃走出大門。

次日一早，亓詩教、吳亮嗣、徐紹吉及周永春四位言官來訪，四人俱屬浙、楚、齊三黨活躍人物。一見面便拿出一甕瀘州舒聚源所釀之大麴酒及一盒青城香芽，徐紹吉道：「聽說千戶大人是四川人，想必思念這些家鄉的茶酒！」

古劍推辭不受，道：「古某不懂茶不愛酒且無功不受祿，還請各位大人帶回自用。」

周永春道：「這只是同僚之間的禮尚往來，千戶大人無須過慮。咱們同樣在朝為官，我等至今才前來登門拜訪，已失禮數，不免有些惶恐，這點小物聊表歉意，還請千戶大人別嫌棄。」

古劍仍推拒不收，搖頭道：「錦衣衛掌『直駕侍衛、巡查緝捕』，不得不避瓜田李下之嫌。各位有什麼事直說無妨，若是古某該做的，定不推辭。」

亓詩教道：「千戶大人這番話令我輩汗顏，方知外界謠言不可信；可昨日那堆東林黨人不分青紅皂白，竟在大庭廣眾之下意指您貪財又好色，極盡栽贓汙衊之能事，著實可惡！」

古劍笑道：「栽贓是沒有，至於汙衊，其實是誤會。說來也只能怪古某自己，當初若沒和同僚去那種地方，也不至於弄得百口莫辯。」

吳亮嗣道：「您心胸寬廣令人佩服，但話說回來，大丈夫偶爾風流一下又如何？何必小題大作！」

徐紹吉接口道：「您為官不久，恐不知官場險惡，那些東林黨人最能挑事，凡非我族類，抓到一個小辮子便窮追猛打，如今首輔葉向高又是他們的人，個個氣焰囂張，好狠鬥勇，壓得咱們三黨喘不過氣。千戶大人，在下瞧昨日的情景，就算您有意願，恐怕也進不了他們的圈子，即使逆來順受，也未必容得下你。」

周永春道：「如今有個大好良機，就算未能傷筋動骨，至少也足以讓他們損兵折將，大失聖寵，只須千戶大人同意借我們一樣東西。」

古劍道：「你們說的，是不是妖書的初本？」

亓詩教道：「正是，千戶大人也有研究過妖書一案？」

古劍道：「職責所在，近幾年的大案，都不該一無所知；只是本案已時隔多年，早已結案，有必要再鬧騰一次嗎？」

吳亮嗣道：「那時查得風風火火，最後卻只抓了一個順天府的秀才皦生光了事；但說實在，當年滿朝文武，信者不多。」

古劍道：「為什麼？」

周永春道：「您見過妖書吧，內容涉及皇親國戚種種私事，一個秀才怎會知曉？而論筆跡，也只有六、七分像。」

古劍道：「難不成這回是找到九分相似的？」

亓詩教道：「今年春闈，三位主考官之一的吏部尚書傅甄發現其中一篇文章，筆跡與當年的妖書初版十分相近……」

古劍道：「僅憑記憶就能斷定是同一人所為？」

周永春道：「初版妖書共十份，全出自同一人手稿，其中一份就落在傅大人家中。後來結案，皇上下令持有初版手稿者全都得交出來，傅大人交稿之前，曾仿寫數遍，即使過了十年，仍記得清清楚楚。」

亓詩教道：「若能拿到原稿，兩相比對，更能有所定論。」

古劍道：「這名貢生與東林黨有何淵源？」

吳亮嗣道：「這名貢生當時還是個秀才，求學於東林書院。」

古劍道：「這又能證明什麼？」

吳亮嗣道：「若非顧憲成這些人在背後謀劃教唆，一個秀才沒事怎麼會寫出這等文章？」

古劍道：「顧憲成是誰？」

亓詩教道：「此人當年為官時即自命清流，常愛與天子唱反調，多年前罷官之後，便與其弟顧允成、高攀龍等人陸續到無錫東林書院講學，批評朝政。別瞧他無一官半職，其實東林黨能有今天勢力，此人出力不小，甚至有人說他是東林亂黨的地下頭子。」

古劍道：「原來如此，除去顧憲成，東林黨就算不倒，也會大亂！」

周永春道：「皇上本來就厭惡他們，只要能證明此信出自於那人之手，顧、高等人，不死也得挨板子；算來這些人年紀都在六旬上下，四十大板下去，非死不可。」

古劍卻道：「但古某總覺得皇上似乎不喜歡本案重審。」

亓詩教道：「怎麼會呢？」

古劍道：「滿朝文武都瞧得出來那皦生光是個替死鬼，皇上如此睿智，豈會不知？當年為何同意結案？為何又下令收回全部初版妖書，放在南鎮撫司卷庫中？就是不希望此事沒完沒了！」

徐紹吉道：「若查無實證，皇上自然不願多生事端；但若罪證確鑿，誰不希望元凶伏誅，還一公道！」

古劍道：「曾有行家告訴古某：筆跡鑑定，若無其餘佐證，頂多只能有八、九分把握。你們想憑此入人於罪，不怕弄錯嗎？」

周永春道：「那東林亂黨經常攻訐他人，還不是多憑臆測！」

古劍道：「聖上最厭煩的，就是黨爭，你們從法理之爭變質成義氣之爭，如今樣樣要鬥，寸步不讓，一波未止，一事又生，這樣下去於朝廷有何益？於百姓有何利？古某奉勸諸位，若無更確切之事證，本案最好到此為止，別再牽扯！」

徐紹吉道：「莫非千戶大人覺得東林黨勢大難惹，不敢得罪？依你的處境，想做一個兩面討好的牆頭草，未必能活得久些。」

吳亮嗣道：「你幹了幾個月的錦衣千戶，應知官場凶險，如履薄冰，到時候犯了什麼事，沒半個人幫腔商量時，就會知道，什麼叫孤立無援。」

見古劍始終無贊同之意，亓詩教拍桌怒道：「我們說好說歹，你當真不交妖書？莫非真的以為，憑你一個小小的錦衣千戶，能擋得住此案？」

古劍搖頭道：「古某再次奉勸各位，別輕啟戰端；否則吃虧的，還是你們。」

「那咱們走著瞧！」四人怒氣沖沖，帶著茶酒，拂袖而去。

兩天之後，古劍奉旨攜帶兩份妖書進宮，來到養心殿時只見兩派人馬壁壘分明，怒目相視，東側為首輔葉向高、左光斗、周朝瑞、李三才、劉一燝、孫丕揚等東林黨人，西側為傅甄、姚宗文、劉廷元、徐紹吉、官應震、吳亮嗣、亓詩教、韓浚等三黨人馬，雙方似乎剛經歷一段冗長的爭論，古劍跪安後，立即呈上妖書，萬曆道：「官應震，你們帶來的兩位大行家，可以傳進來了。」

緊接著進來兩人，年約五旬，跪安之後，萬曆問其中一位道：「鄒庸，你在順天府做了二十年的師爺，斷過不少書案，是否從未出錯？」

那鄒庸道：「啟稟皇上，草民深知筆跡鑑定可斷人生死，不能出錯，因此鑽研再三，自認頗有心得。」

萬曆又向另一人問道：「劉奉和，聽說你擅長各家書法，臨摹過數百家字體。」

那劉奉和道：「啟稟皇上，草民自幼痴愛書法，在京師小有名氣，四處教學，認識許多王公將相或富裕之家，每到一處，總會拜託東家把家裡收藏的字帖借來觀賞，至少見識過數百張名家字帖，並鑽研其中運筆技法。說來慚愧，因沉迷於書法，四書五經看到後來只記得其筆法，內容卻不甚了了，考了二十幾年的科舉，才在三年前中了秀才。」

萬曆再向首輔葉向高問道：「向高，你書法造詣極深，聽說筆跡鑑定，也可算一大行家。」

葉向高道：「此乃微臣個人興趣，早年任職翰林院編修，常與前禮部侍郎郭正域私下較量鑽研仿寫之術，算是頗有心得。」

萬曆道：「是怎麼個較量法？」

葉向高道：「譬如他仿王羲之的《蘭亭序》，我仿張旭的《肚痛帖》，兩邊互猜正本為何？猜錯者得請一頓晚飯。我倆玩了一百多次，仿寫功夫日益精進，鑑別眼力也跟著變好，總計他猜錯了七次，而微臣略遜一籌，被他騙了八次。」說完眾人都笑。

萬曆笑完卻嘆氣道：「郭侍郎果然是個人才，看來當年妖書一案，的確是被冤枉了！」亓詩教道：「是以微臣等人一發現新的事證，便陳請皇上再行徹查，未料那錦衣衛千戶古劍竟百般阻撓！不知是何居心？」

萬曆笑道：「是何居心，該賞該罰，待會便知。你們三人就拿這兩份妖書原件比對，看完的人先在門外靜候，不可交談，為避免相互影響，朕會請你們逐一上前說明鑑別結果。」說著太監張成將妖書傳給葉向高，桌上已先擺著嫌疑人的試卷，攤開妖書，三位行家仔細比對，不到半炷香，紛紛走出殿外。

萬曆依序召問劉奉和與鄒庸，都說從筆跡看來，確實出自於同一人，萬曆道：「除此之外，還有瞧出什麼嗎？」二人都說沒有。

萬曆再傳葉向高入殿，也問了相同的問題，葉向高道：「筆跡確實有八分相似，但微臣覺得僅憑這一點，就說這名叫李境的貢生便是當年謄寫妖書之人，未免失之武斷。」說到此處，葉向高面露微笑道：「除此之外，微臣尚有一點小小疑惑……」

萬曆道：「那待會再談，先聽聽官大人說。」說著比個手勢，請官應震發言。

官應震道：「首輔大人應該知道，妖書寫於十餘年前，就算同一個人，隔了那麼久，書法總會有些微精進或變化，不可能完全一致。」

李三才道：「當年妖書一案沸沸揚揚，我若是當年謄寫之人，必知來日東窗事發之後果，原本練的是顏真卿字帖，立馬改習柳公權，不出數年，絕對可以練到讓你一個字都瞧不出來。」

姚宗文道：「不是所有的人都像首輔大人如此老謀深算，謹小慎微。若非如此近似，傅尚書日閱數百試卷，豈會一眼便認了出來；而下官活到這個歲數，見過的字帖也不少，還沒瞧過兩份如此神似的；再說這兩位先生鑑別筆跡極少出錯，就連首輔大人也承認有八、九分相似，難道不該查個究竟？」

左光斗道：「若不是這個貢生多年前曾就學於東林書院，你們會追查得如此積極嗎？一個書生能挨幾個板子，送到北鎮撫司一審，無罪也得變成有罪！若依你們所言，皦生光是冤死的，那他當年沒做為何要認？不就是屈打成招嗎？」

雙方持續唇槍舌戰，爭論不休，只見萬曆不斷搖頭，忽道：「向高，方才你說還有一點小小的疑惑，是什麼？」

葉向高道：「微臣覺得，古千戶帶來的兩份妖書，似乎不是出自同一人之手？」

萬曆笑道：「還是你行！古劍，跟他們說個清楚吧！」

古劍道：「其中一份妖書是仿件。」

群臣面面相覷，鄒庸與劉奉和臉色大變，抖著雙手，再拿兩份妖書比對一番，鄒庸道：「這兩份……不但紙質相同，也都有存放多年的痕跡，筆法一致，更難得的是一氣呵成，並無一般仿寫常見的滯筆或潤補啊！」

萬曆又道：「兩位可分辨得出，哪一份妖書是真的？」

二人對視了一眼，同時跪下搖頭，劉奉和道：「啟稟聖上，草民和鄒師爺都沒見過其他妖書，真不知孰真孰假！」

萬曆道：「向高，你又是如何瞧出來的？」

葉向高道：「不瞞皇上，仿寫之人著實高明，其實光看筆法，微臣也不敢說有十足把握；只是三人鑑核筆跡，要就拿出三份真跡，不然只拿一份輪著看也行，為何偏偏拿出兩份妖書？而桌上這兩份，筆跡雖神似，左上角的指印卻是不同。」

萬曆笑道：「要騙你這個老油條，還真是不容易！古劍，讓他看吧！」

古劍道：「若有大案的文檔需存入南鎮撫司的卷庫，錦衣衛指揮使通常會逐頁蓋上自己的指印，以避免日後被人抽換。真正的十份初版妖書，蓋的是前兩任指揮使王之采的手印，蓋上下官指印的，自然不是正本。」邊說邊向張成取了印色，在一張白紙上蓋了手印，與其中一份妖書一模一樣。

東側的李三才道：「啟稟陛下，如今證明筆跡鑑定不能盡信，再怎麼厲害的行家，也會有看走眼的時候。本案，還有續查的必要嗎？」

萬曆道：「除非能找到其他事證，足以佐證那李境確有散布妖書之動機，否則再查也是勞師動眾，多造冤屈罷了！」

李三才又道：「啟稟陛下，微臣尚有疑惑，想請教兩位高人，不知可否借用兩組文房四寶，微臣想詢問幾句？」

萬曆道：「問吧！」

兩名小太監立即取來兩副紙筆硯墨，李三才轉交給二人，並請他們背對而跪。李三才道：「待會答話時，兩位只能動筆，不可動口，兩張答案不同，必將徹查，誠實者即使先前有過也無罪；但如有隱瞞，以欺君處斬！」

只見鄒、劉兩人面色慘白。這也難怪，對一般小民而言，進宮面聖非同小可，二人也算見過世面，原本還能勉強應對，但筆跡鑑定出了問題，又眼見一群高官對著自己怒目而視，再寫錯半句，可不知會有何下場？想到這裡，跪在地上的腿，竟不聽使喚的抖將起來，花了一番工夫，才分別轉向。

只聽李三才問道：「是誰請你們今日進宮鑑定筆跡真偽？」

兩人均寫：「亓大人。」

李三才又問：「有無言明酬謝？」

兩人均寫：「無。」

李三才笑道：「兩位都是書法大師，怎麼寫個字可以抖歪成這樣？」

亓詩教怒道：「你別再嚇唬人，初次親睹龍顏，哪有人不發抖！」

李三才笑道：「若非作賊心虛，怎會抖成這樣？不信的話，現在去找兩個秀才進宮寫寫看，會有這種歪七扭八的字嗎？」

官應震道：「在你的威嚇之下，誰還能正常寫字！」

李三才道：「我看應該是礙於亓大人的官威，不敢吐實吧！啟稟皇上，能否請亓大人暫離，微臣再問一句就好。」

萬曆點頭，待亓詩教退至門外，李三才再問道：「別怕他們，最後一題只要照實回答，保你無事。請問兩位，亓大人有沒有事先教你們鑑別筆跡時，該怎麼說？」

卻見二人依舊抖著手寫完一個「無」字。

萬曆讓人收走紙筆，令二人平身，問道：「兩位先生，受邀進宮時是興奮還是害怕？」

鄒庸道：「啟稟皇上，進宮若是沒什麼事，自然是興奮多於害怕；但若要草民鑑別筆跡，真有不能出錯的壓力，絕對是害怕多於興奮；若非亓大人曾有恩於我，說什麼也不來的。」

劉奉和道：「草民的心情與鄒師爺一樣，只是曾教過亓大人三個兒子的書法，是老東家也更是老朋友，儘管有些不安，也不得不來。」

「朕知道了！下去吧，請亓詩教進來。」萬曆啜了茶，再一聲長嘆後道：「兩派都一樣，哪怕證據並不充足，不論是否可能造成冤情，只要逮著任何可以攻擊對手的機會，絕不輕易放過！」

在場群臣有半數曾任言官，向來辯才無礙，這番話卻說得多數人啞口無言，十幾年來雙方殺紅了眼，確實是無時不爭，無處不鬥，逞強好勝，永無休止。有好辯者還想再分辯幾句，卻見萬曆已轉移話題道：「有誰知道那份仿寫的妖書，出自何人之手？」

眾臣面面相覷，多無頭緒，唯有首輔葉向高，手舉了一半又放下。

萬曆看到了，問道：「向高莫非心中已有人選？」

葉向高道：「啟稟皇上，微臣心中確實冒出一人；但轉念一想，又覺得不可能是他。」

萬曆道：「但說無妨。」

葉向高道：「仿寫文章能如此相似，且行雲流水一氣呵成之人，依微臣所知，只有方才曾提到的前禮部侍郎郭正域；但此人早已不知去向，如果還活著，應該萬分期盼哪天能再次徹查本案，還他清白，怎麼可能拿出仿寫妖書來阻止二查？」

萬曆道：「正是此人！如今改了名字，遠離京師。當年妖書一案，朕也曾輕信沈一貫等人所言，害他夫妻進了一趟北鎮撫司大牢。事後朕曾想彌補，數次下旨請其回任，他堅拒不受，最後怕是煩了，終究還是進宮面聖。唉！這一見面才知道錦衣衛是該整頓一番，只見他原本俊秀的臉龐已不復見，且雙耳失聰，哭訴其冤屈憤慨，本想一死了之；活著，只是想等著瞧妖書一案有朝一日能抓到真凶，還他清白。」

官應震道：「就是這樣，我等才會希望皇上能重啟調查啊！」

萬曆道：「這二審妖書若是早點提出，朕定會下旨：即使翻天覆地，也要查個水落石出。可是前兩天收到這封密函，卻令朕改變了心意。」說著取出一疊書信。

亓詩教道：「啟稟皇上，這密函寫些什麼，可否公開？」

萬曆揮手請葉向高前來，道：「你先瞧瞧，這寫信之人，是否真是郭侍郎？」

葉向高道：「遵旨。」從萬曆手上接下信函，攤開一看，不住點頭，道：「啟稟皇上，蒼勁雄渾，確是郭侍郎親筆。」

萬曆道：「請你唸出來。」

葉向高朗聲讀道：「昨夜罪臣夢見妖書一案，即將重啟，半夜醒來竟全身冒汗，輾轉反側，甚感不安，深怕此案一查，又再度製造若干郭正域或皦生光……

「時光荏苒，一晃十餘年，待罪期間，臣遠離官場，落魄江湖，看盡人生百態，嘗盡世間冷暖，對真理之體悟，正道之追尋，又有一番光景。

「如今風燭殘年，貧病交迫之際，遙想當年聖殿夜辭，論及妖書，一時私心盛起，曾跪求君上作主，祈求有朝一日能查明真相，以證清白。

「如今想起，不禁汗顏，深悔當年私欲過重，思慮欠周，故提筆疾書，坦承己過，依主上之英明，應能理解。

「殘害臣的，不是某本邪書、某些奸人或某個亂黨，而是黨爭。

「朋黨之始，或同屬一地、或同榜從政、或理念相近者共聚成團，相互奧援，本非惡事；然而既有本黨，必有他派，時日久遠，難免變質；往往小爭議變成大是非，一人受辱，全黨憤慨；於是非我黨者，盡皆寇讎，爭義氣而不爭是非，黨同伐異，整肅異己，諸多事端，愈演愈烈；更甚者往往為了一黨之私，而棄國計民生於不顧，實非朝廷之幸，萬民之福。

「若非身陷黨爭而不自覺，臣不會自視清流，不留餘地而處處樹敵，終成箭靶。若無黨爭，哪來諸多冤屈詭計，罷官流放，以至如今百官蕭條，六部多缺！「臣自知來日無多，最後直諫，只盼英明之君上能睿智處理兩派紛爭，並求滿朝文武能多顧蒼生，減少紛爭。

「廢臣　郭正域草上。」

文武百官靜默無聲，有人面露慚色，也有人無動於衷，萬曆瞧在眼裡，長嘆一聲，道：「退下吧！」

步出午門，姚宗文問亓詩教道：「亓兄，您請兩位先生入宮鑑定，當真沒給什麼前金後謝？」

亓詩教搖頭道：「沒有。」

官應震問：「可有吩咐他們該怎麼說嗎？」

亓詩教道：「我只請他們鑑定筆跡，覺得怎樣就說怎樣。」

姚宗文笑道：「不太像您的作風，不過這回倒是對了！否則若有人禁不住李三才再三恐嚇，和盤托出，那可就輸到底了！」

亓詩教笑道：「您方才說的，本來都想做，但想到那天古千戶曾再三提醒，勸我們不要輕啟戰端；他說這些話時，眼神誠懇，不像是在弄權示威。寧且信他一半，戰還是要戰，但得留後步。」

官應震道：「正是，那個古劍果然不是個普通人物，我瞧今天皇上所布的這個局，他也出了不少主意。」

亓詩教道：「是啊！聽說此人武功極高，心計卻極深，在江湖上名聲極壞；但進了官場，既不攀附東林，也不投靠咱們，我行我素，也不知圖些什麼？」

姚宗文道：「哼！沽名釣譽，現在還瞧不出誰勝誰敗，自然兩面討好，這種見風使舵之人，姚某最是瞧不起！」

官應震道：「沒關係，聽說他也得罪了東廠，估計是混不了太久。」

亓詩教道：「今天郭正域那幾句話針針見血，說實在也有幾分道理，依您看，咱們與東林黨，真有可能握手言和嗎？」

官應震搖頭道：「二十多年的積怨，怎麼可能靠著一封信就能化解？頂多消停兩個月，日後出手謹慎一點。」

亓詩教笑道：「我也是這麼想，東林黨那幫人對咱們恨厭已久，就算咱們想停，人家也不肯放手。」

姚宗文道：「那就鬥吧，誰怕誰！」

眾臣離去，古劍卻被留下，只見萬曆拍手大笑道：「過癮！過癮極了！」

張成見古劍不知答腔，開口問道：「奴才斗膽，不知聖上為何如此高興？」

萬曆笑道：「那幫亂臣，幾十年來總為了一些小事緊咬不放，偏是個個牙尖嘴利，與朕爭論少有吃虧，這次難得訓得他們啞口無言，真是暢快！古千戶，你居功不小，說吧，朕該如何賞賜？是升任指揮同知還是白銀萬兩？」

原來這個皇帝不是真心想調解兩派，只是想藉此一出多年惡氣罷了！貴為一國之君，心中首重竟不是天下蒼生，萬民福祉。或許他壓根不想兩派人馬就此化干戈為玉帛，只要不過於慘烈，他其實樂見彼此互鬥不休，如此一來，便不會齊心違抗聖意。古劍頗感失望，只覺得白費了岳父的一片苦心！

他本欲推卻一切賞賜，想到這裡，卻又心生一念，開口道：「微臣是真心期盼能完遂岳父大人的本願，若仍難以成事，那就不算什麼了不起的大功勞，升官發財自不敢想！」

萬曆道：「你閱歷尚淺，殊不知東林黨爭，纏鬥經年，彼此仇怨早已根生蒂固，豈是一場庭訓就能化解！如果你認為這只是小功不討大賞，要個東西也成。」

古劍道：「既然如此，微臣倒忽有一念，想替家鄉的髮妻向皇上討個賞。」

萬曆道：「你的妻子不就是郭侍郎的女兒嗎，就算不為你，朕也該送他點東西。說吧！」

古劍道：「臣妻郭氏，為了照料微臣家鄉的公婆，未能一同赴京。」

萬曆道：「你的薪俸不夠嗎？為何不把他們全接來？」

古劍道：「說來慚愧，微臣與家中的祖父與父親有些誤會，至今仍未獲諒解。前些日子，微臣帶了一些薄禮返鄉，祖父餘怒未消，悉數砸毀，其中包括微臣賒帳向製琴名師軒轅十三買來的一把琵琶。」

萬曆道：「這人朕也聽過，宮中琵琶、古箏等樂器，均出自於此人巧手，你想跟朕要一把琵琶？」

古劍道：「御賜之物，做工精細，一般人更不敢再輕易毀損。」

萬曆笑道：「就怕他們覺得太過珍貴，不敢彈奏。」

古劍道：「那就白費了。臣妻郭氏，自小命運多舛，如今又被迫與微臣分隔兩地，心中不免苦悶難遣。她幼時曾學過琵琶，喜彈愛聽，臣送琵琶，是盼她能每日彈奏，解憂化愁。」

「那還不容易？」萬曆笑道：「張成，叫樂師挑一把最好的琵琶，再擬旨令其妻每日早晚彈奏三曲，以娛親長。」

古劍敬道：「多謝聖上成全，微臣告退。」

萬曆道：「且慢，朕聽說近來北鎮撫司的死囚，往往拖了許久才斬殺，是何緣故？」

古劍道：「人之將死，其言也善。指揮使大人不愛用刑，往往會在處決前探望這些死囚，配上好酒好菜，閒話家常，據說常能問出意想不到的內幕或消息，對後續查案，頗有助益，還曾因此多破了兩件懸案，平反一記冤案。如若這死囚所透露之消息有再查的價值，便會延後處斬，以釐清整個案件始末。」

萬曆道：「正該如此，只是辛苦你們。」

古劍道：「人命關天，本應如此。據微臣所知，目前北鎮撫司的大牢中，只剩下一名死囚，指揮使返鄉探親前有交代，此人須待他返京，問個明白再處刑。」

萬曆道：「朕不久前才接到牟謙派人傳話，說其母重病，一時難癒，返京述職，恐得延後一些時日，你這個代理指揮使，少說還得做個十天半月的。」

古劍頓感重擔壓身，脫口道：「臣惶恐，深怕……」

萬曆笑道：「可以的，牟謙不止一次對你讚不絕口，說你學得極快，剛上任時不善言辭，辦事略慌，到如今雖不如那些言官巧舌善辯，卻也能與朕侃侃而談，論理斷事，條理分明，辦起事來更是果決俐落。」

古劍仍想推辭幾句，但轉念一想，如今錦衣衛人才凋零，除了自己，再無人能擔此重任，謙讓之話便不再多說，道：「微臣定當竭盡心力，全力以赴。」

第二十八章

善園

兩天後古劍一早便來到北鎮撫司大獄，死囚范仲恩面無表情道：「時間到了！」

古劍解開手鐐腳銬道：「先吃頓好的，別餓著肚子見閻王。」

范仲恩道：「不稀罕！」

古劍笑了笑，示意獄卒端來一桌酒菜，范仲恩原本不甚在意，卻愈瞧眼珠睜得愈大，末了竟忍不住落下淚來！只聞古劍道：「這是夫人特地為你做的，全是閣下平日最愛的菜，就連酒都是得勝樓的月桂酒。」

范仲恩泣道：「這又何苦？何必為了像我這麼一個十惡不赦的罪人，如此大費周章？」

古劍道：「在夫人及兩位公子眼裡，閣下仍是以前那位潔身自愛，一介不取的好官。」

范仲恩不停搖頭道：「非也！非也！范某罪有應得，死有餘辜。」

古劍道：「去歲山東水患，黃河決堤，淹死百姓三百餘人；這才發現，你們花了朝廷二十萬兩白銀所造之堤防偷工減料，不堪大水沖刷；如今民怨沸騰，得有個交代，你這斬首之刑，看來不冤。」

范仲恩道：「三千八百二十六兩銀子，罪證確鑿，無可抵賴。」

古劍道：「你調入京師前，曾任八年的淮陽縣令，據聞當地百姓都說你是個廉潔愛民的好官。」說著夾一塊東坡肉到他碗裡，又倒了一杯酒。

范仲恩也不客氣，含淚扒了一口飯肉，匆匆嚼了幾次吞下，酒卻是一飲而盡，道：「那也不是什麼繁華之地，沒京師那麼多誘人花樣，要裝成一個好官，並不困難。」

「慢慢吃，一點都不急。」古劍道：「二十萬兩白銀，只抽走三千多兩，怎麼會弄成這樣？」

范仲恩道：「你不懂嗎？那是回扣的錢。」

古劍道：「你的意思是說，築堤之人盡是黑心商販，只要分你一點，便可偷工減料到這等地步？」

范仲恩微微點頭，又乾了一杯酒。

古劍道：「即便如此，該次築堤，由工部尚書姚啟仁主事，有內官監左少監何榮祿太監督導，怎會任由一個從六品的工部員外郎上下其手？」

范仲恩道：「名義是如此，但姚大人與何太監都是聖上跟前的紅人，豈能為了一個築堤工程在外地綁了兩年多不動，說穿了只能看頭顧尾，一年待不上兩個月啊！」

古劍道：「當地的府尹、縣令也都不管事？」

范仲恩道：「地方官只幫忙徵徭役，其餘插不上手。」

古劍道：「那河道總督賈越呢？照說整個黃河都歸他管，不用派人來協助嗎？」

范仲恩道：「河道總督正負責督導河南境內的堤防修築，他與尚書大人分屬東林黨和浙黨，不相互掣肘，已是萬幸！」

古劍也乾了一杯酒，臉已赤紅，他酒量不佳，一杯已是微醺，心中仍然清楚，總覺事有蹊蹺，不合常理，不自覺的搖著頭，卻見范仲恩道：「你再查下去，得罪了一堆人，也撈不著什麼好處。」

古劍突然笑了起來，道：「你的名字是誰取的？」

范仲恩道：「是我爺爺。」

古劍道：「有特別的意義吧？」

范仲恩道：「沒有。」

古劍道：「聽你母親說，你們跟范仲淹同為蘇州人，你爺爺取這個名字，是期望你能效法這位北宋名臣『先天下之憂而憂，後天下之樂而樂』。」

范仲恩再取一杯酒，一飲而盡，道：「讓他失望了！若他老人家還在世，非打死我不可。」

古劍道：「可是你的書房有兩套書最為破舊，不但翻閱多次，還滿是批注，一為《范文正公集》，一為本朝治水名臣潘季馴的《河防一覽》。在下難以理解，一個如此一心一意想為百姓做事之人，怎會為了三千多兩銀子，犯下如此大錯！」

話說完只見范仲恩握緊雙拳，忽然間悲憤莫名，掀翻整桌飯菜，古劍伸手急抄，只救到一壺酒，卻見他哭喊道：「你說這又有何用！後悔莫及又有何用！」

古劍冷眼瞧著他，道：「你什麼都不肯說，將來必有第二個、第三個、第一百個范仲恩。」

范仲恩道：「你不過是一個小小的千戶，有什麼通天本領？難不成還能將那幫惡人及貪官汙吏全都繩之以法？還是能保住我全家人的性命？」

古劍道：「自當盡力。可知你母親一病不起，你妻子終日以淚洗臉，而兩位公子還想為您平反，一個長跪午門，一個四處奔走，到了這個地步……」

話未說完，卻見范仲恩慘叫一聲：「不……」忽然跪地，連磕了數個頭，道：「我知死囚一般是不能見客，但能否請千戶大人法外開恩，准我們見上一面？」

古劍道：「你想親口告訴他們，范仲恩的確是個表裡不一、貪贓枉法之人。」

范仲恩道：「唯有如此，他們才會接受此一事實，也才能保全性命。」

古劍道：「我可以特准，但是如此一來，恐怕……」

范仲恩急道：「你怕什麼？」

古劍道：「第一，兩位公子一向以父親為傲，若親耳聽聞你承認一切，恐怕比死還難過！第二，我擔心這北鎮撫司也有他們的內線，一旦准許探監，傳了出去，不免又讓他們心生疑竇，再想保住你家人性命，恐怕又多了幾分難處。」

范仲恩道：「那該怎麼辦？」

古劍把整壺酒交給他，道：「請您把整個事情的來龍去脈，一五一十，說得愈詳細愈好。」

范仲恩將剩餘的酒一飲而盡，娓娓道來：「四年多前調職到京城時分在吏部，掌管文武百官的升遷調派，敢的人也可收下不少紅包；而我一直謹小慎微，不入黨，不收賄，就連官場上常見的飯局都敬謝不敏，久而久之，反落得一個桀驁孤僻、食古不化之名。就這樣被孤立排擠了兩年，日子其實不好過，一個偶然的機會，聽到工部有缺，提出請調，立馬就批准。

「到了工部，我學乖了，曾找機會向東林黨表達加入之意，卻得了幾句冷言冷語，他們說早聽聞我為官清廉，故鄉蘇州與東林書院又有地緣關係，本該吸納；但東林黨向來不收曾拒絕入黨之人，除非我能收集工部尚書姚啟仁貪贓枉法之證據，將其扳倒，立了功再說。我不喜歡黨爭，並未同意。」

古劍道：「聽說工部的人以三黨為主，您為何不入浙黨？」

「你也醉了嗎？浙黨怎會收一個蘇州人呢？」范仲恩又道：「於是我又被排擠了。不過兩個月之後，來了一個同僚，名叫康仕龍，雖然也沒入什麼黨，但這人八面玲瓏，三黨和東林黨的人竟都不討厭他。

「他待我著實不差，彼此無話不說，就差沒拜把。前年我娘生了一場大病，用盡平日一點微薄的積蓄還不夠，陸陸續續跟康仕龍借了兩百八十兩銀子，過了兩個月，他說那筆錢也是跟朋友借來的，如今人家有急用，得想法子還錢。

「我一個從六品的小官，年俸不到百兩，能怎麼辦？只好由他介紹，借八分高利還債。」

古劍道：「月利八分，一年倍增？難道不知我朝律法，月利不得超過三分嗎？」

范仲恩冷笑道：「無房產抵押，鬼才借得到三分利？」

古劍道：「就算還不了，一年之後不過變成五百多兩白銀，為何又變成三千多？」

范仲恩道：「到這個地步！就算全家不吃不喝，一輩子也還不起。於是康仕龍出了一個主意，帶我去賭牌九。」

古劍道：「你可知凡大小官員，不得涉足賭場嗎？」

范仲恩道：「豈有不知！但除此之外，還有別的法子嗎？」

古劍道：「你出入賭場不怕被人認出來嗎？」

范仲恩道：「我去的那家沒有招牌，在安福胡同一間老宅的地窖裡，只有三張桌子，賭客除了莊家外，全是做官的，什麼黨都有，賭桌上只論輸贏，不爭是非。」

古劍道：「你該知道十賭九輸。」

范仲恩道：「所以我必須成為唯一的勝者，自製一副牌九，鑽研百日才進門，第一天剛開始還贏了百餘兩，但好運很快用完；之後就像鬼迷了心竅似的，愈輸愈想翻本，愈想翻本就愈輸，終至泥足深陷，不可自拔！你說，若不趁築堤工程狠撈一筆，要怎麼還錢？」

古劍道：「二十萬兩是築石堤所需，你們卻暗自改為土堤，只在表面鋪上一層石頭，所省工料超過一半，這等事，絕非一人可隻手遮天。而你只拿三千多兩，有關商賈畏罪潛逃，審案時又草草了事，這當中涉案的官員，從地方官到工部加上其他需打點的，恐怕十個指頭不夠數。」

范仲恩道：「其實在下所知有限，方才提到的那幾個人確有涉案可能，但並無憑證。」

古劍道：「無妨，只要抓住線索，順藤摸瓜，破案不難。」

范仲恩道：「若非去年洪水猛急，那土堤撐個幾年，日漸結實，也未必會崩。無奈人算不如天算，水患消息傳到京城，康仕龍半夜找我，說那幾個商賈已全被人給處理掉，屍骨無存，死無對證；只要我肯一人承擔，可保家人平安。怎知如今……」哽咽之後，拭去淚水，起身跪道：「千戶大人，仲恩一念之差，害死三百餘人，死不足惜；但我家人無辜，求您千萬幫忙！來生結草銜環，必當回報！」

古劍取出文房四寶，道：「勞煩您將事實經過，鉅細靡遺寫下來，其餘的事，交給古某。」

做完筆錄，古劍先將自己妝扮成一個大姑娘，走回自宅敲門，一開門見到秦芳便插腰問道：「是秦姑娘嗎？千戶大人叫小女子過來拿個東西，能否請您幫個忙？」

秦芳一臉疑惑，問道：「敢問姑娘姓名，怎麼認識大人的？」

古劍不禁臉紅道：「這您就別問啦……總之千戶大人有事不能來，我還有腰牌呢！」說著取出腰牌給秦芳瞧。

秦芳道：「這腰牌我遠遠瞧過，但從沒看仔細，也不知真假。」

古劍道：「千戶大人說這裡共有三位姑娘、三個娃娃，其中有位西安來的姑娘，姓紀。」

說完秦芳背後的綠柳噗哧一笑，道：「你是腦子燒壞了嗎？可知你假扮女妝有種說不出的彆扭和詭異，也只有像秦芳妹子如此稚嫩又沒見過世面的小姑娘，才有可能被你糊弄過去！」

古劍習慣性的一發窘就搓手，露出一臉尷尬的笑容道：「我也覺得沒啥把握，就先過來試試。」

秦芳這才大吃一驚，笑道：「我總覺得有些古怪，原來是大哥！」

三人說說笑笑中走進屋內，紀草抱著剛哄睡的魏喜出來，看到古劍這副德性，更是笑得花枝亂顫，古劍靜待三人笑完才說：「我這易容術可是跟錦衣衛高手學來的，究竟是哪兒不對勁？」

綠柳笑道：「髮太亂，妝太濃，胸太平，聲太粗，連眼神都欠柔媚，總之是漏洞百出啦！」

易容術乃錦衣衛查案或滲透所須具備之本領，凡百戶以上都應能善用，當年蕭乘龍向侯藏象習得真功夫，狐知秋命他傳授眾人；但蕭乘龍私心太重，為了確保這項絕技能稱雄於所有廠衛，教的時候不免藏了幾手，古劍的易容術習自於蕭乘龍的徒弟，更不可能高明到哪裡，扮另一個漢子或許還行，扮成姑娘可就鬧了笑話！

古劍道：「妳們有誰會易容？我得扮成一個姑娘。」

紀草笑道：「那種東西一般人哪會學？你不是認識那個胖姑嗎？她是個大行家，可以找來嗎？」

古劍心中一沉，黯然道：「她，怕是找不到了！」

紀草忽地眼睛一亮，道：「你有任務，要扮個姑娘？」

古劍點頭。

紀草道：「讓我去！讓我去！」

古劍搖頭道：「妳不是錦衣衛，不宜捲入此事！」

紀草嘟起嘴道：「我說想見識錦衣衛怎麼查案？你說不合規矩；我說想瞧瞧北鎮撫司大獄是什麼光景？你說那不是一個姑娘該去的地方；而如今你有需要，我願意幫，又有什麼好顧忌？」

古劍道：「錦衣衛出任務，難保沒有個三長兩短……」

紀草道：「習武之人行走江湖，豈有怕事之理？你是義兄，又教過我劍法，說這種話不覺得太見外嗎？」說到後來，竟是有些生氣。

古劍笑了笑，道：「也對，是我太多慮！瞧妳這模樣，與她也有幾分相像。」

紀草露出興奮的眼神，笑道：「誰？你要我扮誰？」

古劍道：「濟南荷柳莊的泉城女俠牟雪卿，可有聽過這個人？」

紀草笑道：「原來是雪卿姐姐！我來到京城之前，才在荷柳莊住過三天，若不是因為一點小事鬧得有些不快，還打算多住幾日呢！」

古劍驚道：「是妳爹要妳拜訪她？」

紀草搖頭道：「你忘了我是偷跑出來的！此番闖蕩，若能會齊傳說中的江湖七俠女，才算不虛此行。」

古劍搖頭道：「敗給妳了，妳這四處找人試劍的惡習，要到什麼時候才改得掉？」

紀草道：「這是什麼道理？你們男子可以弄個試劍大會分出高下，我們姑娘家就不成？」

古劍被她一陣搶白，一時間竟找不到道理反駁，卻見綠柳笑道：「都找到了嗎？妳贏了幾個人？」

紀草道：「除了大漠女俠黃瑤居無定所外，其餘都找到了；贏了三場，輸了兩場。」

綠柳笑道：「看來七俠女不夠用，至少還得加一位。」

紀草道：「妳又要笑話我啦！其實要做俠女，除了武功不能差，還得多做一些行俠仗義之事，我自認做得還不夠多，不敢自誇；再說還有青城派的貝甯，論人品劍法都強過我，只是不知為何，試劍之後，就沒再聽過她的消息。去年在太白山上對她無禮，事後想想有些後悔，此番出遊，還特地上了一趟青城山，想邀她共闖江湖，卻見不到人。」

古劍一陣心酸，脫口說道：「不用找了！」

紀草道：「為什麼？她怎麼了？」

古劍黯然道：「沒……沒什麼……我在想，她離開青城，或許……有什麼苦衷。」

紀草道：「什麼苦衷？你見過她？對吧？」

古劍心知決不能把貝甯的事說出來，正後悔一時口快，此時魏喜卻突然驚醒，放聲大哭！

秦芳接過來抱，見古劍頗有為難，解危道：「紀姐姐，您說七俠女贏三輸二，一個找不著，那還差一人，是平手嗎？」

紀草搖頭道：「我也曾拜訪過那位女俠，只是她日子過得不太好，沒心情也沒興致和我較量，再說她的劍法我親眼瞧過，不用比也知道贏不了她！」

綠柳道：「是誰？那麼厲害！」

紀草瞧著一臉疑惑的古劍道：「綺雲姐姐，你不曉得嗎？」

古劍道：「我已經沒什麼江湖朋友了，也沒人敢告訴我，這是什麼時候的事？」

紀草道：「約莫半年前紅顏女俠李蔓淑因病仙逝之後，名聲最大的綺雲姐姐就頂替上去！」

綠柳道：「可有什麼稱號嗎？」

紀草猶豫了一下才輕聲說：「有人叫她『西蜀女俠』，也有人叫『無珠女俠』。」

沉默了一會，秦芳見三人神色有異，問道：「『無珠』是什麼意思？不好聽嗎？」

紀草道：「是褒也是貶，綺雲姐姐為了救殘幫不惜傷目習劍，『俠女』二字當之無愧；然而『無珠』兩字，一是說她眼盲，一是說她無眼也無珠，嫁錯良人。」

秦芳道：「太過分了！大哥，你一定要盡快洗刷冤屈啊！」

古劍苦笑無言，卻見紀草道：「我和綺雲姐姐聊過此事，她卻淡然說道：『我很清楚他的為人，至於世人怎麼評價，倒沒那麼要緊。』」娶妻如此，夫復何求！古劍雙瞳清亮，內心激動不已，眼前種種艱難險阻，似乎也算不了什麼。

綠柳道：「咱們聊岔了，還有正事要做呢？如今要妝扮兩個名人，恐怕得像一點。」

紀草道：「雪卿姐姐我知道，除了愛穿暗紅馬甲外，髮式多用雙螺髻。」

綠柳道：「那不是丫鬟常見的髮式嗎？」

紀草笑道：「這就是她呀！只要自己喜歡，哪管別人說什麼！」

綠柳道：「果然是女中豪傑，真想認識認識。」

紀草笑道：「她也一定想見妳。大哥別發呆，快把臉洗一洗！瞧著你那尊容誰見了都想笑，怎麼談正事？」說完大家又笑了！

古劍依言先行洗臉更衣，再進房間將易容藥水等物取至外廳，準備重新妝扮，卻見紀草在綠柳的協助之下，早已梳妝打扮妥當。

牟謙妻子早逝，留下的獨生女牟雪卿十分孝順，每隔三、四個月便會和丈夫一同出門，先回老家探望奶奶再進京瞧瞧父親，也因此與古劍曾有過一面之緣，古劍瞧了紀草一眼，笑道：「還真有幾分相似，怎麼馬上就有暗紅馬甲？」

紀草道：「咱們綠柳大姑娘什麼衣服沒有！倒是你比較麻煩，要弄得像傅大哥，還得花一番工夫。」

秦芳道：「都是男子，有什麼難？」

紀草道：「雪卿姐姐今年二十八歲，但看起來像二十歲的小姑娘；傅大哥不過三十一歲，但因少年老成，倒像快四十；麻煩的是傅家三兄弟全都不修邊幅，滿臉鬍髯。」

綠柳道：「那大哥也得蓄鬚嗎？」

紀草點頭道：「傅大哥三兄弟人稱『虯髯三劍客』，北方的武林朋友大多知曉。」

綠柳道：「那怎麼辦？可以黏頭髮嗎？」

古劍道：「不妥，鬍鬚比頭髮還粗硬些，若靠近一點，很容易穿幫。」

秦芳道：「西市有個賣豬肉的屠夫，人稱虯髯周，不知能否……」

紀草道：「我有印象，那天陪妳到西市，那人見了妳還挺高興的，不斷嚷著叫妳買肉！」

秦芳道：「我不敢跟他買，那人喝了酒之後，眼神怪異，話語輕佻，拿肉找錢時手腳還會……不太乾淨。」

紀草笑道：「那好辦事！我這就去找他借，也包管他日後不敢再惹妳。」說完帶著一把剪刀，一溜煙不見人影。

不到一炷香，紀草笑嘻嘻的帶回大把鬍毛，卻見古劍已把自己弄得老成些，笑道：「傅大哥就是這張長臉！若再把這些毛給黏上，少說有七、八分像。」

綠柳道：「樣子倒不擔心，就是說話有些難為，方才我教了一陣子的山東腔，大哥頂多學得三分像。」

紀草卻用山東腔笑道：「這不能怪俺哥，您曉得的，俺哥耳朵聽不見，要學什麼腔都難。」

綠柳拍手叫好，道：「就是這樣，好聰慧的妹子，才待幾天，就學會了八、九分的山東腔。」

紀草笑道：「不是的，俺有個姨娘來自沂州，這山東腔，俺八歲就會啦！」

把一根根的鬍毛黏在臉上十分費工，三位姑娘幫忙，也足足弄了個把時辰，說說笑笑中，紀草也把在濟南的所見所聞告訴古劍：這荷柳莊的「風擺劍法」在江湖上亦頗負盛名，評價不輸京師幻劍門、靈劍門等知名劍門；然而他們行事極為低調，每一代所生的男嬰不是太小便是逾齡，現在的傅家三兄弟天雲、天風及天雷，在去年全都大於二十五歲，自然不會有人勸他們試劍。

三兄弟外表粗獷，其實個個飽讀詩書；但他們不但不試劍，也從未參與科舉，濟弱扶貧卻從不張揚，富甲一方卻生活儉樸，在當地頗有善名。

易容妥當，二人正要從後門出行，房門一開，卻見尤豔花站在門外，對著古劍說道：

「別急著出門，救人要緊，這回可得請你幫個忙！」說完進門便拿出一張做工精細的絹絲手帕，其中一角用金線綁個奇怪的結。

綠柳道：「金線結，是哪個姑娘出了事？」

紀草問道：「妳怎麼知道有事？」

綠柳道：「在京城，青樓裡的姑娘都有這麼一張帶著金線的絹絲手帕，碰到一些無理取鬧的惡客，如果實在忍受不住，可以將此手帕的一角打這麼一個金線結，交給送菜遞酒的下人，自有鴇母或護院前來解危。」

尤豔花道：「手帕的主人是春蠶，六天前花月夜的蓮姨請她出園，到城外的一個莊園服侍客人，說好每日可實拿三十兩白銀，約莫半個月回來。」

綠柳搖頭道：「連續十來天的出園又出城，實在太過冒險！誰知服侍的是些什麼怪人？」

尤豔花道：「您是京城名妓，四、五百兩銀子自然瞧不上眼；可是春蠶畢竟年近三十，再賺也沒幾年風光，為了養大兒子，可不能不多存點積蓄。不止她，光是我這嬉春園娃娃的娘就有六個人同意出園，全出自於不思蜀、花月夜及念奴嬌這三大青樓。」

綠柳道：「難怪前些日子我發現有些姐妹突然不見人影，隨口問了琴姨，她卻支支吾吾不肯回答，還叫我別多管閒事。」

尤豔花道：「這麼說愈想愈是蹊蹺，到底是誰要這麼多姑娘，待這麼多天？還要如此隱祕？」

古劍問道：「這手帕是怎麼送到您手上的？」

尤豔花道：「今早到西市，賣素菜的王婆交給我的，本來還包著兩塊驢打滾，正覺得奇怪，春蠶的兒子小禾向來不愛吃甜，她幹嘛輾轉送來這又甜又黏的東西？仔細一瞧，才發現了這金線結。」

古劍道：「又是誰交給王婆？」

尤豔花道：「聽說有一輛馬車、一個廚子和一個啞僕，以前不曾看過，最近每天都來，買了一堆菜肉，少說也有三十來人一天份，不殺價，但一定要是最新鮮的上肉。」

紀草道：「哎呀！我今早還在蚪髯周那瞧過呢！有個啞巴背著一簍子的菜肉在廚子旁邊比手畫腳，只見那廚子說：『別催了！待會買完，先帶你去陶然樓喝兩杯再走！』」

古劍道：「那裡離永定門不遠，咱們去那等吧！」

紀草道：「不回衛所取馬嗎？」

古劍搖頭道：「一來一回，人都不見了！我另有法子，咱們走吧！」說完便帶著紀草離去。

古劍先到永定門找守門指揮饒東河借了兩匹馬，在城外涼亭歇息，過不多時果見一輛裝滿菜肉的馬車從永定門出城，往東南方向奔行。兩人遠遠跟在後面，約莫行了三十里官道後轉向一條東北向的小路，左右都是樹林，行不到五里處有一莊園，兩人先把馬匹安頓在稍遠處再緩緩靠近，只見門口站著兩名帶刀護院，大門緊閉，門上寫著「善園」兩字。

這莊園半大不小，寬約十來丈，長約四十丈，二人繞了一圈，發現整個莊園只有一個正門，其餘都是十來尺的高牆，非一般人所能攀爬，而每棵樹離牆少說也有四、五丈之遙，兩人爬上一棵大樹，往下瞧去，才發現這莊園的格局乃北方常見的五進四合院，有三個庭院，前庭擺放一些木料，一個師傅正在教八名學徒如何使鉋刀、鋸子等基本木作。這八名學徒雖著中原服飾，角落卻擺著八把倭刀，二人遠遠觀看，只瞧得滿頭霧水，既看不出這八人功夫深淺，也弄不清這幫人究竟是武人還是木匠？

中庭有六名大漢正在演練武功，由其中一名持劍示範，仔細一瞧，竟是「無常劍法」！由於距離遙遠且背對二人，從服飾及身形看來，似乎是個年輕的公子。

後花園則擺放若干桌椅，奴僕穿梭來去，備碗上菜，卻沒瞧見半個姑娘。紀草手指中庭最靠近兩人的一間房子，轉身道：「裡面有姑娘的笑聲。」

古劍拍拍紀草肩膀，問道：「輕功如何？」

紀草轉頭道：「還行，這樹若能再靠近兩丈，或可跳上屋簷。怎麼？莫非你想要我去聽聽他們說些什麼？」

古劍點頭，道：「可以把妳甩過去嗎？」

紀草雙瞳亮了起來，道：「這好玩！不過三個院子都有人，要從哪兒跳？」古劍指著後園東側一個冒煙的房子，紀草道：「廚房？裡面有人，不怕他們聽到嗎？」

古劍道：「妳盡量弄輕，廚房正在炒菜，裡頭的人應該聽不見。萬一被發現……」說著比出一個溜之大吉的手勢。

紀草笑道：「我瞧不過十來人，你也會怕呀？」

古劍道：「這幫人看來無一庸手，真打起來，未必占得到便宜。」

說完連躍幾株大樹，從靠近中庭處移至後庭，挑了一個面向廚房的方位，雙腳各踩一枝樹幹，抓住紀草雙手，像盪鞦韆般擺動，連甩三次後鬆手，紀草在空中翻了兩翻，輕輕落在屋簷，再沿著各房的屋簷緩緩爬回中庭，在聲音明顯處停步，側耳傾聽。

只聽一低沉的聲音道：「奇怪了，這套『無常劍法』拆開來使，倒不覺有什麼特別高明之處，怎麼一在古劍那傢伙手裡，竟變得如此邪門！」

一年輕的聲音道：「說來慚愧，咱們兄弟五人在太白山也瞧了幾場，回來演練多次，招式都不難仿，但用起來始終覺得難以隨心所欲。」

另一細扁的嗓音道：「人說劍式易學，劍意難悟，恐怕就是這個道理。」

那年輕聲音道：「祁兄言之有理！這套劍法太過靈動機變，若未能完全參透，出劍的時機、方位及應變都很難恰到好處。」

另一柔媚的男聲道：「那有什麼辦法？咱們六人苦練數年，還不是打不過朱爾雅，如今不過十來天，要怎麼打贏與之齊名的古劍！」

那年輕的聲音道：「如今錦衣衛中，咱們唯一忌憚的，就只剩這個傢伙。請大夥鑽研其劍法，並非要你們打敗他，只要能多拖延個一時半刻，讓賴兄有時間找到人，大事必成。」

另一個柔媚的聲音道：「二公子，大事一成，務必代為求情，請令尊給足咱們七日份的解藥，放咱們自由。」

那青年不悅道：「跟你說過多少遍！大事一成，解藥必給，我們什麼時候言而無信？」

那人連忙稱是，那年輕的聲音又道：「別忘了！去年若非我爹求情，你們能活到今日嗎？」說罷拂袖而去，走到前院，那五人忙賠不是。

待那年輕人走遠，低沉的聲音道：「不是叫你別再提了嗎？」

那柔媚的聲音道：「我也知道，可就怎麼也不放心，只怕大事一成，咱六人沒了利用價值，別說七日份的斷根解藥，說不定不再理咱們，連一日份的續命藥丸都不想給呢？」

那沙啞的聲音道：「若真如此，再怎麼跪求也是枉然，還不如咱們下午學木作的時候多多巴結老二。我瞧那幾個兄弟，早晚會爭個你死我活，咱們表達誓死效忠之意，日後用得到時必能赴湯蹈火，或許他能美言幾句。」

另有一個怪腔怪調的聲音，一字一句慢慢說道：「咱們五人求了半天，恐怕還不如賴胖一句話。」紀草聽得出來這人來自西域，在西安城裡並不少見，由於中原話學得不夠溜，只能慢慢講。

沙啞的嗓音嘆道：「正是！這賴胖每天飲酒作樂，夜夜狂歡，不必鑽研破敵劍陣，也不必學什麼無聊的木作，如此受寵，你我根本無法比！」

那柔媚的聲音道：「這也是命，誰叫咱們沒有他那天下第一的聞香鼻！有這等異功護體，他們怕弄壞那粒醜死人的酒糟鼻而不敢餵毒，每天好酒好菜美女伺候，瞧得我都妒忌起來。」

沙啞的嗓音道：「人家名列二十八星曜，咱們比得上嗎？」

柔媚的聲音道：「就憑他那三腳貓功夫？怎麼可能？三杯黃湯下了肚，誰都會說些大話！」

沙啞的嗓音道：「我本來也半信半疑，昨夜偷翻了一下他的包袱，還真見到了星形金牌，兩面各刻一字，一字左邊有個土，另一字下面有個沒出頭的土；『媚爺』，你認識的字多，猜得出來是什麼嗎？」

那柔媚的聲音啐道：「你在猜燈謎嗎？除非把這二十八星曜都背了下來，否則只憑這兩個半吊子的字，誰猜得著？你活到三十來歲，只認得『水火金木土』五個字，比起只看得懂『一二三四五』的賴胖，也強不到哪兒！」

低沉的聲音道：「別罵他啦！若不是沾上這色胚的光，哪來這麼多姑娘給你解悶？」

沙啞的聲音道：「說得也是，若不是他，恐怕那八個倭人早騎到咱們頭上！」

低沉的聲音道：「你瞧人家不順眼？想幹一場？」

沙啞的聲音道：「你沒瞧昨夜那個大鬍子倭人酒醉後那副囂張德性，竟把蓮香姑娘給硬生生拉了過去！若不是賣二公子一個面子，豈有輕饒之理！」

柔媚的聲音道：「還好你沒衝動！昨天我偷聽倭人練刀，虎虎生風，快得嚇人；別說他們多了兩個人，就算一對一，咱們恐怕也討不到什麼便宜！」

那低沉的聲音道：「就是啊！這兒有十五個姑娘，環肥燕瘦任君挑選，幹嘛每天圍著蓮香打轉？」

那沙啞的聲音怒道：「你自個每天盯著那個壯碩倭人瞧，哪有資格說我！」

卻聞柔媚的聲音語帶嬌羞道：「別那麼大聲！你想讓大家都知道嗎？」

話說完聽見敲門聲，一個女子的聲音道：「各位大爺，飯菜備妥，可以吃飯啦！」

只聽咿呀一聲，木門開啟，低沉的嗓音道：「用飯啦！賴胖下床了嗎？」

那女子笑道：「小聲點！荷香姑娘正在他肚皮上畫烏龜呢？萬一提早醒來，那一百兩的賞銀就飛啦！」

低沉嗓音笑道：「誰不曉得？得用熱毛巾摀住口鼻，唱完一曲《蝶戀花》，才能把這頭睡豬給悶醒。」

話未說完卻聽到眾多姑娘的叫聲混雜著笑聲，一個姑娘叫道：「哎呀！你今天中了什麼邪？怎麼提早醒來？這隻烏龜的頭還沒畫呢？」另一個姑娘道：「不管！不管！今天這隻，就當作是縮頭烏龜，我畫完了，給錢！」

卻聽一剛睡醒的嗓音，自言自語道：「我怎麼會夢見西安城的翠微姑娘？她身上的香氣，還真叫人懷念！」「不對？已經醒來了，怎麼這味道還在？」「妳們有誰用了『魂縈夢繫』？」

卻聽眾姑娘紛道：「沒有！」「那是什麼玩意？」

原來那嗓音道：「那是用新疆十二種香料調配而成的香水，十分珍貴；但因用了一點孜然，外地的姑娘不習慣，因此俺逛遍大江南北，也只有西安一帶的富家千金或青樓名妓喜歡，那可真是銷魂啊……」

紀草聽到這裡，臉色一紅，轉頭跟古劍比個有狀況的手勢，古劍點頭，兩人跳下地面，迅速離去。

二人上馬，離開樹林，紀草將方才聽到的話一一轉述，古劍沉思片刻，聽這意思，牟謙恐怕正如原先所料的遇上了麻煩，事情愈趨複雜難解！仍有許多疑惑必須當面請教。於是續往東南行去，直奔百里來到安平鎮，依牟謙所述，很快找到一間臨河的單進四合院。遠遠便可見院外四匹馬各自綁在樹上，其中一匹正是牟謙平日的坐騎，古劍道：「看來除了指揮使本人外，至少還有三名外人待在房裡。」

紀草道：「那三人會不會是牟指揮使帶來的親信？」

古劍道：「不可能！身為一個錦衣衛首領，最怕讓人知道老家所在之處，若非萬不得已，再怎麼信任的人，都不會帶來。倒是妳提醒了我，待會見面時，他們若假裝是指揮使手下，先別拆穿，將計就計，見機行事。」

紀草道：「你怕那些人都是什麼絕頂高手嗎？否則以牟指揮使的武功，一般人怎能制得住他？」

古劍道：「未必！人都有弱點，就怕牟指揮使的親娘被人給拿住，逼得他不得不就範。」

紀草道：「那怎麼辦？」

古劍道：「所以咱們得扮成女兒女婿，裝作不知情，設法混進去再隨機應變。紀草，這回可得千萬拜託，務必冷靜沉著，別怕別慌！」

卻見紀草眼神露出興奮的光芒，笑道：「你可知我娘每天跟七、八個女人爭寵要費多少心思嗎？本姑娘在樂遊苑長大，能沒有一點心機嗎？倒是你，山東腔學不好，就怕一開口便露了餡，待會瞧我表現，沒事少說話。」

此時天色漸暗，兩人將馬匹綁在左近，步行到牟宅，紀草敲門喊道：「奶奶，開門，您孫女雪卿回家啦！」

開門的是一位全身勁裝的年輕漢子，問道：「妳是誰？」

紀草問道：「你聾了嗎？沒聽見方才我喊什麼？你又是誰？」

那人尚未開口，身後又多了兩人，分別是三十來歲與四十來歲的漢子，年紀稍長的道：「在下錦衣千戶馬成章，指揮使大人受了點外傷，我等奉令前來護衛……」

紀草露出一臉急切的模樣，問道：「我爹受傷了？在哪？快讓我進去瞧瞧！」

馬成章道：「不急！大人為官剛正，難免樹敵，如此非常時期，我等必須謹慎再三，待會恐得先請大人及老夫人確認無誤，方可讓小姐及姑爺靠近，得罪之處，還請原諒則個！」

紀草露出一臉不悅道：「那你快點！」

馬成章轉身走進正房，牟謙母子已坐在椅上，牟老太太一臉驚懼，道：「我老了，眼耳都不太管用，方才好像聽見孫女在叫我；若是真的，還請壯士行行好，千萬別傷害她！」

說著起身欲跪，卻被牟謙拉住，道：「娘您別這樣！」

馬成章道：「牟大人應該清楚現在的情勢，若您倆不慎走漏口風，把您閨女也給牽扯進來，非但無助於兩位的安危，還可能把荷柳莊數十口人命也給賠了進去。」

牟謙道：「放心吧！牟某不是笨蛋，知道該怎麼做。」說完對著門口喊道：「天雲、雪卿，你們可以進來了。」兩人進門，只見牟謙左腿上有刀傷，雖用白布條包紮處理仍有鮮血微滲，顯然傷勢不輕。

紀草驚道：「爹！您怎麼啦！是誰把您傷成這樣？」說著跪在跟前，輕觸傷腿道：「女兒不孝！未能長侍左右……」說著轉頭指著馬成章罵道：「你們幾個是幹什麼吃的？

自己毫髮無傷，卻讓長官傷重至此！」

牟謙道：「別怪人家，爹受了傷，不得不把人給喚來。那日夜黑風高，從鎮上回家的路上不巧撞見三個色魔正要姦淫一個姑娘，當時喝了點酒，少了戒心，再加上天黑瞧不清楚，竟中了其中一人的飛刀！待回過神來，很快便將那三個小賊殺了！不礙事。你們在這住一晚，明天回濟南。」

紀草道：「您傷成這樣，叫女兒怎能放心離去！」說完沒忘了牟老夫人，起身抱住，叫了一聲：「奶奶！讓我留下來，好嗎？」她離家半年，抱著牟奶奶時，忽然憶起去年過世，在樂遊苑一向對她最好的親奶奶，竟也流下了淚水！

牟老夫人也知抱著的不是真孫女，但她惶懼多日，忽然被這麼一抱，憂恐之情似乎找到了一個宣洩之口，眼淚也跟著滴落下來！道：「乖孫女，別擔心，一切都會過去的。」

牟謙道：「胡鬧！我的傷沒等個十來天好不全，而妳濟南的婆家還有年老的公婆及三個年幼的孩兒，豈能在外久住？」

紀草道：「可是女兒擔心您這職位樹敵無數，萬一受傷的消息走漏，會不會有什麼人來此尋仇？」

馬成章道：「姑娘請放心！人都直接埋了，連官府都不知道，消息絕對沒外漏。」

紀草道：「錦衣衛難道個個可靠？不會外傳？」

馬成章笑道：「錦衣衛中也只有代理指揮使古劍和在下三人知道，頂多再加個皇上，沒有別人。」

卻見紀草道：「若真如此，我更不能走？江湖傳言這個古劍乃天下第一貪圖富貴、卑鄙無恥之徒，上次在京城瞧父親如此器重此人就覺得十分不安！深怕此人平日裝乖偽忠，其實早在覬覦您這錦衣衛指揮使一職，如今難得有此良機，豈會放過！」說這番話時一會兒看看牟謙，一會兒瞧瞧古劍，神情嚴肅，心裡卻覺得好笑！不過，真的牟雪卿確實對古劍有所疑慮，還曾為此與紀草有所爭論。

馬成章道：「姑娘放心！卑職此次前來，就是遵從古大人之指派。」

紀草道：「錦衣衛指揮使受了重傷，就該把所有在京城的千戶都調來護衛才對，只派你們三人，究竟是何居心？」

卻見牟謙斥道：「別胡鬧啦！每個千戶都有忙不完的事，豈能為了任何人放下手邊要緊的事！再說大家都過來，豈不昭告天下，說老夫有難，引來更多仇家！」

馬成章道：「再說古千戶劍法驚人，若真有二意，親自出馬，恐怕光我們幾個也擋不住他！」

紀草道：「父親有難，做女兒的豈能不留下來守護？」

卻見古劍道：「三天。」

牟謙道：「天雲說得沒錯，多緩一天，傷勢就能多好一些，若他真要取走老夫性命，自然是愈快愈好；三日之內未到，勢必不會再出現。」

紀草道：「好！就待三天。」

馬成章道：「多謝姑娘，若沒別的事，下官回去守著，不妨礙諸位敘舊。」說完走回倒座房。

待人走遠，四人同吁了一口氣，牟謙輕聲對著古劍道：「你從哪裡找來這麼一位姑娘，戲演得好不說，臨場應對還真機靈。」

古劍敬答道：「啟稟……」

話未說完，只見牟謙比了一個住口的手勢，低聲道：「別忘了，你現在是我的女婿，千萬別把官場那套搬來，否則早晚露出馬腳。」

古劍道：「是，這位姑娘……」

卻見紀草搶話道：「奶奶！爹！小女子姓紀，單名一個『草』字，乃西安樂遊苑十六千金中，最令我親爹頭疼的一位。」

話說完卻見牟老夫人噗哧一笑，忙摀嘴輕聲道：「沒事！我知道不該笑，但妳這姑娘也太逗趣！」這牟老夫人連日來憂恐愁，難得一笑。

牟謙見母親終於開懷，也是歡喜，對著紀草笑道：「據說妳曾偷學『極樂劍法』，還練得不差。」

紀草笑道：「在您面前不敢說好，前些日子，還曾登門拜訪荷柳莊，向令千金討教享譽江湖的『達摩劍法』，方知人外有人。」

牟老夫人道：「我在想妳怎麼學得這麼像，不多瞧幾眼，還真認不出來呢！原來是見過我孫女。」

紀草道：「失禮了！」

牟老夫人道：「哪兒的話！妳是來救我的，又不是來害我的！」

牟謙笑道：「娘，現在開始沒人害得了您！這位古千戶的武功不輸孩兒，有他在，外面那些人討不了便宜。」

卻見牟老夫人罵道：「還說呢？當時若能聽我的話當機立斷把他們都給砍了，怎會弄得如此地步？」

牟謙道：「您落在敵人手上，做兒子的豈能眼睜睜看著您死？」

牟老夫人一臉不悅，轉頭對古劍道：「古千戶，你可以答應我這個老太婆一件事嗎？」

古劍道：「請說。」

牟老夫人道：「我活到七十二歲也夠啦！日後若是動起手來，老太婆必是個累贅，勞煩您先一劍把我給殺了！」

古劍道：「您別開玩笑！這種事有誰做得來？」

牟老夫人道：「斌兒下不了手不怪他，但你我無親無故，有何不可？年輕人不可拖拖拉拉，就怕一個遲疑，不但害了你的指揮使大人，甚至連兩位都會被拖下水。」

牟謙道：「您老人家別說傻話啦！誰敢動您，等兒子傷好先砍了他；話說回來，他倆待不了多久，兒子現在又疼又餓，您若不好好活著，誰來照顧？」

卻見牟老夫人沒好氣的道：「知道啦！剛剛逗你的。聽說雪卿又懷了身孕，沒看到小孫子之前，我怎麼捨得死。說到肚子，我擔心受怕食不下嚥，每天吃不到兩口飯，現在恐怕比你還餓呢！」

牟謙笑道：「是啊！您的豬油炸餅天下第一，兒子這回返家還沒吃到呢！」

牟老太太啐道：「都五十來歲的人，還這麼死饞嘴！」說畢逕自走向廚房。

紀草見她身子尚虛，走路不穩，過去扶道：「什麼是天下第一的豬油炸餅？奶奶可以教我嗎？」

兩人進去後，牟謙忽然仰頭觀看，示意有人爬上屋頂，古劍為之一驚，輕聲道：「那我的真實身分……」

牟謙無聲說道：「沒關係，將計就計。我有些話想說給他們聽，反正很多事這些人早已知曉，你就順著我的話聊。」古劍一臉疑惑，卻見牟謙又無聲說道：「先問我：『那三人是誰？該殺還是該抓？』」

古劍依言提問，牟謙答道：「他們是俠盜三兄弟白仁泓、白仁澤和白仁波，以偷盜為業，輕功極佳。所幸你方才沒有急著動手，否則就算守住門口，這七尺外牆根本攔不住他們，打得贏人，卻追不到人，跑回去報告，咱們便成了打草驚蛇，更加不利。」

古劍驚道：「這三人劫富濟貧，名聲不差，怎會做出這種事？」

牟謙道：「他們的父親白孝先以前也是錦衣千戶，二十多年前受人誣陷，又於北鎮撫司大獄中慘遭酷刑折磨，死狀極慘。當時的白仁泓已經二十歲，還是個錦衣衛小總旗，白仁澤十歲，白仁波才剛出生，三人的母親因本案憂憤成疾，沒多久便死了！」

古劍道：「當年您是……」

牟謙道：「我只是北鎮撫司大獄裡的一名獄卒，親眼見過許多冤屈苦慘，漸感不安！明知白千戶是冤枉的，無奈本領低微，幫不上什麼忙。從那之後，牟某下定決心，立志爬上錦衣衛的頭子，期望有朝一日能夠改變這個組織；於是暫辭原職，一個人到少林寺做俗家弟子，勤修武學，六年有成，回來後憑本事一路晉升至此，沒想到卻栽在當年該案的三個遺孤手裡！」

古劍道：「您有跟他們說這些嗎？」

牟謙搖頭道：「三人都憤世嫉俗，認為『世間有好人，天下無好官』。所偷盜的，盡是官宦之家，有的酷吏貪官，還會被他們劫去，百般凌辱後釋回；若非當年教其偷盜的師父，曾要他們立誓遵守『只取物，不傷人』的行規，只怕很多被抓的人回不了家。」

古劍道：「這次他們要對付指揮使之前，難道沒先調查清楚您的為人嗎？就算原先不知，如今來到這府邸，難道還瞧不出來此處毫無奢華氣派，而您絕非貪財之人？」

牟謙道：「那又如何！在他們眼裡，你我都是君王迫害百姓的爪牙，就算不貪不奸，也做不出什麼好事來！」

古劍道：「這麼說來，他們似乎不是壞人，那怎會拿老夫人來威脅您？」

牟謙道：「『俠盜』兩字，便帶有七分正氣，三分邪氣，這三兄弟行俠仗義，對江湖規矩卻不怎麼信守。三天前我進門時，他們已經把刀架在我娘脖子上，要我束手就縛，我說辦不到，一旦就範，我們母子倆都活不成！於是白仁泓丟來一把匕首，要我自己挑一個地方，插至沒柄，便放了我娘。後來果真信守承諾，但如此一來，我殺不了他們，也沒辦法帶著我娘離去，而他們想殺我，倒也沒那麼容易。」

古劍道：「他們輕功高明，現下要趕走不難，但要抓人卻也不易。」

牟謙道：「正是，若派一個人出去求救，幫手一到，咱們更難占上風。」

古劍放低聲音，依著提示問道：「您說的幫手，會不會是赤幫？」

牟謙道：「沒錯！說來汗顏，我們調查赤幫十餘年，對於二十八星曜始終未能弄得一清二楚，只知有各大門派之名宿高手，有正派的江湖遊俠，也有充滿邪氣的黑道人物；有人是對朝廷不滿而入幫，也有人為了富貴榮華而出賣自己。而那三兄弟很可能也在名單裡面。這幾年兵部、東廠陸續有重要文件遺失，極有可能是他們所為。」

古劍道：「怎麼沒將他們拿下？」

牟謙道：「東廠一直盛氣凌人，兵部氣焰囂張，狐指揮使一直不想幫他們出氣。而近年來赤幫與錦衣衛一直避免正面衝突，只是不斷各派暗樁摸對方的底；遺憾的是，在這方面我們始終落居下風，錦衣衛中似乎藏有不少他們的人；而我們陸續派去的人，不是被發現後死於非命，便是始終進不了核心。

「我曾想抓人，但三兄弟警覺性高，武功不弱加上輕功厲害，非得數位高手圍捕不可；而如今我們人雖多，可用之才卻寥寥可數，連抓他們都是一件難事；再派人調查三人，發現除了朝廷的幾件偷盜之外，其餘做案的對象不是貪官汙吏便是土豪惡霸，總覺得將其繩之以法，不是最優先的事。」

古劍道：「他們把您留在這裡，究竟有何目的？莫非已兵臨城下，動手的日子已不遠矣？」

牟謙道：「什麼兵臨城下？莫非這兩天又有什麼可疑的人物進城？」

古劍道：「暫時沒有，但……」說到這裡，古劍已明其意：既然難以將俠盜三兄弟盡數捕獲，要想不洩密度過此劫，唯一的辦法就是設法策反；所幸他們均為重俠仗義之人，若能藉此讓他們弄清楚是非善惡，或許真有機會。但善園之事，在敵我未明之際，仍不宜透露，於是欲言又止。

牟謙知其意，道：「那三兄弟現下不知在打什麼主意，你待會找個理由去探探口風。」

屋頂上的白仁波聽到這裡，趕忙離開，回倒座房將方才所聞，一字不漏告訴兩位兄長，末了加上一句：「哥！咱們是不是幫錯了人？」

白仁泓搖頭怒道：「不可能！你也不想想爹是怎麼死的？錦衣衛裡哪有好人？更何況

在萬曆這個狗皇帝底下當的差！」

白仁澤道：「大哥！牟謙接任錦衣衛指揮使近一年來，確有聽聞做了幾件好事，不但仗勢欺人謀權營私之說大減，冤獄傳言幾不可聞，還聽聞他們正積極整頓內部，除去了幾個聲名狼藉的千戶……」

白仁泓道：「那又如何！新官上任，當然得沽名釣譽一番，如此日後無論幹了什麼勾當，人家都不會懷疑！再說牟謙既然如此正直，為何要重用那江湖上最卑劣無恥，惡名昭彰的『無常古劍』？」

白仁澤還想再說，卻見白仁泓道：「別說了！既然來人是古劍所偽裝，咱們三人守在這裡也沒用，得盡快離開才是。」

說完三人回房，各自打包行李，正準備開門離去，忽聞門外有人喊道：「奶奶！孫女回來看您啦！開門好嗎？」這回竟是真的牟雪卿！三人面面相覷，同時指向院牆，他們不愧為親兄弟，無須言語，卻默契十足同時躍起，正要翻牆而過，卻見古劍衝將出來，朝著牆頂灑出一勺熱油！牟謙喊道：「天雲、雪卿守住東牆，別讓人跑了！」

三人知道熱油厲害，著地滾了兩圈，躍起時拔劍出鞘，卻見老么白仁波的脖子上，正架著一把長劍！牟謙、紀草也各自持劍站在眼前，另有二人從外面跳上東牆，正是傅天雲與牟雪卿！

白仁泓見大勢已去，收劍笑道：「好高明的手段！不愧是天下第一邪門的劍缽。」

古劍笑道：「過獎。」

白仁澤道：「其實你抓了咱們也沒用！只要兩天無人進城回報平安，自會有人知道究竟出了什麼事！」

古劍道：「那就派一個人去，謹言慎行，別害了留下來的兩個人。」

白仁波道：「大哥，咱說好三兄弟輪流回報；這次輪到您了！」

卻見白仁泓搖頭道：「我年紀大，懶得奔波，這種小事，還是由你兩人去辦。」

白仁澤道：「我不善騎馬，昨天進城時，馬兒受驚，不慎從馬背上摔下來，到現在屁股還疼呢，這次恐怕得勞煩你們跑一趟。」

白仁波也搖頭道：「我年輕識淺，就怕一個緊張露了口風，反倒誤了大事！」

古劍怒道：「三個人都想留下來自我犧牲，我還敢放人嗎？不如一劍殺了乾脆！」轉頭對紀草道：「妹子，勞煩妳到柴房找三條繩子。」

卻見牟謙道：「萬萬不可！三位都是俠義之士，別當成錦衣衛的犯人。」

古劍道：「可是他們如此待您……」

牟謙道：「一場誤會，解開就沒事。」

古劍正色道：「指揮使大人，屬下覺得這麼做有些冒險！」

牟謙道：「咱們現在居於絕對的劣勢，不擔點風險，難以力挽狂瀾。」接著又對眾人道：「天色已暗，想必大夥都餓了，不如進來吃點家母做的豬油炸餅，喝點小酒。雪卿，去廚房瞧瞧奶奶，順道把那罈陳年女兒紅拿來。」

牟雪卿道：「爹，您的腿怎麼啦？」

牟謙道：「沒事！晚一點再說。」

紀草拉著牟雪卿的手道：「姐姐，我陪妳。」兩人並肩走向廚房。

眾人走進飯廳，古劍關上木門，道：「請原諒古某謹小慎微，為了讓這頓飯吃得輕鬆些，恐怕得勞煩三位將身上的包袱與劍，放在那邊的椅子上。」

三兄弟依言卸下包袱與長劍，牟謙招呼眾人入座，先問傅天雲道：「你們夫妻倆往年都在中秋前過來探望奶奶，怎麼今天中元未到就出現？」

傅天雲道：「是這樣的，小婿在京師有位舊友，今年終於金榜題名，高中二甲進士，定於今晚大宴賓客，雪卿想念父親，也跟著來。我倆未時進京，到了衛所卻聽說您已經數日不見人影，雪卿深感不安，說您以往返家探視祖母，從未超過三天就會返京，想找古大人問個明白，卻聽那葛天文說古大人一早便出城辦案，雪卿聽了更加著急，決定不去赴宴，快馬趕來。」

牟謙怒道：「什麼叫更加著急！莫非她到現在還不肯相信古千戶的為人？」

古劍笑道：「大人息怒，古某惡名天下皆知，令嬡護父心切，有所提防也是人之常情。」

話方說完，卻見兩位姑娘各自端著酒、餅從廚房走來，牟雪卿把一罈酒放在桌上，並未入座，走到古劍前方五步之處停住，正色道：「雪卿聽信市井流言，先入為主，一直以為古大人加入錦衣衛必另有圖謀，早晚將對父親不利。未料此次父親遇難，您卻是第一個前來搭救，想想之前的無禮，實在過於武斷，還請大人莫怪，受雪卿一拜！」

說畢欲拜，古劍趕忙扶住，道：「萬萬不可！指揮使大人在古某走投無路之際伸出援手，加上知遇之恩，指導之情，今日這等小事，實不足掛齒！」

牟謙叫女兒與紀草一齊入座，笑道：「咱們錦衣衛的公事，即使是家人也應隻字不提，是以明知妳對古劍有所成見，也未多加解釋；所幸我女兒腦袋清楚，緊要關頭，終究能分辨是非善惡。雖然如此，還是得先罰一杯。」他邊說話邊倒酒，話說完已將八個瓷杯都斟滿酒，先拿一杯給身旁的女兒。

卻見旁邊的傅天雲接下酒杯道：「岳父大人，雪卿的酒，且由小婿代飲。」說畢一飲而盡。

牟謙敲了一下額頭，笑道：「糊塗啦！竟然忘了有身孕的人不宜飲酒！雪卿，妳也算是半個主人，以茶代酒，陪我敬各位遠道而來的朋友！」

牟雪卿將丈夫飲盡的空杯裝滿水，起身陪父親敬酒，古劍等人都一飲而盡，卻見白仁泓拿起酒杯，若有所思，遲遲未動，兩個弟弟見大哥如此，也有樣學樣。牟謙笑道：「三位認為這杯酒有所古怪？」

白仁泓搖頭道：「各位若要殺咱們兄弟易如反掌，何必浪費好酒！只是我在想閣下方才所言『緊要關頭，要能分辨是非善惡』，其實是要說給咱們兄弟聽的。所以想說少喝一點，免得待會喝醉了，糊里糊塗答應了什麼事，那就不妙了！」

牟謙笑道：「既然如此，你們淺嘗即可，多吃些炸餅。我們還有好多事沒說呢！不妨告訴三位，牟某的耳朵十分管用，知道方才有人躲在上頭偷聽。」

白仁波怒道：「原來兩位是故意說些好話，目的是想騙我們入彀，只怪我年輕識淺，差點信以為真。」

「話是故意說的，裡頭卻沒有半句虛言！」牟謙道：「還記不記得三月初，兩位年輕俠盜曾潛入福王府盜取百斤茯苓一事。」

白仁澤驚道：「確有此事！難道那夜在花園所見到的一對眼珠子，一閃而逝，不是什麼黑貓，卻是……」

牟謙道：「正是老夫。那天深夜兩位躍上屋簷時正巧被我瞧見，便跟在後面，本想既然撞見這種事，不抓人也奇怪，但聽到兩位對話，冒險潛入王爺府，竟然只是為了偷盜藥材為鄰居老婦治病……」

白仁波道：「今年茯苓缺貨，那福王愛吃茯苓糕，竟命人將城裡的茯苓搜購至半兩不剩，可知他口中的零嘴，卻是許多人救命的藥材！」

白仁澤道：「在藥房裝藥時，只要關上房門，咱兄弟倆應該逃不掉，你怎麼不動手？」

牟謙道：「但這麼一來，恐怕有許多人就沒藥治病。」

白仁泓道：「您饒了舍弟一次，無論如何，白家算是欠您一份情；但大是大非之下，咱們別無選擇。」

牟謙道：「三位到這裡，雖說挾持我母親，但一直待之以禮，未讓她老人家受到過多的驚嚇；且言而有信，見我自刺大腿，立即放人，其實已算還了這份情。至於什麼才是大是大非，此時得跟你們說個清楚，以免後悔莫及！」

白仁泓道：「沒什麼好談的！若不是萬曆這個懶惰貪婪的狗皇帝倒行逆施，這世間哪有如此多的貧病孤苦？若無人縱容你們這些廠衛橫行霸道，哪來這麼多的冤屈枉死？」

牟謙道：「三位平日忙於行俠，想必無暇翻讀史書。」

白仁澤道：「牟大人不必替咱們遮掩，我們三兄弟認不得幾個大字，還談什麼讀史習文！」

牟謙道：「如我猜得沒錯，一定有人不斷提醒三位，這世間多慘事，處處不公義……」

白仁波道：「不是嗎？你敢說這幾十年來，東廠抓的人個個罪有應得！錦衣衛北鎮撫司大獄中從未有冤死之囚？而那些礦監鹽監橫徵暴斂，貪官汙吏迫害良民，全都是假的？」

牟謙沒有否認，卻問道：「你們可認識裴友琴？此人熟讀史書，深知朝代興亡與人間疾苦息息相關，曾在私下閒聊中告訴牟某說：『萬曆皇上雖談不上好皇帝，但比起歷朝那些數不清的昏君暴君，似乎還略勝一籌。』」說著從胸口拿出一個做工精緻的木盒，拉開之後露出一枝羊毛筆。

白仁泓雙眼睜大，道：「怎麼連你也有這枝『友琴筆』？難不成廠衛也要靠它保命？」說著也從懷裡取出相同的東西。

牟謙道：「裴友琴生前除了讀史習劍外，書法也是一絕，還喜歡用自己親手做的毛筆揮毫，你瞧這毛筆與木盒做工如此細緻，少說也要兩、三天的工夫，因此並不隨便送人。據我所知，送出去的還不到三十枝；對於品德有疑慮之人，哪怕再親再熟，都拿不到。」

白仁泓道：「敝人曾在十幾年前教訓一個調戲良家婦女的少年，未料那人的父親竟是權傾一時的東廠掌刑千戶周奎安，被他帶人一路追殺，當年我輕功初成，劍法卻稀鬆平常，東奔西竄逃到了胭脂胡同，走投無路之際想起百劍門的裴家在此，便翻牆跳入裴家院子，當時裴友琴全家正在房裡用餐，問明原委後竟不畏權勢，說什麼也不讓盛怒的周奎安把我帶走。

「那周奎安雖然霸道，卻也不敢擅動百劍門金劍主人，只能悻然離去。卻派人日夜留守，只待我一出裴家，格殺勿論。

「為了讓我出去後能自行抵禦東廠那幫人的追擊，裴友琴還助我改進家傳劍法，留在裴家苦練十天，離去時已能將數名百戶殺得四散逃逸。回想當年護持之恩、傳劍之義，還有臨行前贈筆之情，如今仇人就在眼前，叫我如何視而不見！」說到後來語音哽咽，竟冷不防將咬了幾口的炸餅扔向古劍。

未料古劍不閃不避，正中額頭！

紀草拍桌怒罵道：「你這什麼意思？好端端卻突然翻臉！」

卻見古劍也落淚道：「你說得沒錯！當時若沒有古劍這個人，裘門主也不必自盡。」

白仁泓怒道：「你說什麼？好端端的一個人，豈有自盡之理？」

古劍道：「當時我與裘門主父子一同困在地宮，出口被人關死，得在十來天內挖出一條地道，剩餘的糧食與水只夠三人使用；然而除了我們之外，還有狐知秋、三大統領及淨幫十三鷹，若想活命，得先將另外十七人盡數殺死。

「起初我們三人略占上風，他們卻將燭火逐一打熄，裘門主認為一旦全黑，喪失聽力的古某必定難以倖存；竟將劍鋒轉向，自刺而亡！」

紀草道：「這是什麼意思？為什麼這樣你就能活命？」

牟謙道：「三個人十來天日夜不停挖掘地道，就算挖通了，也不免陷入極端的飢渴疲累，緊接著可能還要對付無數守陵官兵，而當初陷害他們的絕頂高手，亦有可能等著劫殺；因此，只有最強的人留下來才能活命，裘友琴知道這個道理，狐指揮使自然也明白，只要裘友琴一死，狐指揮使必會將刀口轉向，攻殺其他弱者。」

牟雪卿道：「可是狐指揮使終究還是沒能出來！」

古劍道：「他一時大意，在黑暗中遭人暗算。」

白仁澤道：「你編得十分動人，但怎知真假？」

古劍道：「當初地宮的入口或地道所挖通的茅房，事後再怎麼回填，新舊土壤外觀不同，鬆實相異，很難不留痕跡。古某可以告訴你們位置，三位既是神偷，混進天壽山親自查證也不算什麼難事。」

牟謙道：「這些年來，你們為赤幫立下不少大功，應該都已入二十八星曜了吧！」

三兄弟互視一眼，其實三人之中，只有白仁泓正式入幫，其餘二人只能算外圍，白仁波道：「其實在下年輕識淺，功夫還不到位，實在不敢……」

說到一半，卻見白仁泓示意他住口，說道：「赤幫之事，恕難奉告。」

牟謙道：「你不能說，我卻想讓你知道，這些年來，錦衣衛明查暗訪，究竟知道些什麼？聽完之後，三位仍有不滿之處，儘管把水酒潑灑在我倆身上；至於炸餅，那是家母親手做的，所剩不多，就別浪費了！」說著竟撿起掉在古劍桌前的炸餅，一口塞進嘴裡！

白仁泓忽覺自己方才過於衝動，思道：「萬一方才古劍所言不虛，豈不錯怪好人？」但轉念又想：「不可能！這兩個錦衣衛頭子說的話，怎能相信？」就這樣半信半疑，只能一臉尷尬看著對方，什麼也沒說。

牟謙吞入炸餅，又喝了半杯酒，瞧著三人笑道：「說來慚愧，我們從未把赤幫所有的人摸得一清二楚，只知赤幫二十八星曜從未補實，確定的有十六人，疑似六人。今日只說確定者，依排名分別是……」說到這裡暫停，轉頭對著紀草道：「不知紀姑娘對赤幫了解多少？」

紀草道：「很小就曾聽過赤幫的大名，儘管行事隱祕，相關傳言卻從未消停。如解救因直諫惹惱皇上，被下旨發配邊疆的忠臣；暗殺橫徵暴斂，欺壓良民的稅官等等。這些人在朝廷眼裡或許是目無法紀胡作非為的亂民；但在百姓心中，卻認為他們才是行俠仗義的英雄！」

牟謙道：「如果每位赤幫的成員，都是光明磊落的大俠，諸多義舉均動機純正，錦衣衛也無須如此擔憂與提防。瞧不出妳一個年輕姑娘，行走江湖不過短短數月，竟也知道不少事。可知赤幫的首領紫微星，究竟是誰？」

紀草道：「二十八星曜，個個不簡單，要當這些人的頭子，武藝超群與聲望崇隆是兩大要件，六大門派的掌門人雖然符合，但這些人多半對求道修佛有較高的興趣，出來帶頭的機會不大；四大劍門中，樂遊苑我敢說絕對不是；洗劍園人丁興旺，交遊廣闊，但江湖聲望與武功，畢竟還差了些；胭脂胡同本來或有機會，但父子同時慘死，若真為赤幫頭子，如今群龍無首，應該解散才對；算來算去，最有可能是紫微星的人，應該是朱未央，他死了，還有朱爾雅。」

牟謙笑道：「不愧是樂遊苑的千金。錦衣衛調查多年，雖無確切證據，但種種跡象顯示，幾可確認這紫微星便是朱未央、天機星便是朱爾雅，排行第三的太陽星，一直想留給裴友琴而未能補實，第四武曲星與第五天同星，分別是洗劍園的崔璨及忘憂坊主皇甫和貴，這兩人誰排在前面，目前並無法確定，第七天府星乃武當名宿嚴靜山，第九貪狼星乃青城門主商廣寒，第十二天梁星為樂遊苑的紀青嵐……」

紀草驚道：「您說的是我二叔！當年他與父親爭奪劍鉢失敗，消沉了好一陣子，後來竟對我爹下毒未遂，被爺爺逐出家門，至今下落不明，原來投靠了赤幫。」

牟謙道：「妳再聽下去就知道，裡面有許多人原是各大門派的二、三把手，雖出身名門正派，武功不弱，人品卻頗有疑慮；加入赤幫，圖的便是日後起事有成，幫主順利稱帝後論功行賞，一句話便可讓他們升任門主。」

牟雪卿道：「那商廣寒已是一派之主，為何還要入幫？」

牟謙道：「商廣寒最大的心願，便是盼青城派有朝一日可與少林、武當等同列七大門派，未來若能取得皇帝的一道聖旨加封，江湖上便不會有那麼多雜音。」

牟謙續道：「接下來還有排行十三，七殺星的丐幫衛飛鷹，第十六天馬星乃峨嵋派焦正聞，第十七左輔星乃崑崙六劍之一的連錦城，第十八右弼星乃幻劍門李輕舟，第二十文曲星乃霸王刀呂順，白兄應是排行第二十一的天魁星，第二十五擎羊星為水月山莊的黃雲鵠，第二十七天空星乃死去的錦衣衛指揮僉事王遂野，第二十八地劫星則是江湖六惡人之一的賴未各。」

白仁泓道：「哼！賴未各功夫不算頂尖，名聲又差，怎可能讓他名列二十八星曜？」

牟謙轉頭對著紀草道：「紀姑娘，妳可以把今天中午在善園聽到的再說一遍嗎？」

古劍道：「還是由我來說吧！那些人講話粗鄙不堪，由紀妹妹一個未出閣的姑娘口中說出，總不免……」

卻見牟謙道：「這事還是紀草姑娘記得清楚，由你轉述，難免遺漏；再說你的話，三位貴客恐怕不愛聽。」

牟雪卿笑道：「古劍好像還不了解你這個妹子直爽的性子，她一個世家千金，敢孤身闖蕩江湖，向來就是有話直說，絕不扭捏！」

紀草笑道：「多謝姐姐謬讚！這件事刺激有趣，就算會臉紅也要說。」接著便像連珠炮似的，把追蹤廚師的經過及在善園所見所聞，說得生動有趣又仔細。

古劍心想：「善園之事，由她來說，確實比我可信得多。」

牟謙道：「那聲音沙啞的，應該是『暗箭』葉鼎山；聲音柔媚的，應該是『媚郎』章水良；怪腔怪調的傢伙，是來自西域的『攔路虎』淳于丹；至於那位賴胖，則是江湖淫魔『不二夜』賴未各；另兩位我沒見過本人，應該是『夜梟』王整及『奪魂槍』孟交。合稱『江湖六惡』。」

白仁泓道：「原本江湖傳言這六惡人早在『試劍大會』前幾年就被莫愁莊給抓了起來，作為朱爾雅『熱劍』的對手；但在『百劍宴』中有人問及此事，朱未央卻說這次的惡人全都學乖，竟提早幾年消失無蹤，故並無『除惡熱劍』一事。」

牟謙道：「有人問說這六人會不會在試劍之後再度復出，作惡於江湖，那朱未央說：『若這些人能有所收斂，莫愁莊就當他們已痛改前非，不再追究；但若故態復萌，百劍門仗劍行俠，如果碰到了，自無輕饒之理。』」

白仁澤道：「果然『試劍大會』後，這六個惡人又再度出現，但近年來倒沒聽說有人又做了什麼了不起的壞事，或有零星個案傳出，既然無明顯實證，只能不了了之。」

白仁波道：「其他五人都收斂許多，唯有那色魔賴未各死性不改，依然夜夜春宵。」

白仁澤伸手示意他別說下去，同桌有兩位姑娘，其中一個還是黃花閨女呢！

卻見紀草笑問道：「為何夜夜春宵之人要叫『不二夜』？」

眾人面面相覷，想笑又不敢，牟謙笑道：「紀姑娘，妳能否和雪卿一同去陪奶奶說話！」

卻見紀草一口飲盡桌前酒，笑道：「您別擔心，我曾女扮男裝逛遍西安城各大妓院，什麼鬼話沒聽過！」

牟雪卿本欲離坐，聽她這麼說又坐了回來，道：「那這樣女兒也不能輸人，聽就聽吧，誰先害臊誰罰酒！」說罷也乾了一杯，其實兩位姑娘喝了幾杯烈酒，雙頰早已紅透，有無害臊已不易分辨。牟謙與傅天雲相視而笑，露出一臉的無可奈何。牟謙使個眼色，要他向自己媳婦解釋清楚。

傅天雲無奈，原本酒量驚人的他，這回卻未飲先紅，支吾道：「那賴未各是天下第一淫魔，每天晚上睡覺都要有……女人作陪，美醜不拘，卻……絕不重複，有時錢不夠，便找倒楣落單的良家婦女，所以才有『淫魔不二夜』這個稱號。試劍後復出，也不知怎麼，總有花不完的銀子，輾轉流連全國各大小妓戶，閱人無數，倒未聽過再犯什麼姦淫惡行。」

牟謙道：「此人武功不算頂尖，卻天生一副狗靈鼻，姑娘有沒有生病，用了什麼香水，這位仁兄大老遠就聞得到。」

紀草伸舌道：「好厲害！難怪聞得到我身上的『魂縈夢繫』。」

牟謙道：「紀姑娘聽到的對話若是沒錯，顯然那六惡人確曾被莫愁莊給抓住，也沒能過得了朱爾雅那一關；但因賴未各的狗靈鼻對赤幫大有助益，才會有人求情，放他們一條生路，更讓他名列二十八星曜，給他花不完的銀子。」

牟雪卿道：「狗靈鼻有什麼用？」

牟謙道：「聖上用的『龍涎香』極其珍貴，就像龍袍一般獨一無二，整個紫禁城無第二人使用。我在他身邊數年，只覺其香氣淡雅渺遠，持久不散。多年前燒毀的三大殿如今堆滿巨木，訂在七月十六開工重建，那時紫禁城外廷將有數百名木匠雜役，善園那幫人學習木作，就是要混充木匠，只要一聲令下便能殺入內廷，打開乾清門，放赤幫高手入內，誰擋得住？」

牟謙又道：「要造反成勢，首先得占領紫禁城，控制外朝的六部內閣，再來更要活捉皇上，擒賊擒王。而內廷少說數百間房，要很快找到皇上，勢必耗費一番工夫，何況紫禁城裡至少有十來個隱祕處所，藏身其中，即使大隊人馬仔細搜索，也非一時半刻能獲；若拖延過久，守城軍趕來支援，萬箭齊發，再多高手也得倉皇退走。」

古劍道：「借助賴末各的狗靈鼻，才能盡速找到皇上，再成功占領紫禁城，便大勢底定，難以挽回。」

牟謙點頭道：「現在最重要的，是得先弄清楚那二公子的父親是誰？這個人有辦法讓朱未央改變主意，想必在赤幫地位不低。」說畢問俠盜三兄弟：「三位可以告訴我嗎？」

卻見白仁泓想也不想便答道：「我們並不清楚！」

牟謙早料到他們不會說，仍笑道：「其實不難猜，不是洗劍園，就是忘憂坊。」

紀草驚道：「洗劍園不是在武昌嗎？怎麼會在京城搗亂？」

牟謙反問道：「你們兩位在善園，可有見到那二公子的長相？」

二人同時搖頭，古劍道：「他一直背對我們，就算轉身過來，也因距離遙遠難以看清楚。只知此人身材中等，略微偏瘦。」

牟謙道：「洗劍園乃兩湖一帶最大的絲綢商，在京城、揚州等大城都有布行，京城的隆昇布行便由崔璨的次子崔柏掌管，這人劍法雖不如他堂哥崔榕，做生意倒十分老練，若沒記錯的話，那崔柏與忘憂坊的二少爺皇甫炫，都是中等身材。」

紀草又問：「他們生意做得那麼大，還會想造反嗎？」

牟謙道：「崔家先祖乃建文帝舊臣，當年成祖皇帝的燕軍大敗南軍，在南京城淪陷前夕舉家逃往武昌，隱姓埋名，約莫過了百年之後家族才開始興旺，逐漸富甲一方；而同一時間，莫愁莊也在南京城崛起，兩家一直過從甚密，朱未央每到京城，不是到胭脂胡同拜訪，便是到崔家在京城的宅邸暫住。」

紀草道：「忘憂坊呢？」

牟謙道：「忘憂坊是老字號，二十幾年前與『順天賭坊』、『吉祥賭坊』並稱京師三大賭坊，除了各自養了一群高手外，背後也各有高官、太監等勢力罩著，多年來雖有暗鬥，但因各有所忌，彼此之間相安無事。

「順天賭坊的高輝老了，將賭坊交給曾任錦衣衛指揮僉事的長子高崇，此人年輕氣盛，憑藉過去官場的人脈及一手譽滿京城的岳王神槍，想獨霸京城，頭號目標便是京城首富——忘憂坊主馬天明，背後唆使錦衣衛不斷找麻煩！

「皇甫和貴也在那個時候娶了坊主馬天明唯一的女兒馬倩，他從不顯露功夫，為人謙沖平和，對岳父岳母及四位妻舅執禮甚恭，辦事乾淨俐落又不居功，頗獲好評。那時兩家賭坊爭鬥多時，彼此各有損傷，開始有京城的權貴介入調停，要和要戰，莫衷一是，皇甫和貴知道自己只是半子，從不亂出主意；但奇怪的是，每當雙方有意願談和時，總會有人突然橫死！

「就這樣爭鬥了兩、三年，馬家四個兒子相繼死去，最後連馬天明也突然暴斃，馬夫人受不了重重打擊，抑鬱而終，終於輪到皇甫和貴當坊主。此人接任不久，也不知發生了什麼事，順天賭坊突然大門深鎖，高老闆一家十六口不知去向，再無消息！至於吉祥賭坊的閻老闆，不但從此不敢吱聲，日後聽到『忘憂坊』三個字，還會不自覺的手腳發抖！

「自此忘憂坊生意興隆，沒幾年便在各大城市廣設分號，大發利市；可惜的是夫人馬倩卻在生下第五個小孩時難產而死！」

牟雪卿道：「一般人難產多發生在首胎，很少聽說生到第五胎還難產的，何況忘憂坊錢多得是，請最好的大夫、產婆，用最好的補品，怎麼還會出事？」

牟謙道：「所以開始有些傳言出現，有人說她雖然嫁了一個本領高強的夫君，但娘家的人無一倖存，難免鬱鬱寡歡，久鬱得病，病中生子，那就是鬼門關一遊，生死由命；也有人說她在懷胎八月時發了瘋病，經常大吼大叫，一會兒鬧自盡，一會兒鬧出家，被綁了起來，口塞棉布，最後小孩早產，崩血而亡。」

牟雪卿驚道：「好可怕！如果傳言是真，是不是應該調查皇甫和貴？」

紀草道：「真相如何，問問當年照顧他的奴僕或接生婆不就知道了！」

牟謙道：「幾個隨身丫鬟，因護主不力，當天便被亂棍打死，隔幾天接生婆也不知去向。出殯當日皇甫和貴哭狀極慘，立誓不再娶。」

古劍道：「皇甫和貴作風神祕，傳言說其劍法深不可測，但究竟師承何處，卻眾說紛紜。」

牟謙道：「聽說見過他劍法的人，全都死了，也不知這事究竟怎麼傳出來的。奇怪的是，他有五個兒子，從小就在忘憂坊養大，竟分別學會了少林、武當、峨嵋、華山及崑崙派的鎮派劍法，且個個造詣不凡。」

牟雪卿道：「有錢真好，想學什麼都辦得到，這麼看來，似乎忘憂坊要比洗劍園還可怕些。」

牟謙道：「忘憂坊富可敵國，近年更養了許多食客，有文有武，光這些人就極難對付，若再結合朱爾雅的二十八星曜，無疑非常可怕！而咱們錦衣衛人數雖多，其實可用之兵極少。七月十六外廷三大殿重建動工後，成千上百的工人自由進出外殿，只靠一個乾清門，守得住嗎？」

紀草道：「既然如此，何不先下手為強，調集全京師的錦衣衛將忘憂坊團團圍住，一聲令下亂箭齊發，全部射成刺蝟？」

牟謙笑道：「妳以為我這個指揮使真可為所欲為？現在連他們是否真有謀反之意都還不能確定，豈能單憑臆測大開殺戒！」

牟雪卿道：「聽說皇甫和貴樂善好施，朝野交相讚譽。」

牟謙道：「這正是可怕之處。皇上缺錢愛錢，忘憂坊每年繳的稅從不讓他失望。除此之外，其長子皇甫浩幾年前娶了壽寧公主後，皇甫家與皇上及鄭貴妃成了親家，每逢太后、皇上或是鄭貴妃壽誕，必可收到忘憂坊送去的奇珍異寶；逢年過節，宮裡的大太監，朝廷要員也都各有禮數；去年黃河決堤，朝廷撥款二十萬兩賑災，忘憂坊另捐十萬兩。」

古劍道：「聽說重建所需的百餘根金絲楠木，忘憂坊認捐了大半。」

牟謙道：「現在看來，這傳言恐怕是真的。光是把這些金絲楠木從川西運來，就不知要耗費多少銀兩?如今國庫空虛,不知何年何月才能湊齊足夠的建材?忘憂坊慷慨解囊,既可博得皇上的信任,又可加速時程,不久之後的動土大典,皇甫和貴乃少數受邀嘉賓,備極榮寵。」

紀草道：「大哥前兩天才在群臣面前大出風頭，皇帝頒旨嘉勉，說什麼『妖書』一案，行寬大之義，阻朋黨爭鬥，殊行可嘉……在皇帝心中的地位，也不見得輸多少！」

卻見牟謙連連搖頭，對著古劍道：「我曾跟你提過，千萬別摻和政治，尤其是黨爭，離得愈遠愈好，你怎麼忘了？『妖書』一案，看似好事，但往往譽之所至謗亦隨之，以為風光其實不知又得罪了多少人，估計現在參你的奏摺已有好幾份擺在秉筆太監那兒。」

古劍道：「您的善意提醒，下官沒忘，只是朋黨之間經常鬥得烏煙瘴氣，實非百姓之福，便想藉此一案，讓他們醒醒，化解一點彼此的憎惡。」

牟謙道：「累積多年的仇怨，豈能說停就停？我想皇上也明白這個道理，之所以同意你這麼做，不過是想出一口多年來與群臣爭鬥所積累的一肚子惡氣罷了！……唉！說來也不能怪你，政治這種東西，有時候就會碰到無論怎麼做都不對的情境，向來不是咱們粗鄙武人玩得起的。」

紀草道：「您別訓他啦！我聽綠柳姐姐提過，大哥可是救過皇帝性命的大英雄，豈是區區幾張奏摺所能動搖！」

卻見牟謙依舊搖頭嘆道：「其實江湖上有關古劍的傳言，皇上並非一無所知，難免會有疑慮，那天若不是太想一親芳澤，又經我再三保證，是不可能用你當貼身護衛。而你雖救了皇上一命，卻為了保護綠柳姑娘而開罪於他，得失難料！」

古劍點頭道：「沒錯！如果信得過下官，怎會在不思蜀遇刺的次日，還派人跟蹤。」

牟謙道：「由此案亦可得知，宮內必有他們的人，洩露皇上的行蹤。」

古劍道：「而且此人必然位居要津……」

牟謙卻猛搖頭道：「不對！皇上每次出宮都是臨時起意，這次知情的，只有你、我和張成，再加上死去的何致昇，不該有第六個人。」

紀草道：「那還不簡單，快回去告訴皇帝，這個太監大有問題！」

卻見牟謙搖頭道：「張成這個人心計頗深，但對皇上一直忠心耿耿；除非……他也去了那個暗場……古劍，范仲恩一事，方才倉促中你只大略說了一半，現在得麻煩你再講一遍，盡可能詳細。」

其實牟謙官場見識多，很多事只要說一半便能大致掌握，叫古劍再說，真正的目的，是想讓俠盜三兄弟更清楚赤幫暗地裡的勾當。古劍明白他的意思，一五一十，盡可能說得仔細。說完，俠盜三兄弟眼眶泛紅，兩位女子更不禁落淚，紀草問道：「范仲恩後來呢？當真被斬首了嗎？」

古劍點頭。

紀草罵道：「好狠的心！你不是皇帝的親信嗎？不能替他求個情？」

古劍雙手握拳，道：「他犯法是事實，又一心求死。我只能答應：有朝一日，會把那個暗場給廢了！」

牟謙道：「此暗場引誘百官失節，是萬惡之源，非廢不可！」

卻見白仁泓笑道：「就算真有這個暗場，但你們能肯定與赤幫有關嗎？再說張成若是皇上貼身太監，理應日夜留在宮中，要如何去賭？」

牟謙道：「他每月初一都會向皇上告假一晚，回到宮外私宅祭拜父母靈位。奇怪的是，每次初二回宮時，總是眼睛略顯浮腫，精神不濟，皇上讚他孝順，每次回家都哭了一夜；可是世上真有如此之人？十歲就被送入宮中，如今數十年不見，仍會為了死去多年的父母，每月思親狂哭？」

牟雪卿道：「那暗場看來也不是剛有的，錦衣衛難道都不知嗎？」

牟謙道：「我略知一二，封場子不難，但要把背後的主事者抓出來並不容易，隨意打草驚蛇，不但無濟於事，反而會把自己變成箭靶。」

傅天雲道：「那暗場每夜進出少說也有幾千兩銀子，不用逐日結帳回報嗎？」

牟謙道：「安福胡同的暗場離忘憂坊和隆昇布行都不過數百步之遙，管事的人叫勞興慶，看起來有點功夫，江湖上卻沒什麼名氣。我曾派人分駐兩處日夜監看，卻始終沒能發現什麼蛛絲馬跡，估計有暗道。」

紀草道：「你懷疑有人用暗場控制部分官員，圖謀不軌！須先確認其背後的操控者，究竟是忘憂坊還是洗劍園？」

牟謙道：「我希望是洗劍園，但忘憂坊的機會似乎大一些。」

牟雪卿道：「如果真是皇甫和貴，您在證據不足之下擅自行動，錦衣衛指揮使的位子，只怕不保。」

牟謙道：「那倒還好！就怕全家人都不放過，我可以帶著娘遠走高飛，但妳呢？荷柳莊怎麼辦？」

古劍道：「對付這些人，必須一網打盡，否則後果不堪設想。」

紀草道：「可是現在離七月十六還不到一個月，必須先發制人。如果大哥沒辦法讓皇上派兵圍剿，就只能指望您了，可是您的腿……」

牟謙道：「我的腿跑廢了也沒關係，只怕皇上現下對我也不怎麼信任！」

牟雪卿道：「若不信任，怎會讓您掌管數萬名錦衣衛？」

牟謙道：「牟某曾告訴皇上，赤幫只是一群自以為正義的鄉野武夫，對朝廷並無威脅。未料此番行刺卻明顯與赤幫有關；就算不計較這欺君之罪，對牟某的觀感，恐怕也大打折扣！」

傅天雲道：「據說不思蜀一案，出手行刺的六人武功不高，怎會與赤幫扯上關係？」

古劍道出當晚半夜出城緝凶的經過，及事後皇上追問的結果。牟謙道：「使『出雲劍法』的蒙面人，應為峨嵋派的焦正聞；使『八荒劍法』的蒙面人，應為崑崙派的連錦城；

出刀快狠之人，乃霸王刀呂順；後面支援的兩個使棍好手，可能是喬義曦與喬義曜，這對兄弟在江湖上的評價毀譽參半；論個人武功，還不如前面三人，但兩人的少林棍法配合巧妙，聯手出擊，無往不利，沒想到也入了赤幫！皇上生性多疑，若因此懷疑牟某與赤幫有所勾結，也不算意外！」

古劍道：「行刺時您偏巧又不在場！皇上會怎麼想？」

牟謙道：「如果趁我不在這幾天又羅織了什麼舊案，勢必更難挽回！」

紀草道：「那怎麼辦？」

牟謙道：「如今連何致昇也死了，皇上難免不安，御前侍衛首領一職將在近日之內補上一位真正的高手，不是古劍，便是東廠掌刑千戶田爾耕。此人覬覦已久，被我擋了之後一直懷恨在心，逮著機會便見縫插針；如果這次真由他補實，表示皇上對我倆已不再信任！而皇甫和貴多年經營，無論在皇上心中還是文武百官眼裡，都有極大的分量，無憑無據，光憑兩個不可靠的錦衣衛一句話，如何讓皇上同意兵戎相向？」

古劍道：「事到如今，真沒辦法阻止他們嗎？」

牟謙道：「你不宜在此久留，回到京城後，先從那個誘騙百官聚賭的暗場查起；若確與忘憂坊有關，那皇甫和貴便是居心叵測，恐有造反之意圖。」

紀草道：「那就立即面聖，請皇上派兵拆了忘憂坊。」

牟謙道：「那得要有確切的證據，證明暗場背後的主子確實是皇甫和貴。還得要叫那些聚賭的京官們自個認罪，說忘憂坊不但誘人賭博，還逼迫他們做一些出賣朝廷之事，妳想容易嗎？」

紀草搖頭，又問道：「如果莫愁莊、忘憂坊和洗劍園都加起來準備造反，又無足夠的證據能說服皇上派兵，咱們還有贏面嗎？」

牟謙搖頭道：「沒有。」

紀草又問了一次：「那怎麼辦？」

牟謙道：「回家。」

紀草道：「此話當真？」

牟謙道：「古劍，你是被我騙來的，這些日子盡心盡力為朝廷辦事，已對得起這五品千戶兩百多石的俸祿！如今孤臣無力難回天，何必跟著陪葬？至於紀草姑娘，更是八竿子打不著干係，不如早點回西安嫁人。」

紀草搖頭道：「我踏入江湖不過短短數月，這仗劍行俠之事，還沒做過癮呢？那你呢？」

牟謙苦笑道：「我的腿上了藥，還得再等七、八天才能使勁，但無論如何，牟某既然身為『錦衣衛指揮使』，就不能對不起這個職位，絕不能置身事外。雪卿，妳把奶奶帶回荷柳莊，日後的生活起居，恐怕得拜託你們夫妻倆代為照顧。」

牟雪卿道：「爹！您……」她深知父親為官忠義正直，再勸無用，只流下兩行清淚，哽咽說不下去！

牟謙笑道：「別難過！再哭就不像我牟謙的女兒！」說完拿起酒杯道：「古劍你得盡快回去，以免有人起疑。雖然沒什麼菜，大夥也算吃過一頓，喝完這杯，就此別過，該幹嘛就幹嘛！」說畢一飲而盡。

卻見古劍把酒杯停在嘴邊，說道：「頭兒，咱們錦衣衛算不算武官？」

牟謙道：「刀劍不離手，當然是啊！」

古劍道：「如今朝廷有難，豈有臨陣脫逃的武官？再想回家，也得打完最後一仗再說！」

牟謙動容道：「即使勝算渺茫，你也無怨無悔？」

古劍笑道：「太好了！依您的意思，咱們還不算完全沒有機會！」

牟謙道：「面對如此陰狠狡詐的對手，你我人單勢孤，唯有變得比他們更無賴更狠絕，方有力挽狂瀾的機會！辦得到嗎？」

古劍點頭，將杯中酒一飲而盡！傅天雲夫妻也跟著乾了，紀草也跟著吞下苦酒，一雙眼卻斜睨著古劍，思道：「我這結義妹子可不是當假的，不論你怎麼說，豈有一走了之的道理？」

而俠盜三兄弟互視了一眼，白仁泓道：「您真肯放走咱們兄弟三人？」

古劍道：「且慢！要走以前，得先請三位立下重誓，保證方才我們所說的話，出門之後，絕不透露半句！」

卻見牟謙道：「無此必要，三位走吧！」

白仁泓道：「爽快！」說罷三兄弟一齊乾杯，告辭離去。

人走後紀草問道：「您就這麼放走他們，不覺得有些冒險？」

牟謙笑道：「人生就是這樣，總有非賭不可的時刻。」

古劍道：「牟指揮使賭人，很少輸。」

兩人提著燈籠離去，走到停馬處紀草問道：「如果真如牟大人所言，敵人太強，又得不到皇上的信任，你會怎麼做？」

古劍想了一會才答道：「到時候再說吧！但無論如何，綠柳和秦芳，恐怕都要請妳保護，平安帶到隱祕處所。」

紀草點頭道：「我會的。」

說著解索上馬，趁著月色催馬奔馳，古劍在後面喊道：「慢一點，馬兒晚上不能跑太快啊！」

紀草不理，任由兩行清淚在風中奪眶而出，罵道：「你騙我！只想把我支開，一個人去做傻事！」

罵得再大聲，古劍也聽不見半個字。

第二十九章

暗場

二人來到通往善園的岔路，忽然聞到一股淡淡的煙焦味，轉往該處行去，愈走味道愈濃，此時月光已被路旁巨樹遮蔽，索性把馬兒拴在路旁，提燈直奔，來到善園，果然只見牆傾屋塌，已被大火燒成一片廢墟，二人逐室搜尋，並未見到任何屍首，稍稍鬆了一口氣！古劍一屁股坐在中庭的石椅上，頹然道：「本想明天一早便帶著大隊人馬前來救人，沒料到這幫人竟如此警覺！」

紀草道：「當時你我逃得飛快，應該沒被發現！」

古劍道：「是我的疏忽，急著想救牟指揮使，沒想到凡做了不可見人之事者，必加倍機警！那狗靈鼻既然聞到，便不會輕易略過，也許屋頂上、樹上還留著妳的香氣，也許馬蹄印或足跡被人發現，總之那幫人只要覺得此處不再隱密，必然毫不遲疑一走了之，為了不留下任何蛛絲馬跡，不惜放火燒屋，如此狠絕，我想人命……也未必珍惜。」

紀草道：「我想那賴未各還沒玩夠，應該捨不得殺人，你瞧這現場沒有半具焦屍，不過是所有的人都換了地方。」

古劍道：「如果一切平安，不會有人千方百計用金線結求救！現在只能希望他們晚點動手，讓我們有時間找到人。」說著撿起地上一個陶盆道：「等我裝點水給馬兒喝，咱們就走！」

紀草笑道：「我瞧您累啦！這裡就只有後庭那一個枯井，哪裡還有水好取？」

古劍突然愣住，道：「妳仔細聽，附近可有溪流？」

紀草搖頭道：「咱們正午才繞過一圈，百步之內無河無泉。」

古劍一聲：「糟了！」陶盆哐啷碎成一地，奔至後庭水井，踢開蓋板，燈籠放低細瞧，道：「這不是枯井！」說罷衝到柴房，撿起一把燒到只剩一塊鐵片的鏟子，再跳到井裡，一把一把的將溼土挖抛至地面，約莫挖了三、四尺深，見到第一個女子的屍首！

此處距井口約莫一丈深，必須找繩子將遺體吊上去，但就算有也被燒得一條不剩，紀草尋了半天沒能回來，正不知該如何處理時，一根帶鉤的麻繩緩緩垂下，古劍抬頭一看，竟是俠盜三兄弟！在井中避無可避，一人一顆大石，若要殺人，古劍再強也無計可施；卻見白仁泓道：「用這個在腰身上繞一圈鉤住。」古劍照著做，將井中屍首一一吊起，竟有十七人之多！除了十五位姑娘外，傳遞金線結的廚子與啞奴也一併處置。

古劍爬上水井，全身早已溼透，仍逐一檢視傷口，愈看愈是眉頭深鎖，說道：「這麼狠毒的人，如果真當上了皇帝，不知百姓會過著什麼日子？」

紀草道：「太可惡了！你明日一早就去告訴皇上，這些人泯滅人性，鐵證如山，非抓不可！」

古劍道：「鐵證在哪？妳有瞧見是誰殺的嗎？看這些傷口，所用的利刃，比一般的劍厚，比普通的刀薄，就像是被這把所傷。」說著拔出長劍，手上這把「鑲玉劍」不求鋒利，只願不欺，確實比一般的劍再厚實些。古劍又道：「再看這些傷處及角度，每一劍都看似以『無常劍法』常見的招式所傷，妳說，皇上會相信我嗎？」

紀草急道：「怎麼辦？難不成要把這些人再扔回井裡，裝作什麼都不知道？」

古劍道：「豈能如此？明天一早便請順天府派人詳查，盡可能實話實說，至於信或不信，非妳我所能左右。」說完轉身向白仁泓等人拱手行禮道：「三位方才並未趁人之危，還幫了大忙，古某銘感五內；不過今夜之事，為避免橫生枝節造成困擾，就當作你們都沒出現過。」

卻見白仁泓道：「未趁機動手，只因我們也分不清楚閣下究竟是善是惡？若你是好人，我們這點小事，不足掛齒；若你是一個偽善的惡人，自然有仇必報，早晚會把這些帳給算個清楚。」說畢三人轉身離去。

三人走出善園，白仁澤低聲道：「大哥！我覺得您對錦衣衛疑慮太深，不管看到什麼，都無法相信！」

白仁波道：「是啊！咱們一路跟來，所見所聞，實不像作戲。」

白仁澤道：「如果那古劍真發現咱們跟在後面，決計不敢跳入深井……」

「我知道！」白仁泓停步道：「一想到忘憂坊那幫人的本領及手段，不免令人不寒而慄！一旦發現咱們背叛……唉！我年紀不小了，死不足惜；但你倆還年輕，本該娶妻生子，過過太平日子……」

兩人當晚回到京城，古劍次日一早便找邵通，說明發現屍首一事，請他即刻派人查案並通知死者家屬安葬事宜，至於牟謙與俠盜三兄弟等其餘枝節，古劍僅以事涉機密，只能面聖報告。

古劍交代完立即趕往紫禁城面聖，這回卻被擋在乾清門外，回話的是張成身旁的小太監李祥吉，直截了當告訴他：「皇上龍體欠安，今日無意見你。」

古劍道：「微臣有極為重要之事，必須直接稟報皇上，還望公公再行通報。」

李祥吉道：「有關錦衣衛指揮使任命之事，皇上已於昨夜下旨，君無戲言，無可挽回。」

古劍一臉疑惑，道：「你說什麼？」

李祥吉道：「宦海浮沉難免，千戶大人不必太過失落。您本領高強，無論誰做指揮使，都得重用。」

古劍道：「您是說皇上已下旨罷了牟指揮使的官？」

李祥吉道：「牟謙欺上瞞下，皇上早有不滿；又說母親病重，需返鄉探視，三日之內必可返回，如今過了七日仍未見人影，也沒回報，這錦衣衛指揮使一職何等重要，豈能長期群龍無首？」

古劍道：「牟指揮使未能即時回報，確有不得已的苦衷，還請公公代為傳話，請聖上開恩，准我面聖說個清楚。」

李祥吉道：「一般的五品小官，十年也未必能見一次龍顏，皇上幾次破格召見，對你已算榮寵至極，可別恃寵而驕，動不動就想面聖。回去吧！若真有要事，可向新任指揮使報告，再由他面告皇上。」

古劍問道：「新任指揮使是誰？」

李祥吉道：「原東廠掌刑千戶田爾耕大人，除了他，還有誰有這資歷與本事接此要職？」

古劍不再多說，轉身朝南緩步離去，思緒紛亂：「只過了一天，整個局勢竟變得如此糟糕，就連牟指揮使也沒想到，皇上竟會如此無情，說拔官就拔官，連個解釋的機會都不給！那為何還要留下我？是因為我還有用處，還是對田爾耕也不完全放心？此人心胸狹隘，自私多疑，一旦升任錦衣衛頭子，必然對我百般防範，處處掣肘，那我這個千戶還能幹什麼大事？

「如今善園已毀，證據薄弱，我若說有人準備造反，卻說不出該派兵圍剿莫愁莊、忘憂坊還是洗劍園，他會相信嗎？皇上會信嗎？田爾耕絕非忠義清廉之人，又身居東廠要職，或許早被赤幫吸收，要不然便是兩面討好，見風轉舵，告訴他真相，只怕更麻煩！

「牟指揮使免職，對他而言或許不是壞事。但只剩我一人，難道只能眼睜睜看著那個殺人不眨眼的紫微星當上皇帝……」

就這樣胡思亂想的走入錦衣衛大廳，一抬頭赫見田爾耕蹺腿坐在指揮使大椅上，冷眼瞧著自己，其餘千戶畢恭畢敬分立兩旁，葛天文與盧方雄擠眉弄眼，示意他小心點！古劍對著田爾耕施以一般下屬之禮，拱手道：「錦衣千戶古劍，參見指揮使田大人。」

田爾耕道：「你有何不滿？為何本座接任首日，竟整整晚了一個時辰才到！」

古劍道：「屬下先去順天府找人商量，又走一趟紫禁城面聖。」

田爾耕拍桌喝道：「你一個小小千戶，憑什麼面聖？你第一天當官嗎？動不動就越級面聖，可有把我這個指揮使看在眼裡？」

古劍道：「屬下不知派令，以為自己還是代理指揮使。」

田爾耕道：「笑話！這道聖旨在昨日午時三刻分送東廠與錦衣衛，所有的人當天都知道了，就你不曉得？」

古劍道：「屬下因事出城，深夜方歸。」

田爾耕道：「你擅自出城？所為何事？」

古劍道：「屬下接到訊息，說有十來位胭脂胡同的姑娘，被送到城外某處，恐有危險，故設法營救。」

田爾耕道：「錦衣衛掌直駕侍衛、巡查緝捕，那些妓女的死活，與你何干？莫非你與這些人的關係親密？」說完其餘千戶都笑了，古劍默然。

田爾耕道：「後來呢？」

古劍道：「屬下未能即時尋獲，最後只找到十七具屍首，已請順天府邵捕頭查明凶手。」

田爾耕一聲冷笑，道：「你昨天擅離崗位，假公濟私，結果也沒能救到半個人；今日晚到，仍態度散漫，既無能又無禮，根本不配做一個錦衣千戶！從現在起，降為校尉，從頭學起，你可服氣？」這話說出，眾人無不大驚！這錦衣衛千戶以下，還有副千戶、百戶、試百戶、總旗之後，才輪到校尉，可說是最底層的軍士，只為幾句話惹得長官不悅，便一口氣連降五級，這新官立威，似乎有些過頭！

葛天文道：「啟稟指揮使大人，古千戶年輕識淺，難免不知輕重，您大人大量，能否再給他一個機會！」說完不斷給古劍使眼色，動嘴不出聲道：「快下跪認錯！」

卻見古劍面露微笑，回一句：「遵命！」脫去千戶飛魚服，頭也不回的走了。

幾天之後的傍晚，無齒蝙蝠葛天文獨自在西市的一個小館子喝酒，一個陌生人突然出現在眼前，發出熟悉的嗓音道：「又被你家那位河東獅趕出來嗎？」

葛天文嚇了一跳！驚道：「我的好兄弟，您不高興就一走了之！幾天不見，卻又突然蹦了出來？你幹嘛易容？莫非還不想回錦衣衛？這也難怪，從大千戶變成小校尉，還真沒臉見人，別說你了，連我都幹不下去！」

古劍道：「是啊！我一個人躲起來，食不下嚥，再不好好發洩，只怕會瘋！」

葛天文道：「那好辦！今天就陪您喝個過癮，不醉不歸！」

說完要叫小二加送一壺酒，卻聽古劍道：「喝酒沒用，我試過了！」

葛天文道：「那咱們去不思蜀還是花月夜，不過您的新婚妻子曾是京城第一名妓，還會想去那種地方嗎？」

古劍搖頭道：「我以前心煩氣苦時，只有一件事可以解悶。」

葛天文問道：「什麼事？」

古劍道：「去賭場賭兩把……你那是什麼表情？」

「這是被你弄糊塗的臉！」葛天文道：「原本以為你是個奸邪卑劣之輩，相處久了，又覺得您是個正人君子！沒想到，竟然也會……雅好此道！」

古劍道：「據我所知，你以前也是賭場的常客。」

葛天文道：「你是哪兒聽來的？我葛天文雖不才，也還知道官員不得涉賭之禁令，身為錦衣衛，更不能以身試法，京城三家賭坊，俺可是一家也沒踏進去過。」

古劍道：「當真？可有包括安福胡同那個暗場？」

葛天文臉色大變，驚道：「你……你怎知有那個地方？」

古劍道：「身為錦衣衛代理指揮使，對於重要千戶的人品習性，豈能渾然不知？」

葛天文道：「是有那個地方，不瞞您說，葛某確曾去過幾次，不過那是以前的事，自從您來了，葛某便沒再去過？」

古劍道：「我有這麼可怕嗎？」見葛天文欲言又止，古劍道：「老實說吧！反正我現只是一個小小的校尉，還能拿您怎麼辦？」

葛天文道：「其實幹咱們這一行，薪餉不高，油水卻是不少，以前的狐頭兒雖然嚴苛，但也頗能體恤下屬，只要不壞事，收點黑錢，其實不太管。錢多了，自然會心癢，一年總會尋個幾趟刺激；後來牟頭兒上任，三令五申要咱們別再犯戒，雖然如此，但他一個人管太多大事，也顧不上咱們。直到您來了，抓了幾個大尾的，大夥真怕了，這才收斂許多！而那個暗場專供做官的下注，一個晚上下來，輸贏往往上千兩，俺沒了那麼多閒錢，自然不敢再去。」

古劍道：「聽說第一次進那個暗場須有熟人帶路，我現在也有一筆閒錢，能否請你幫個忙？」

葛天文道：「既然有閒錢，為何不去換些珠寶金條，我帶您去拜訪田大人，好好賠個不是，依您的本領，若能……」

古劍斷話道：「別說這些啦！再見到田爾耕，我怕一個忍不住，真會殺人！」

葛天文道：「你現在無官一身輕，何不直接到忘憂坊賭個痛快？」

古劍道：「那兒人多口雜，你瞧我這蹩腳的易容術，不會被人識破嗎？」

葛天文道：「那也是，萬一被人認出來您是古……校尉，傳出去恐怕……」

古劍道：「暗場人少，風險自然小；重要的是，萬一真被那些聚賭的京官認了出來，他們也不敢說出去。」

葛天文笑道：「除非戴膩了頭上的烏紗帽，不然，誰敢提暗場的事？」

古劍道：「是啊！今日之後，你我二人，也都絕口不提。」

葛天文笑道：「那是當然。走吧！」

兩人來到安福胡同的一間老宅外，看門的馮士魁笑道：「千戶大人，您可好久沒來啦！」

葛天文笑道：「這陣子手頭緊，不敢來，今天帶個朋友來見識一下，什麼叫做京城的刺激。」

馮士魁對著古劍打量一番，笑道：「還真沒瞧過？不知官拜何職？」

葛天文道：「是俺的同僚，錦衣衛廣州衛所千戶曹孟年，難得來京述職，逗留數日，想來此增長見聞，圖個新鮮。」

馮士魁道：「可知道這兒的規矩？」

葛天文道：「知道！都說了。」說著給了一個眼色，讓古劍拿出錦衣衛腰牌。

馮士魁仔細瞧了一下，道：「曹大人請。」說著開門讓他進了院子。

四合院裡幾個閒散人等或下棋或賭錢，正院卻是一間當鋪，左右廂房看似庫房，葛天文帶著古劍走入西廂房，裡頭盡是一間古董櫃子，一名麻臉漢子拱手笑道：「恭喜發財！這位大人怎麼稱呼？」

古劍道：「錦衣衛千戶曹孟年。」

那麻子道：「您是南方人？」

葛天文道：「張麻子！這位曹千戶是廣東人，怎麼？俺葛天文帶來的人，你也信不過嗎？」

張麻子笑道：「當然信得過，只是上面規定如此，不得不做。」

葛天文道：「那還不快點帶路？」

張麻子道：「您曉得的，凡是第一次來，都得聽俺嘮叨一次，把規矩都弄清楚了，才能下去。」

葛天文道：「真囉嗦！快說！」

張麻子道：「首先，得請大人將隨身兵器寄放在這，別嚇壞樓下的人。」

二人依言交出佩劍。當然古劍這次帶來的劍，不是平常不離身的鑲玉劍。

張麻子又道：「這裡是給你們這些京官解悶的地方，不是交誼之所，待會下去，無論是否相識，都不宜彼此攀談敘舊，大家心照不宣即可。」古劍爽快同意，能少說一句，就少一點穿幫的可能，何樂而不為。

張麻子續道：「咱們向來童叟無欺，也請兩位大人憑本事贏錢。」

古劍道：「自然。」

葛天文笑道：「下面那些荷官，哪位不是行家，想搞什麼下作手段，只有自取其辱！」

張麻子道：「俺也知道兩位不是這等卑劣之人，最後一點，得請曹爺當場立誓保證，有關此處的所見所聞，出了這個院子，絕口不提。」

古劍依言舉手道：「曹孟年向天立誓，有關此處的一切事務，出了這個院子，絕口不提，若有違誓言，一輩子發不了財，升不了官！」

廣州衛所千戶曹孟年的名聲向來不佳，但惡行尚不如司馬笑等人嚴重，牟、古二人諸事繁忙，本來只將其列入第二波調查對象，哪知他聽說四大統領懸缺多日，頗有機會更上一層，在上個月悄悄帶了數千兩白銀上京活動，這舉動反倒惹惱牟謙，將他押入北鎮撫司大牢靜候調查。這種會花錢買官之人，就算最後查無實證，也不該讓他升官發財。

古劍用他的名字發誓，理當應在曹孟年身上，但就算老天爺認人不認名，應在古劍自己身上，反正自己也從沒打算升官發財，又有什麼關係！

張麻子點了頭，在靠牆的櫃子上解了一個暗扣，推開木櫃，露出階梯。兩人拾級而下，三十來階後有幾尺平路，末端有一鐵門，葛天文敲門，兩長三短。

不多時鐵門開啟，二人被請入內，這暗場布置頗為華美，金碧輝煌，牆面均為紅漆紫檀櫃，存放各種陳年名酒及頂級茶葉，約莫三丈見寬，左邊兩桌玩麻將，右邊兩桌玩牌九，各有四個座位，中間一張實木長桌賭骰子，坐滿可達十二人。這間暗場只在天黑時迎客，天亮時逐客，現在是酉時初刻，尚有不少空位。古劍拿給葛天文五百兩銀子，叫他賭輸了自行離去，便逕自走到牌九桌，在角落的位子坐下。

裡面共有兩個持刀護院，兩名荷官，另有三位姑娘分別侍酒奉茶。不多時賭客陸續到來，不到一炷香時間，已近滿座，古劍只認得其中六、七位，有御史、侍郎、給事中、侍衛頭子等，也有不少人換臉而來，只是多半的人易容術連古劍都不如。無論是否舊識，眾人均依此處規矩，不打招呼，彼此陌生。

古劍玩牌專注，剛開始還贏了幾局，後來卻手氣每況愈下，不到子時便把帶來的二千兩銀子輸光，搖鈴請樓上當鋪掌櫃下來，簽下三千兩白銀的借據，繼續再戰，卻是愈不甘心愈難贏，又不到一個時辰再次歸零。

這次再度搖鈴借錢，卻遭婉拒，啐道：「不過再借個三千兩白銀，你還怕我這個堂堂錦衣千戶還不起嗎？」

當鋪勞掌櫃陪笑道：「您若是京城那幾位千戶，多借個一萬兩也還行，但一來您遠在廣州……」

曹孟年道：「廣州又如何？論起繁華熱鬧，不比京城差多少！」

勞掌櫃道：「畢竟咱們素不相識，按規矩真不能再多……」話未說完，帶著酒意的曹孟年一怒之下掀翻賭桌，一掌掃落酒櫃上的兩罈水酒，整個地窖酒氣沖天，兩名護院亮刀衝將過來，曹孟年隨手甩出酒缸，一人閃身避過，一人出刀橫擋，身手不差，可惜他們碰到的不是一般的千戶，只見曹孟年隨身而上，已在瞬間將兩把刀奪在手上。罵道：「老子在廣東玩個三天三夜也未必輸多少，在這間暗場竟然可以動不動連輸個十來次！你們說，邪不邪門？黑不黑？」

古劍露了這一手，卻見這勞掌櫃不驚不懼，冷笑道：「大家都知道，這裡的賭局憑本事比運氣，就是不能詐賭。你自己頭腦渾運氣差，可別賴到別人身上，賭輸了，發點酒瘋，咱們可以不計較；但無憑無據，怎可說咱們邪氣？」說完突然一掌拍來，迅猛已極！

古劍出刀不及，閃身避過，但那勞掌櫃已貼近身側，一掌接著一掌拍出，古劍又是擋架，又是閃躲，兩人近身肉搏，雙刀卻無用武之地，不過三十來招，竟屢遇險招，一會兒退到東牆，一會兒又讓到北角，退避中掀翻兩張賭桌，麻將、銀兩飛散而出，但那勞掌櫃不受影響，仍如附骨之蛆，緊追不捨。

這個勞掌櫃雖然骨瘦如柴，一雙肉掌倒是異常厚實，無疑是練掌的高手，若被他一掌打在身上，不死也得吐一大口血！古劍知道厲害，也不敢與之對掌，即便如此，小臂對碰時仍能感受到對方勁力之狠霸，幾次之後只覺火辣辣的一次疼過一次，眼看雙刀就要拿抓不住，忽然靈機一動，刀柄反握，刃口對外，把長刀化為短刃，不失靈活，對方儘管有一對鐵臂，也不敢再肆無忌憚的猛攻。

勞掌櫃試了幾次，發現對手已找到應變之道，退後一步，踢出一腿，端是凌厲迅捷！但古劍也不遲慢，右手翻轉刀柄，朝著小腿橫切而下，勞掌櫃一個急縮，往後倒翻幾步，笑道：「好身手，你當真只是個尋常千戶？」

古劍道：「你們人面廣，不妨派人去打聽一番。我曹孟年若沒真本事，又怎敢上京謀缺？」

勞掌櫃道：「希望如此，你走吧！」說完使個眼色，讓人把佩劍取來，交還古劍，古劍還刀離去。這時整個地窖只剩寥寥幾人，做官的賭客最怕事，早跑得一個不剩。

忘憂坊坐落在京城最繁華的長安大街上，二樓的賭坊日夜無休，人聲鼎沸。皇甫和貴是個怪人，隔壁就是富麗堂皇的宅邸，他卻一直住在賭坊三樓，骰子叮咚亂撞、賭客拍桌互罵、荷官吆喝揭牌等等聲響在他聽來，都是銀子進門的聲音，一點也不覺得嘈雜難耐，夜夜好眠。

這人雖富可敵國，仍每日黎明即起，先在露臺調息運氣半個時辰，再逐一將少林派「達摩劍法」、武當派「太乙玄門劍法」、峨嵋派「出雲劍法」、華山派「蒼松劍法」及崑崙派「靈虛劍法」舞弄一遍，方沐浴更衣，進屋用膳。

皇甫家的早餐數年如一日，只有皇甫和貴與幾個未出遠門的兒子同桌共食，一日之計在於晨，每個兒子總在這個時候報告各自負責的任務及打聽到的各路消息。

長子皇甫浩道：「太后昨夜夢到金蛇纏身，驚醒後冷汗直流，說是大凶之兆！是否該把原訂七月十八的壽宴改期？皇上立刻把欽天監的穆玄找來問話，那傢伙反應也快，說什麼夢到金蛇必為吉兆，在民間則富貴發財；若在帝王之家，便是平安如意，龍袍永固之意。太后聽了轉憂為喜，還賞了他一只玉珮。」

皇甫和貴道：「咱們日子都訂好了，豈能說改就改！」

五子皇甫堅道：「我倒覺得晚個幾天也好，現在大江南北的江湖豪客，十有八九都在河南等著看三城比武，如此難得的盛會，不看可惜！」

卻聽三子皇甫銘道：「別整天想著吃喝玩樂！咱們並非交遊廣闊的莫愁莊，也不知那些逗留在京師的江湖豪客會幫誰？為了避免節外生枝，只能挑人最少的時候起事。」

皇甫堅道：「原來如此！四位哥哥都明白這道理，怎麼沒早告訴弟弟？」

皇甫浩笑道：「這麼說來，你的愚鈍，還是咱們做兄長的錯呢？」說完大家都笑了！

四子皇甫權道：「若非父親早有遠見，買通穆玄，會不會改期恐怕還真難說呢？」

五子皇甫堅笑道：「不過她的夢可真靈，父親不就屬蛇嗎？您的人在她身旁，正準備大咬一口呢！」

卻見皇甫和貴正色道：「堅兒，我再三告誡，事成之前，千萬不可拿此事嬉笑！務必戒慎小心，步步為營！」

皇甫堅道：「孩兒知錯！」

皇甫浩繼續報告：「鄭貴妃為了綠柳的事，到現在還在生皇上的氣，一整天都沒給好臉色瞧。」

皇甫權道：「咱們叫幾個言官上書，痛批古劍目中無人，恃寵而驕等等，好像還不如貴妃娘娘一句話有效。」

皇甫浩笑道：「敢跟皇上搶女人，還敢暗地裡跟貴妃娘娘告狀，這等千戶，要他幹啥！」

皇甫堅道：「張成可真有手段，幾句話便把古劍弄成挑撥皇上與娘娘關係的小人，立功不小，日後還可重用。」

卻見皇甫和貴搖頭笑道：「這種會出賣主子的奴才，用不得！」

皇甫浩又報告道：「萬曆昨日正式下旨，任命出身武當的寒路為新任的御前侍衛。」

皇甫堅道：「這領頭侍衛何等重要，向來是從錦衣衛中拔擢其中武功高強、家世清白且忠貞不二者，儘管武當屬名門正派，但無論如何，用一個外人實在太過冒險。看來錦衣衛真的沒人了！」

皇甫浩道：「此人乃十年前過世的錦衣衛指揮同知寒勝之子，寒勝早年就是御前侍衛，深得皇上信任；而寒路自小送至武當學藝，在年輕一輩中算是出類拔萃，與溫栩良並稱武當雙俠，一冷一熱。他雖入門較早，但在人品、氣度及武學方面均不如師弟，眼見未來掌門之位愈來愈遠，索性投身官場。據說此人與古劍也曾有些過節，若能誘之以利，吸收為我所用，或許……」

皇甫和貴卻道：「要策反一個人，十多天太短，貿然開口，萬一他轉頭就去告訴萬曆呢？而如今咱們已經十拿九穩，何須冒險？再說他的『太乙玄門劍』，恐怕也未必強過你二弟，不足為慮。」

皇甫浩道：「父親所言甚是。」

接著由皇甫權報告：「南京分舵飛鴿傳書，說朱爾雅兩天前離開莫愁莊，往西行去。」

皇甫堅道：「他這時候出門，會不會有什麼對咱們不利的舉動？真不用派人跟蹤？」

皇甫和貴搖頭道：「他若存心不想讓我們的人盯住，派再多的人也只是送死罷了！」

皇甫堅道：「可是堂哥真會……」

「告訴你多少次！別再叫他堂哥！」皇甫和貴不悅道：「當年我爺爺和父親偏心，只因嫡長子繼位的迂腐念頭，就將全部好處都給了朱未央；而我這個備用的孫子，不能學『卻亂劍法』，不能學縱橫捭闔及《孫子兵法》，只能暗中輔佐，為了怕外人看出莫愁莊和忘憂坊的關係，連姓氏都叫我改了！而這個兄長又防我如防賊，深怕我哪天搶了他的大位，就連組織二十八星曜，都只能排第四！如今他死於非命，卻只有我願意承續先祖遺志，這時正需要協助，赤幫成員竟有一半的人只願聽從朱爾雅的號令！」

皇甫堅道：「可是現在的紫微星是您，為何還有人不願追隨？」

皇甫和貴道：「朱爾雅修書給他們，信中雖說推舉我為新任紫微星，卻也宣告退出赤幫。有些人是看在莫愁莊的顏面入幫，如今他們退出，那幫人自然不想跟著冒險。」

皇甫權道：「如今錦衣衛實力大不如前，就算沒有赤幫助拳，咱們也是勝券在握。」

皇甫和貴道：「大事未成之前，永遠別說這種話！只要牟謙那個老狐狸還活著，就是一個變數。那焦正聞和呂順的傷勢可有復原？」

皇甫權道：「呂順好了，焦先生傷處在大腿，又被古劍追得滿山跑，出血多，恐怕還得拖個幾天。」

皇甫和貴道：「嚴靜山和紀青嵐昨夜進京，讓他們多睡一會，醒來後再加上連錦城和呂順便有四人，中午請他們好好吃頓飯，再跑一趟安平鎮，務必把牟謙除去。」

皇甫權道：「牟謙有傷，兒子加上呂、連二人應綽綽有餘，還有必要出動嚴、紀兩人嗎？再說俠盜三兄弟還在那兒呢？」

皇甫和貴道：「記住！料敵從寬，多派兩個人並無不妥，再說你能確認那三兄弟現在還是向著我們嗎？牟謙確實如其所言傷勢嚴重，不良於行嗎？」

皇甫權道：「那三人一直對咱們忠心耿耿，應不致陣前倒戈吧？」

皇甫和貴搖頭道：「記住！永遠不要太過相信任何人。昨天下午輪到白仁波前來回報，眉宇間略顯緊張不安，總覺得有什麼事瞞著沒說。或許當時不該指派他們執行此事，這三兄弟雖立了不少功，可惜對『忠義』二字太過迂腐，日子久了，難保不會被人左右。他們知道不少事情，又精通偷術，萬一為他人所用，倒是個不小的威脅！」

皇甫浩道：「父親當時給三人的指令是活捉最佳，困住次之，萬不得已才殺人，怎麼現在卻要派人狙殺牟謙？」

皇甫和貴道：「依三兄弟的本事，想活捉那個老狐狸談何容易？當時並無把握能順利離間牟、古二人與萬曆，若他仍是錦衣衛頭子，驟然殺之只會讓萬曆有所警覺，無益於大事，因此下令若未能活捉，應設法困住牟謙。」

皇甫堅道：「父親思慮周詳，孩兒自嘆弗如！現在他無官銜保護，就算橫屍街頭，人家也只當作是仇家報復，不會深究。」

皇甫權道：「那原錦衣千戶古劍是否該一併解決？今晨勞興慶來報，說昨夜有個易容的賭客自稱是錦衣衛廣州衛所千戶曹孟年，賭輸了借不到銀子便掀桌大鬧，兩人過了幾招，對方身手不凡，拾拿不下。」

皇甫浩道：「陀羅星勞興慶武功不差，一個外所千戶，能有這等本事嗎？」

皇甫權笑道：「勞興慶也有相同的疑惑，派人在後頭盯住，卻發現他來到長安大街。」說著將面對大街的窗戶開了一個小縫，兩個兄弟一上一下湊近一瞧，同時發出笑聲！

皇甫堅道：「原來如此，先藉故鬧事，勞掌櫃處理不了，必會前來稟報；如此一來，就能確定那暗場與本坊之關係？會這麼做的，除了古校尉之外，我實在想不到有第二個人！就讓他站吧！三天三夜也不打緊！」

皇甫浩道：「所幸父親當年挖了地道直通暗場，勞興慶每日對帳通報若無此地道，時日一久，早晚會給人發現。」

皇甫堅笑道：「沒想到這傢伙被貶至校尉依然忠心耿耿！還想立功討好皇上，恢復原職呢？」

皇甫權道：「此人野心勃勃，一直力求表現，小小千戶，恐怕還不看在眼裡呢！沒想到如此眼高手低，或許我們過去太高估他了！」

皇甫浩道：「此人才被貶官，立即出城，數日不見人影，而我們派出去追蹤之人，包括一直留在古宅對面負責監控的劉三和，一個都沒能回來！本以為他被貶官之後必會心灰意冷一走了之，沒想到還是心有不甘，又偷偷回來，想抓咱們的把柄。」

皇甫和貴道：「或許急了，一時間腦筋不夠清楚；但別忘了這個人幾天前才迅速找到刺客，還一個人把你們五個高手耍得團團轉！」

皇甫權道：「當時大家都蒙面，他也沒能查到什麼蛛絲馬跡。」

皇甫和貴道：「你以為錦衣衛對咱們一無所知嗎？五個人五種劍法，稍稍比對，會猜不出來嗎？」

皇甫堅道：「那天古劍走得匆忙，如花似玉的綠柳姑娘沒能帶走，自然捨不得。爹，不然咱們也把他屋裡那幾位姑娘都給抓來，令之投鼠忌器，就像咱們對付牟謙一樣。」

皇甫和貴搖頭道：「人都讓尤豔花給接走了，裡面有西安樂遊苑的紀草，加上胡遠清，隔壁還住著出身武當的兩湖俠女溫紅綾，據說也跟尤豔花熟得像姐妹；咱們若輕舉妄動，橫生枝節，就算順利搶走人，但若在這緊要關頭傳揚出去，汙了名聲，恐得不償失。」

皇甫權道：「這招對牟謙有效，是因為咱們拿住的是他母親。像古劍這種心機深沉又貪圖富貴之人，幾名女子香消玉殞雖然有些可惜，但在名利之前，恐微不足道。」

皇甫浩道：「咱們安插在錦衣衛的暗樁，個個異口同聲都說此人不好對付，是該盡早除去。」

皇甫和貴道：「再過兩天，銘兒就會帶魏宏風進京。」

皇甫堅道：「聽說他在太白山一戰輸給古劍之後，大受打擊，沒多久便離開青城，不見蹤影！爹是怎麼找到人？」

皇甫和貴道：「試劍之後，此人確實頹廢了好一陣子，一個人像乞丐般在川東流浪，衣著邋遢，不修邊幅，像遊魂般有一頓沒一頓的過日子，某次因一點小事與當地的殘丐起了衝突，露出他驚人的藝業，被重慶忘憂坊的人給認了出來，寫信通報。」

皇甫堅道：「您半年前曾出一趟遠門，莫非就是去找他？」

皇甫和貴點頭道：「我花了不少心血，才逐漸激起其鬥志，不過半年，他的劍法又達到另一境界，已遠非其師商廣寒所能企及；而古劍終日忙於公務，難免略有荒廢，一進一退，再次相逢不知鹿死誰手？」

皇甫堅道：「就算都拿他沒法子，就憑他一個小小校尉，還擋得住咱們嗎？」

皇甫和貴用完飯，碗筷一放，面帶微笑，起身走了！

古劍站到午時，果然一如所料，沒見到半個暗場的人前來稟報，正是飢腸轆轆，摸摸口袋還有綠柳借給他的二十兩銀子，在附近繞了一圈，甩開跟梢的人後回到忘憂坊對面的天香樓用餐。此處乃京城數一數二的飯館，平常連門都不進，今天卻挑了三樓靠窗的位置，點了六菜一湯，瞧著對面賭場的二、三樓熙來攘往，一樓的食堂亦座無虛席。

古劍笑了笑，不多時飯菜端上，扒了幾口，忽見四個江湖人物與皇甫權各攜兵器，從忘憂坊前門上了一輛馬車，其中兩人認得，一為武當派高手嚴靜山，另一人為崑崙六劍之一的連錦城，左臂綁著布條，顯然幾天前林中鬥劍留下的傷口仍未完全復原？

看到這個，幾可確定這些人即將行動，匆匆吞下兩口熱湯，留下銀子，走出大門時馬車已朝南揚塵而去，這時正見一舊識牽馬走過，古劍喊道：「童兄，馬借一下，用畢即還。」說著躍上馬背，朝南追去。

那人發足跟在後面，喊道：「你是誰？為何認識我？那匹馬是跟荷柳莊借來的，不能隨便借給人啊！快停步！」

古劍哪能聽得到他說什麼？依舊往前奔行，那人緊追不捨，由於必須與前方馬車保持距離，也不能縱馬疾馳，始終無法將那人甩開，一直出了外城的永定門，馬車往東南行去，此時古劍已猜到馬車此行目的，停馬下鞍，對著追來的人拱手道：「童兄，失禮了，在下古劍！」

這個窮追不捨之人，便是華山派大弟子童暉，他對紀草一劍傾心，願意放棄未來可能接任華山掌門的機會，入贅樂遊苑；紀草卻對他說：「一旦嫁人，只能留在樂遊苑相夫教子，豈不可惜了我這一身好功夫。不管！我要闖一闖江湖，會一會名聞天下的江湖七俠女，一年之後，若你還不厭棄，再前來提親吧！」

童暉痴然道：「我可以等，但就怕萬一妳在這一年之內，遇上了什麼風流倜儻的少年俠客，那怎麼辦？」

紀草笑道：「我不喜歡風流的人！不過萬一真愛上了什麼懇直樸實的大英雄，你也只能自認倒楣，另擇佳偶去！否則就算拿我爹來逼我下嫁得逞，也一輩子得不到什麼好臉色！值嗎？」

童暉道：「我豈是強人所難之人？但江湖險惡，您一個姑娘家可千萬小心！」

紀草笑道：「你一個華山派大弟子，什麼時候這麼……算了！不說啦！」說完轉頭離去，走了幾步，發現自己的臉上竟也出現一抹紅暈！

童暉回到華山，想到紀草最後離去時那嬌羞可人的笑顏，屢屢心猿意馬，難以專心習劍；悶了兩個多月，過完年不久便告辭師門，也跟著闖蕩江湖。他繞了半個中原，依序走過成都、嶺南、漢口、杭州等地，逐一拜訪江湖俠女，在兩天前來到濟南荷柳莊，與傅天雲夫妻相談甚歡，牟雪卿告訴他不久前才見過你的紀草姑娘，童暉喜道：「太好了！不知如今人在何處？」

通曉人情世故的牟雪卿早察覺到紀草對古劍這個大哥有種難以言喻的情愫，若被他撞見什麼，不免徒生誤會，於是應道：「只知人在京城，不清楚究竟住哪！」私底下派人走一趟京城古宅，預先通知紀草此事，未料人到時古宅已空無一人。

童暉向傅天雲借馬直奔京師，當天便進了城，他不知從何找起，心想紀草愛熱鬧，索性就在最繁華的幾條街上來回搜巡，不巧竟碰到了古劍！

童暉驚道：「原來是你！難怪我喊破了喉嚨都置若罔聞。你為何搶馬？」

古劍道：「我得追上那輛馬車，再慢，怕來不及救人！」

童暉道：「不行！我知道現在打不過你，但這匹馬是借來的，必須毫髮無損的物歸原主，你要強奪，先把我砍倒再說！」說畢拔劍削出，一招「孤松獨舞」，朝著古劍右肩斜劈而下。

他看過試劍，深知古劍功夫不凡，一出手便是「蒼松劍法」的厲害殺著，招式清奇！

古劍拔劍相迎，並道：「大師兄！古某幼時曾蒙您指導，對您的修為、氣度和為人十分敬佩，不敢對您不敬！但這回真有重要人物生死交關，有賴此馬趕去救人！」

童暉不理，依然劍劍迫人，「蒼松劍法」看似精簡，其實博大精深，變化精微，古劍只守不攻，續道：「當年師父責我面壁思過三天三夜，您挺身而出，說我雖習劍愚鈍，但心地純良，勤學不懈，不該受此重罰！古某永銘五內，說什麼也不能傷了您！」「我知江湖傳言可怕，讓您把我當成了十惡不赦之人，古某無意多作辯解，只求借馬一用，不瞞您說，此行凶險，未必能全身而退，但只要還有一口氣在，必當還馬請罪！」「還記得當年古某常被欺侮，您發現後，把那些師兄都給叫來，說我是你的小兄弟，欺負我就等於欺負你，絕不輕饒！就這樣，我變成您的跟班，想學您的一切，無奈當年蠢笨，什麼都學不好！」……

童暉使完一套「蒼松劍法」未能所獲，出招忽然變得詭異無倫，時而捲成一團，時而扭腰抬足，身形扭曲，劍勢唐突，各種令人匪夷所思的怪劍層出不窮，與先前講究規矩正派的劍法截然不同，弄得古劍有些不知所措！過了二十幾招，才瞧出這些怪異劍招，其實都是從「蒼松劍法」演化而來！道：「這是不是傳說中的『奇松劍法』？童兄果然厲害，不過古某真有要事，不宜耽擱過久……」

這套劍法乃多年前一位華山奇才岑亦鮮所創，此人天資聰穎卻不守常規，總愛把師父所教的劍法改得面目全非！掌門師父愛才多有容忍，直到他將「蒼松劍法」改成「奇松劍法」，還振振有辭的說：「華山絕頂盡是絕岩峭壁，每棵松樹各有其怪異姿態，都是奇松。」終於惹惱幾位師叔，決定出手教訓這個頑劣的後輩！他與四位師叔一一對劍，憑此怪異險招先敗三人，第四位師叔看熟了，才瞧出門道一招險勝！

經此一試，人們方知岑亦鮮看似胡搞亂來的劍招並非全然無用，若能善加應用，或有出奇致勝之功，稱之為「奇宗華山劍法」。不過這些劍法並非人人合適，有人練了奇宗劍法之後，對正宗劍法有更深的體悟，劍術大進！卻也不少人學了奇宗劍法後，把原來所學的正宗華山劍法給弄混了，不進反退；因此後來華山派的門徒，若想修習奇宗的劍法，須先將正宗劍法練到一定火候。

童暉年紀尚輕，獲准修習奇宗劍法的時日不多，許多細微的變化尚未能融會貫通，招式雖奇，對古劍而言，仍難有威脅。激鬥中忽聞古劍道：「您是來找紀草的嗎？」

童暉收劍罷鬥，道：「你怎麼知道？她在哪裡？莫非……你就是她所說的那個被人冤枉的師父？」

古劍亦收劍點頭道：「這事說來話長，回頭再帶您去找她。」

童暉道：「你要救誰？」

古劍道：「錦衣衛指揮使牟謙。」

童暉道：「原來如此！這匹馬正是向他女兒借來的，就算有什麼損傷，應能諒解，讓我跟你去吧！」

古劍道：「可是馬車上那些人各有來頭，不易對付！」

童暉道：「你覺得童某是個膽小如鼠之輩嗎？」

古劍道：「絕不！只是擔心害您惹上麻煩事，不好脫身。」

童暉笑道：「若論麻煩事，江湖上人人厭棄，官場上處處吃癟的古劍，會比我少嗎？」

古劍頗為感動，道：「古劍人人喊打，肯相信我的人少之又少，沒想到您……」

卻見童暉笑道：「一個大奸之人，不會讓巴蜀女俠郭綺雲不悔下嫁，不會讓傅天雲夫妻讚譽有加，更不會讓紀草姑娘喊冤；再說此處四下無人，你若真如外頭傳言如此奸惡，恐怕早將童某給殺了！」

古劍道：「大師兄……」

童暉道：「別再這麼叫我！雖然痴長三歲，但無論本領還是經歷，早被你遠遠拋在腦後，這『師兄』一詞，總覺得有種說不出來的怪！」

古劍道：「是！童兄，不論武功如何，古某對您的敬重，始終不變！」

童暉笑了笑，忽然躍上馬道：「上來吧，不是趕著追人嗎？」

古劍依言上馬，催動韁繩，朝著東南行去。

未時三刻的安平鎮，白仁澤給匆匆趕回來的白仁波開了門，劈頭就問道：「不是說好午時以前回來嗎？怎麼拖到現在？」

白仁波氣喘吁吁道：「事情辦得稍晚，只好快馬加鞭趕路……誰知欲速則不達，馬兒出城不久……一個水坑沒能閃過，竟拐到了腳……只能棄馬而行。」顯然奔行良久，連說話都無法一氣呵成。

說話間兩人走入正廳，桌上擺著簡單的飯菜及斟滿酒的四只瓷杯，牟謙與白仁泓在座，牟謙道：「辛苦了！跑了那麼遠的路，想必肚子餓得緊，先吃點東西吧！」

白仁波見三人的碗也還裝滿白飯，心中頗為感動，道：「您如此待我，晚輩想到那天對您及老夫人多所不敬，更感無地自容。」

牟謙笑道：「此事早已釋懷，就別再提了！先說你在京城，可有打聽到古千戶的消息？」

白仁波道：「還是一樣音訊全無，人們都說他眼見榮華富貴不可求，一怒之下一走了之。」

牟謙搖頭道：「我所認識的古劍，應該不會那麼輕易認輸。」

白仁波道：「聽說昨夜有一位自稱是錦衣衛千戶曹孟年的人，輸了幾千兩銀子便大鬧暗場，還跟勞興慶打了一架。有人懷疑那位鬧場之人正是古劍易容所扮，反正當不了大官！也不怎麼怕被人認出來而壞了名聲！」

牟謙皺眉道：「那個鬧場的人若真是古劍？這麼做不但毀了他這近一年來潔身自愛辛苦扳回的一點小小名聲，也很難證明暗場與忘憂坊有關。」

白仁泓道：「莫非他急了？都怪我，不早點把所知如實相告。」

牟謙道：「這種事，任誰都會猶豫再三。所幸現在離七月十八還有十多天，咱們還有時間找到人，商量該怎麼做。當務之急，還是得換個隱祕處所！」

白仁泓道：「您的腿傷當真可以騎馬嗎？」

牟謙道：「昨天不是說了，擦上古劍帶來的大內治傷聖品『七珍膏』，傷口已加速癒合。」

白仁泓道：「此藥神奇早有耳聞，但據說若在傷口未完全癒合之前過度使力，恐將再度崩裂，留下一輩子的後患。」

牟謙笑道：「能有什麼後患！了不起廢去一隻腿！拄著拐杖，照樣四處走。」

白仁澤道：「皇上已免了您的官，那幫人不會再來，何必急著離開？」

白仁波道：「他們忙著籌劃大事，哪有空閒殺一個免職又受傷之人？再說昨天進城回報，皇甫和貴並未多問什麼，看來已對您失去興致。」

牟謙道：「這更加可疑！若當真不想理我，何必再聽什麼回報？又為何不乾脆把三位調回京城辦大事？」

白仁泓臉色略變，道：「當初皇甫和貴給我們下的指示：『最好可以活捉，困住次之，萬不得已才殺人』，如今怎會變卦？」

牟謙道：「當初不殺我，是因為牟某頭上這頂烏紗帽還在。試想如果朝廷發現錦衣衛指揮使死於非命，能不有所警覺嗎？皇上若派古劍查個天翻地覆，反令那幫人後續的行動陷於不利。如今牟某沒了官銜的保護，即使橫屍曝野，也只是當作江湖恩怨或仇家報復，草草結案。」

白仁澤道：「既然如此，事不宜遲，咱們吃飽了，行李也早已打包妥當，隨時可以啟程！」

牟謙舉起酒杯道：「以此薄酒，先敬謝各位連日來的照料之情。乾了這杯，立刻就走！」

四人舉杯欲飲，卻只有牟謙與白仁波喝下，白仁泓與白仁澤卻同時停住，低聲道：「牆外有人！」原來幹這一行的，除了膽大心細、手腳靈便外，耳聰目明也是不可或缺，白仁波畢竟年輕，細微處尚不如兩位兄長敏銳。

果然門外有人笑道：「來不及啦！牟謙和三位叛徒，你們領死吧！」說完先後有五人從牆外一躍進園，分別為皇甫權、嚴靜山、紀青嵐、連錦城及呂順。

原來皇甫權發現白仁波留棄在路上的馬，從馬鞍上的刻字認出來這是忘憂坊的馬，最有嫌疑的，不就是俠盜三兄弟嗎？既然事有蹊蹺，就得加速趕到。過不久馬車碰到一隊商旅，於是棄車奪馬，快馬加鞭趕來，是以古、童二人，始終未能追上。

牟謙與白仁泓知道這些人個個不好惹，同時喊道：「快關門！」白仁澤與白仁波迅速關門上閂。左右兩邊雖有窗戶，但破窗躍入的瞬間空門大開，很難躲得過牟謙的長劍，來襲之人穩操勝券，無須冒險，三人緊盯大門，兩人到柴房抱了一堆乾柴，準備生火燒屋。

皇甫權道：「白仁泓，這些年忘憂坊一直待三位不薄，沒想到你們卻在最後一刻變節投敵！是豬油蒙了心，還是活膩了？」

白仁泓道：「這些年幫皇甫先生辦事，的確吃香喝辣從來不缺，但也慢慢發現你們幹了不少傷天害理的事！賭場暗場，不知害了多少人妻離子散鋌而走險，大事尚未有成，已不知沾上多少鮮血？」

皇甫權笑道：「你多慮了！辦大事豈能拘於小節？瞧萬曆那個懶樣，待我爹登基，必然強過百倍，到時候耳目一新，四海昇平，國泰民安，而你們三人，也能換得一官半職，何樂而不為？」

白仁泓道：「你爹如此暴戾，若真當上皇帝，還不知會有多少好官被整肅下臺，多少百姓淪為魚肉？何來四海昇平，國泰民安？」

皇甫權道：「既然不信，我也不必再多費唇舌，反正一把火燒下去，四位還不是得乖乖出來受死！不過多賠了一棟老宅罷了！」話說完不久，門口已堆滿薪柴，準備取出打火石。

牟謙手上抓著五枚金葉，低聲道：「待會木門打開，我攻向五人，空檔只有一瞬間，務必翻牆狂奔，三位輕功高明，只要跑到樹林，諒他們也追不上。」

白仁泓道：「不是說好要走一起走嗎？我等怎麼忍心留下您？」

牟謙急道：「笨蛋！別害我成為拖累大局的罪人！切記，此時此刻，千萬不可遲疑！我還盼諸位能幫上古劍的忙呢！」說完長劍抵住門閂的一端，正準備解閂開門……

就在此時，卻聽見有人喊道：「你們光天化日襲擊民宅，縱火燒屋，還有王法嗎？」這聲音一聽就知，正是古劍！

原來他們發現原先載人的馬車停在路旁，已空無一人，二人愈急，催馬快行，途中碰到那群商隊，古、童二人拿出身上剩餘的銀子，「要」了一匹馬，一人一騎加速追趕，所幸那五人當中有二人來自南方，不善騎馬，因此到達牟宅時，並未落後太多。

屋內四人聽見強援來到便開門迎敵，各尋對手，很快形成四組對戰，各據四角。牟謙以「達摩劍法」對上武當名宿嚴靜山的「太乙玄門劍」，因腿傷未癒，一剛一柔，難分勝負。童暉找上也是練「蒼松劍法」的皇甫權，二人功力相若，劍法互熟，竟如師兄弟練劍般，一時間也難分高下。古劍一人獨鬥紀青嵐的「極樂劍法」和崑崙派連錦城的「天水劍法」，雖仍略占上風，然二人心知古劍不易對付，以守為主，相互奧援，一時間也難有結果！

古劍稍稍留意另外三組對戰，唯一令他擔心，卻是人數最多的這一角，俠盜三兄弟的劍法一直遠不如其偷盜的本事，儘管霸王刀呂順乃五人中功夫稍遜者，但碰上這三位勤於偷技疏於練劍的兄弟仍遊刃有餘，他應付經驗老到的兩位年長兄弟，強攻出劍慌亂的白仁波，逐漸逼至牆角，正欲使出殺著之際，忽從眼角餘光上看到有第四把劍正朝他背後刺來，來勢洶洶，攻其必救之處，竟是古劍！

這一驚非同小可！呂順轉身使出一招「迴斬飛虎」，這是他賴以成名的三記絕招之一，頗有劈山斷樹之勢！哪知古劍輕描淡寫的劍尖一點，借力退回，續與紀、連二人纏鬥十來招，這次改朝西側皇甫權的左肩刺去……

那皇甫權正全神貫注與童暉過招，忽見一記凌厲快劍從旁襲來，慌亂中一個急閃架開來劍，高手過招哪容一點分心，童暉一記快劍，已在他右肩劃出一道傷痕。

古劍一擾即回，幾招的功夫又將二人逼到牆角，這回改往東南角的嚴靜山身後刺去！連錦城罵道：「豈有此理！竟不把人放在眼裡！」說著有樣學樣，挺劍欲朝白仁澤刺去！紀青嵐則攻向另一側的童暉！

未料古劍這次只是佯攻，一個轉身，改攻空門大開的連錦城，紀青嵐援手來到之前，已在其大腿留下一道長長的傷口！

牟宅的四合院長約六丈寬達四丈，四組對戰各據一角，距離無法拉遠，恰恰方便古劍照應四方，只要逮著機會，便會攻向其餘三組，一招即返，屢有所獲，過不多時，來襲之人紛紛受創，有的傷於「無常劍法」，有的則在分心閃避時被原來的對手刺中，而院牆雖不高，在對手招招緊迫之下，也很難找到機會翻牆離去，就算有機會逃離，但五人畢竟都是江湖上成名人物，幹不出獨自脫逃之事。

這樣下去早晚會全軍覆沒，就在他們正感絕望之際，忽聞古劍喊道：「停手！」眾人罷鬥，兩眼緊盯對手舉動，只聽古劍說道：「你們走吧！」

五人露出一副不可置信的神情！皇甫權道：「為什麼？……」

卻聽牟謙道：「五位並非罪無可赦之人，殺光了也改變不了大局，何必趕盡殺絕！」

五人收劍，向古劍等人拱劍行禮後開門離去，臨走時卻聽見古劍的聲音道：「告訴皇甫先生，古某近日必當拜訪！」

不待馬蹄聲走遠，俠盜三兄弟對著古劍拱手行禮，白仁泓道：「若非我等一直對兩位大人多所懷疑，或許局勢不會如此難以收拾……」

古劍回禮道：「古劍對三位的義舉，只有感激絕無怨言；如今只想知道，有沒有辦法把那些沉迷於賭場的貪官所寫的欠條，從忘憂坊偷來！」

俠盜三兄弟同時搖頭，白仁泓道：「那些欠條，是用來挾持百官的依據，也可間接證明他們意欲謀反，比什麼寶物都還重要，必定藏在忘憂坊三樓的金寶庫，想從那兒偷東西，比進紫禁城盜龍椅還難。」

牟謙笑道：「想不到世間還有俠盜三兄弟偷不到的東西。」

白仁澤道：「忘憂坊長約二十丈、寬約十丈，占地只比紫禁城裡最大的皇極殿小一點，地窖放了數千罈的竹葉青、狀元紅等各地名酒，一樓是廚房與食堂，二樓是日夜無休的賭坊，三樓卻是皇甫和貴的起居住所，各地賭客輸錢典當的無數金條、古董及珍奇珠寶等物，分門別類裝在百來個上鎖加鍊的鐵箱裡。寶貝日益增加，皇甫和貴叫人把通往三樓的木梯給拆了，每層樓至少兩丈高，下樓可用布條盪下，但上樓非得用吊籠不可。」

古劍道：「我沒瞧過什麼吊籠啊！」

白仁波道：「吊籠裝在一個四尺見方的暗室裡，暗室在廚房的一角，一般人沒鑰匙也進不去，就算進得去，也得照著當日的暗號拉扯搖鈴，拉對了，三樓的不哭、不笑才會把人給拉上去。」

古劍道：「什麼不哭、不笑？」

白仁澤道：「是褚不哭與褚不笑兩兄弟，人如其名，不苟言笑，身形清瘦卻食量驚人，只要給他們一天四餐，餐餐豐盛，便能安分守己的長期待在忘憂坊三樓。」

童暉道：「忘憂坊是高了些，一般人上不去；但對於善使攀簷爪的神偷，似乎算不了什麼！」

白仁波道：「問題現在是大熱天，賭場窗戶全開通風，用攀簷爪上樓是不難，但數百名賭客，總會有幾個瞧見的吧！他能不嚷嚷嗎？」

白仁泓道：「全身黑衣蒙面，找個最陰暗的角落鉤爪上樓，再配合有人鬧點小事，吸住眾人目光，或許可行；但上去之後呢？皇甫和貴就睡在那兒，還有不哭、不笑，這兩兄弟雖然沒啥名氣，功夫卻不含糊，未必會輸給方才來襲的那些人呢！」

童暉道：「這兩個人晚上不睡覺嗎？」

白仁澤道：「聽說無論晝夜，總有一個人是清醒的。」

古劍道：「顧了一晚上，肚子總會餓吧？」

白仁波道：「賭場的廚房固定在子時初刻送上飯菜？莫非您想要……」說著比個「加料」的手勢。

「對神偷而言，取東西跟放東西不都是一樣嗎？」古劍笑道：「剩下皇甫和貴，古某設法把他請到二樓談點事情，一炷香夠嗎？」

白仁泓道：「畢竟有一百多個鐵箱，得碰運氣。」

古劍笑道：「三位都是行家，應該瞧得出來哪個鎖經常開閉，聞得出哪個鐵箱的墨水味重，若真找不著，不要戀棧。」

這時卻見牟謙搖頭道：「我們希望船過水無痕，但若用這法子將人迷昏，皇甫和貴回去之後必能發現少了什麼東西，有了提防，反倒不利後續！」

古劍道：「那就臨去之前給不哭、不笑服一顆解藥，皇甫和貴向來嚴厲，在他手下辦事，誰敢自承剛剛打了一個盹？」

白仁泓笑道：「正是！若真讓他登基做了皇帝，咱們幾個恐怕也難活命！」

牟謙笑道：「事到如今，也只能賭一把！」

皇甫權等人在牟宅不遠處的樹林停住，靜待六人出門後遠遠跟著。牟、古等人朝著京城方向走去，天色漸暗，且牟謙腿傷未癒，不敢催馬疾奔，過了關門時間才趕到京城，一行人另走捷徑，繞道西直門三里外，安頓好馬匹後等著。

過不多時來了六輛懸掛金黃三角旗的驢車，遠遠瞧著牟謙與驢車的頭子有說有笑，呂順道：「這是怎麼回事？」

皇甫權道：「那是水車，皇帝老爺每日飲水，全從數十里外的玉泉山送來；亥時三刻，城門盡閉，只有西直門例外，水車經過，無論王公將相一律迴避，更不准盤查刁難。那牟謙在大內多年，熟識這些載水的太監並不稀奇。」

嚴靜山道：「看來是想躲在水車上的防塵黑布裡，混入城內。」

呂順道：「那怎麼辦？要不要去揭穿他們？」

紀青嵐道：「揭穿什麼！難道你還想再打一架？」

呂順道：「我知道打不贏那幫人，但咱們任務未完，就這麼回去總是心有不甘！」

皇甫權道：「只要能查到他們落腳之處，也不算空手而歸。」

連錦城道：「問題是咱們要怎麼進城？」

皇甫權笑道：「你放心！咱們進城沒這麼麻煩！」

果然一如所料，瞧著牟、古等人混進城後，皇甫權等人騎著馬大搖大擺來到西直門，守門參將一見皇甫權，立即堆笑恭道：「四少爺，您辛苦了！」

皇甫權道：「要不要看合牌？」

那參將道：「誰不知忘憂坊有一塊御賜的通關玉牌，只要有您六位皇甫大爺一個照面，出入城門哪須合牌？」

皇甫權面露微笑，五人棄馬疾行，遠遠跟在後面，卻見水車轉彎後眾人下車，竟一路走到牟謙在南鑼鼓巷的宅邸！

皇甫權回到忘憂坊，三樓燈火通明，趕緊上樓稟報，父親與幾位兄弟都在等著，聽他說完後皇甫和貴陷入沉思，皇甫堅道：「既然知道人在何處，何不立刻殺過去！那古劍的劍法再高，能擋得住父親的『五絕劍』嗎？我們五兄弟、嚴靜山四人，再加上今天剛到的魏宏風，多兩個古劍也不是對手啊！」

皇甫炫道：「你多動點腦筋！南鑼鼓巷住著兩個王爺還有九門提督晁剛，三更半夜多人混戰，能不驚動他們嗎？」

三公子皇甫銘道：「那晁剛不是咱們的人嗎，再說都蒙著臉，誰知道是何人下的手？那牟謙、古劍在錦衣衛呼風喚雨時想必得罪不少人，如今沒有護身符，想找他們報仇的人如過江之鯽，誰會懷疑我們？」

皇甫浩搖頭道：「不可輕舉妄動！在南鑼鼓巷動手，晁剛職責所在，不能裝作不知，那兒冠蓋雲集，很快就會傳到皇帝耳裡。」

皇甫炫道：「重要的是除了咱們，還有誰能一次解決掉牟謙和古劍？此事傳到萬曆耳裡，不免生出懷疑之心，下旨徹查，豈不節外生枝，壞了大事！」

皇甫銘道：「可那牟謙雖罷了官，畢竟和皇帝關係匪淺，會不會又找一些舊友幫他說情，讓其恢復原職。」

皇甫浩搖頭道：「萬曆這回可動了真怒！短期內不會想見他。」

皇甫銘道：「不知父親這次是用什麼法子？讓萬曆皇帝一氣之下，竟把原本最信任的左右手給罷了官！」

皇甫和貴道：「牟謙的把柄不多，要搞臭這種人，除了平常就得一點一滴的讓那些太監、言官潑點墨汁外，關鍵時刻，還得給他一記重擊。」

皇甫銘道：「父親幾天前帶著厚禮進宮給鄭貴妃祝壽，不知與此事有無關係？」

皇甫和貴笑著對皇甫浩道：「那天我與你的岳母究竟說些什麼，不妨告訴幾位弟弟，好讓他們也學著點！」

皇甫浩道：「您別消遣兒子！那壽寧公主刁蠻任性，趾高氣揚，實非佳偶，兒子奉您之命與之虛與委蛇，但這些年過得實在痛苦不堪！」

皇甫和貴笑道：「你就多忍幾天吧！待大事一成，這個嬌縱蠻橫的媳婦，要殺要剮隨便你！」說完兒子們都笑了。

皇甫浩笑完說道：「那天我們進宮拜訪鄭貴妃，說了幾句，父親便找個機會，不著痕跡的把話題引到前一天東林黨與三黨的妖書論戰，免不了提到古劍這個人，父親便要我告訴貴妃那傢伙以前在江湖上所做的種種壞事，貴妃聽完說：『這人看起來還算老實，聽說皇上有些惱他，又有些欣賞他，沒想到骨子裡竟是如此卑劣！』

「父親說：『草民一直景仰娘娘的善良純真，但也因如此，您總把人往好處看，不知世間險惡，難免吃虧！』鄭貴妃說：『是啊！就像那些東林狗個個道貌岸然，其實肚子裡壞水滿溢，什麼「爭國本」、「梃擊案」、「妖書案」，哪一次沒有使奸耍詐，聯合起來欺負咱們母子！』

「父親說：『娘娘可知那群東林狗，有分明的跟暗的？』鄭貴妃說：『什麼明的暗的？』

父親說：『明的東林狗不怕您知道他的身分，想咬您的時候，還會先「汪汪」叫一聲；暗的呢？看起來乖巧，走到您身邊冷不防咬那麼一口，等您回過神來，恐怕少掉的還不止一塊腿肉呢！』

「鄭貴妃拍桌罵道：『是誰？』父親說：『古劍的頂頭上司牟謙，正是最大的一隻東林暗狗。』鄭貴妃睜大眼睛，一臉驚訝的說：『真有此事？我瞧他對皇上忠心耿耿，怎麼會跟東林黨扯上關係？』

「父親說：『他對皇上忠心，對太子也忠心，但對娘娘可就免不了陽奉陰違！這人表面上從不與東林黨人在一起，但其實早已暗通款曲多年，若非他暗中提供情報，東林黨人怎會知道那麼多宮內要事？他若是正直之人，又怎會重用古劍這等江湖敗類？而妖書一案，也是他要古劍藉故攪渾，目的是要保護東林黨啊！』

「那貴妃氣得面紅耳赤，罵道：『這廝可惡！快說！可有辦法治他？』

「父親說：『有是有，可是此事說來萬分失禮！草民深怕汙了娘娘的玉耳，難以開口。』鄭貴妃叫宮女把布簾放下，退出去房外，父親遞給她一把劍穗，上面串著兩顆翠玉珠子，質地特殊，能在暗夜中隱隱發光，還教給她一套說詞，讓萬曆相信這東西與兩年前玉泉池偷窺案有關。」

皇甫銘道：「莫非那劍穗是牟謙掉的？」

皇甫浩道：「那是御賜之物，在偷窺案發生當天由白仁澤偷來的，牟謙以為自己弄丟，便叫玉匠再打一個成色相近的劍墜，不知萬曆發現了沒？」

皇甫權道：「不管有沒有發現，只要鄭貴妃拿著那只劍穗找萬曆哭訴，偷瞧寵妃沐浴何等嚴重？只摘去他的烏紗帽，算是輕了！」

皇甫浩道：「那是因為此案再審只會讓萬曆更加難堪，過些日子若仍怒氣未消，下個密旨把人宰了也說不定！」

皇甫堅道：「父親高明，深謀遠慮，不費一兵一卒，就解決了一個大麻煩！」

皇甫和貴道：「雖說這陣子萬曆最不想見的就是這兩個人，但無論如何，最後關頭仍不可掉以輕心。他們捲土重來，必會想方設法再次面聖，此人老謀深算，不得不防。」

皇甫銘道：「可是咱們又不便親自出手殺人，該怎麼辦？」

皇甫和貴道：「把話傳出去，一天之內讓全京城的人都知道，這兩個人究竟幹了什麼醜事。先讓他們徹底身敗名裂，今後無論說什麼話，便如狗吠一般無人理睬。」

兒子們紛道：「此計甚好！」

皇甫和貴輕搖摺扇，笑道：「等那兩人的醜事傳開之後，田爾耕就有理由抓人了。」

「妙極！妙極！」眾兒子無不嘆服！

第三十章

死鬥

七月初二，酉時初刻，新任錦衣衛指揮使田爾耕帶著六名千戶及二十七名弓箭手將南鑼鼓巷牟宅團團圍住，開門後進入庭園，卻見牟謙、古劍、童暉及俠盜三兄弟端坐在石椅上，也不怎麼慌張。

牟謙笑道：「指揮使大人若想要職務交接，只要派人來說一聲，牟某可立即趕赴衛所，何須勞師動眾？」

田爾耕笑道：「田某身為錦衣衛指揮使，有責任維繫本衛的聲譽；若有害群之馬做出卑劣齷齪之事，我等必須清理門戶，不能護短！」

牟謙道：「過去錦衣衛的紀律是差了些，假公濟私仗勢欺人之事時有耳聞，不過這一年似乎有逐漸改善，正值用人之際……」

田爾耕不耐吼道：「我說的是你們兩個！今日滿京城傳得沸沸揚揚，還在給我裝蒜！」

牟謙笑道：「你說的可是偷窺案與聚賭案嗎？」

田爾耕道：「既然知道了，就不用本官多費唇舌，識相的話束手就擒，姑念舊情，或可不死！」

牟謙笑道：「錦衣衛什麼時候這麼了不起，光憑市井傳言就可隨意抓人？」

田爾耕道：「那就在這裡審你！現在閣下手上的那把御賜『澄陽寶劍』，可曾遺落過什麼配件？」

牟謙道：「劍穗遺失過。」

田爾耕道：「怎麼弄丟的？」

牟謙道：「那是兩年前的夏天，鄭貴妃說想泡玉泉池消暑，因為在宮外，護衛皇上與貴妃的任務由五軍營為主，錦衣衛為輔。當晚五軍營提督閻貞請了幾個人吃飯，用餐時牟某隨手把劍交給一名百戶保管，當時喝了點酒，臨走取劍時也沒怎麼留意是否完整，第二天醒來才發現劍穗掉了！沿路回頭找了兩遍都沒有，我想劍穗這種東西本來就容易弄丟，不是什麼了不得的事，而那翠玉珠子值錢，撿到的人不想還也算合理，無須為了這點小東西弄得雞飛狗跳，便在隔天上街找個玉匠重做了一個，不再追究。」

田爾耕道：「你記得那天吃完飯是什麼時候走的嗎？」

牟謙道：「畢竟任務在身，也不能太過盡興，只記得黃昏時開始上菜，天黑不久便各自回營休息。」

田爾耕道：「那個時候皇上都還沒入睡，你不嫌早嗎？」

牟謙道：「因為前一天為了準備玉泉山之行睡眠不足，當日皇上特准牟某先行入睡，改由何致昇護衛安危。」

田爾耕道：「貴妃娘娘喜歡在月圓之夜泡澡，當天約莫在天黑後一個時辰，忽然瞧見屋簷上有個黑影，大叫一聲，那人輕功了得，一溜煙不見蹤影，事後調查許久，一無所獲，不了了之，只摘掉了閻貞大人的烏紗帽？」

牟謙道：「暗夜之中，那色狼一身漆黑，只露出一對眼睛，自然難查。」

田爾耕道：「然而幾天前翊坤宮掉了一件首飾，貴妃下令搜查，首飾沒找著，卻在一個宮女的私櫃裡找到一把劍穗，也串著兩顆翠玉珠子，在暗夜中隱隱發出綠光，可是價值不菲的夜明珠啊！這御賜的寶物，竟然會在一個宮女手裡，自然一案生出一案，非問個水落石出不可！」

牟謙道：「你想說那是我的失物嗎？」

田爾耕笑道：「那宮女在逼問之下，老實招供說這劍穗正是兩年前玉泉池偷窺一案現場拾得之物，一時貪念，沒交出來。貴妃娘娘想起那晚的事，她發現有人窺浴時，除了黑影之外，還曾瞧見若隱若現的一道綠光，顯然那把劍穗正是偷窺色狼倉促逃離之際，不慎碰觸簷角等物而落在現場的東西。」說完話見牟謙笑而不應，田爾耕又道：「無可抵賴！要認罪了嗎？」

牟謙笑道：「牟某只是在想：我不知得罪何人？竟然在兩年前就挖好了坑，籌謀良久，等到今日才出招，必有大事！指揮使大人，您若能帶著老朽前去面聖，而牟某若無法讓皇上相信清白，任君處置！」

田爾耕道：「你當我傻，沒事去觸怒龍顏？難道不知皇上現在最不想見到的人，就是你牟謙！」

牟謙笑道：「既然如此！牟某認為證據不足，北鎮撫司的大牢，就不去啦！」

田爾耕喊道：「那就休怪我無情！弓箭手聽好，嫌犯牟謙想拒捕潛逃！上箭！」

只見二十七名弓箭手分成三組，每組三排，前排蹲下，中排曲膝，後排直立，都拉滿弓弦，分別對準牟謙、古劍及童暉三人。

田爾耕道：「你該知道這『九宮箭』的厲害，一聲令下，九箭齊發，閃得了這枝，避不開那枝，專門用來對付刺客，近距離發箭，哪怕功夫再好也躲不掉！」

卻見牟謙笑道：「但你可知此箭陣乃牟某所創，親自訓練，豈有束手無策之理？」接著對眾舊屬道：「你們哪個不怕死的，待會儘管出手！」說話時斂起笑容，逐一掃視，二十七名弓箭手和六千戶個個被瞧得膽顫心驚，雙手直抖。

田爾耕見狀怒罵道：「你們這些飯桶！還想不想吃這行飯？聽我的……」

話未說完，卻見牟謙手上亮出腰牌道：「錦衣衛指揮使腰牌在此，誰敢輕舉妄動？」

田爾耕笑道：「牟謙啊牟謙！你是急昏了嗎？一個去了職的指揮使腰牌，有何用處？」

牟謙笑道：「你仔細瞧瞧，這腰牌上寫了什麼字啊？」這木製腰牌在場許多人瞧過，上面刻著「錦衣衛指揮使」兩行字，下面則刻上單行的姓名，就算不識字的人，也猜得出來下面是「田爾耕」三字而非「牟謙」兩字。

田爾耕怒道：「你為何仿製我的腰牌？」

牟謙笑道：「這個才是真貨，不然你仔細瞧瞧身上的腰牌，是不是有什麼古怪？」

田爾耕取出身上腰牌，卻見「爾」字少了兩點，「耕」字多了一橫，氣得臉都紅了！一掌擊成碎片，喝道：「快還來！」

牟謙把真的腰牌擲回給他，笑道：「如果有人處心積慮想害你，別說劍穗，連腰牌都拿得到！」

田爾耕道：「你與『惡盜三兄弟』狼狽為奸，要偷東西當然容易！」

牟謙道：「被你認出來啦！說是『惡盜』也沒錯，你知道的，三位英雄專偷『惡人』，京師一帶的貪官汙吏土豪惡霸，少有不被……」

田爾耕怒喝道：「你別拐著彎罵人！我田爾耕一向為官清廉，你竟唆使宵小做出這等勾當，我饒不了！」

牟謙道：「說得極是！是我不對，昨天請三位英雄夜半一訪，竟忘了告訴他們：您是清廉正直的好官，拿腰牌就好，其他別動！結果三個人癮頭犯了，竟把這些東西也順了回來，都還您吧！」說著拿起身旁一只大布袋，一股腦兒在石桌上倒出許多金條、珠寶和珍貴玉器。

田爾耕認得出來那些都是一些想巴結他的人所送來的禮品，不禁臉紅耳赤，倒退兩步道：「那……不是我的東西！你別用來……誣陷好人！」

牟謙微笑從另一布袋取出一個一尺見寬的木盒，開盒後有一玉雕擺件，玉質通透翠綠，雕工精細，下面刻有一行小字，牟謙道：「古劍，我老眼昏花，上面寫什麼字瞧不清楚，你可以唸出來嗎？」

古劍湊近唸道：「敬祝田掌刑……」

田爾耕斷話道：「牟謙！念在你是前任指揮使的身分，既然證據尚未完備，今日暫不追究；但古劍行為不檢，敗壞本衛名聲，不能放過！」

古劍笑道：「換我啦！哪裡行為不檢？願聞其詳。」

田爾耕道：「你冒充曹孟年在暗場聚賭鬧事，不算行為不檢嗎？」

古劍道：「大明律法，七品以上官員，嚴禁賭博。拜閣下所賜，將古某連降五級，試問一個小小校尉上個賭場，何罪之有？假冒曹孟年一事，確實有點對不住他，但這與你何干？至於鬧事，當日喝了酒，確有不對，但沒殺人也沒傷到人，算是什麼滔天大罪？有必要勞師動眾嗎？」

田爾耕道：「莫以惡小而為之，再怎麼小的官，若有行止不端，也能敗壞錦衣衛名聲，田某身為指揮使，自有責任管教！」

古劍道：「大人所言甚是！不過小的知道更嚴重的行止不端，如若能一併秉公處理，以儆效尤，古某也可任君處置，不敢頑抗！」

田爾耕道：「你還想說什麼？」

古劍道：「本衛有個大官，唯一的兄弟數年前曾外派至關外監軍，一年之後才回家，他那貌美如花的妻子竟已大腹便便，不久後生下一名男嬰，更奇怪的是，那個娃兒日漸長大，竟然愈瞧愈像……」

「住口！」田爾耕喝斷古劍話語道：「世間哪有這等怪事！本座尚有要事在身，沒有閒工夫聽你胡亂編撰！姑念同僚情分，暫且饒你不死。但從今爾後，革去你錦衣校尉一職，日後好自為之，別再犯錯。走！」

說畢帶著眾衛掉頭離去，走出門沒幾步，卻聞牟謙的聲音傳來：「紫禁大事，鹿死誰手還難說呢？您若是個聰明人，就不該急著押寶，萬一賭錯了，惹得一身禍，值得嗎？」

田爾耕冷哼一聲，吐了口痰，恨恨而去！

關門後牟謙吁了一口氣，白仁澤道：「說來還是咱仨對不住您，若非兩年前偷走那把劍穗，也不致給您留下那麼大的麻煩。」

牟謙道：「有什麼麻煩！若非你們昨日提及此事，讓咱們有時間準備，方才非吵輸不可，只能動手！再說皇甫和貴若真打算對付我，此計不成，必有他法，此事三位做與不做，結果都一樣。」

白仁泓道：「怪我這個做兄長的不識好人，帶著兩個弟弟為虎作倀……」

牟謙道：「識人本來就是大學問，怪不得三位！太陽下山，大夥忙活一天也餓了，快進屋用餐，吃飽稍事休息，晚上還有一場硬仗要打呢！」

這晚忘憂坊三樓依舊燈火通明，皇甫和貴在書房盤腿而坐習練內功，只見臉色忽而赤紅、忽而蒼白、忽而暗黑、忽而蠟黃又忽而青綠，正是「轉丸氣功」練到爐火純青處所呈現的表象，此時的他聽力較日常強過數倍，儘管二樓賭坊嘈雜依舊，仍能清楚聽見隔壁大廳四個兒子輕聲議論的聲音。幾個兒子始終不知父親有此本領，更能聽見真話。

只聞皇甫堅道：「早知道大哥去那麼久，今晚就不必這麼早來！」

皇甫炫道：「你是不是迷上了念奴嬌的紫蘿姑娘，捨不得早點離開？」

皇甫堅道：「二哥，您不能怪我，在北京城裡，哪有人會在子時以前離開溫柔鄉？」

皇甫銘道：「聽哥一句勸，現在是緊要關頭，凡事還是謹慎些好，萬一惹出什麼麻煩，影響父親的大事，萬萬不妙！」

皇甫堅道：「只要飲酒節制，能惹出什麼麻煩？又還有什麼麻煩是咱們忘憂坊擺不平的？再說不久之後你我都成了皇子，那種地方，還能想去就去嗎？」

皇甫銘道：「我知你生平無大志，但既然生為皇甫家的一員，就不該過於散漫隨性；就拿一樓食堂來說，父親為了讓你有些事做，要我交給你管，誰知還不到三個月的光景，如今廚房雜亂無章，餐桌積塵，上菜忙亂，不久前還有客人在牆角看到南方蟑螂，小鬧了一陣！」

皇甫堅道：「什麼時候的事？我怎麼不知？」

皇甫銘道：「半個時辰前發生的，聽說早上廚房就有不少人瞧見，負責上菜的姑娘還因此嚇得打破碗盤。」

皇甫堅笑道：「有趣了！這南方蟑螂有多大隻？真會飛嗎？」

皇甫銘道：「還笑得出來！你又是怎麼知道南方來的蟑螂竟然會飛？」

皇甫權也笑著說道：「這是徐常喜的著名段子：『南方蟑螂北遊記』，三哥沒聽過嗎？」

皇甫銘搖頭，皇甫堅道：「這段子有趣極了，我聽了三遍，現在就可以背給你聽。」說畢清清喉嚨，模仿徐常喜說書時的語調及模樣：「話說有一隻南方蟑螂名叫『阿喜』，因個子小力氣弱老被欺侮，常搶不到剩菜好吃。在一個夏日的清晨，整夜找不到半粒米的阿喜餓得正扁，忽爾聞到不遠處王員外座車上的餡餅香味撲鼻而來，靈機一動，沿著輪輻爬了上去，就這麼搭上便車一路北行，來到京城。

「各位看官或許不知，北方人高馬大蟑螂小，南方人小馬瘦蟑螂大！那阿喜來到京城，赫然發現自己成了別隻蟑螂眼中的龐然巨物，日日好酒好菜款待不說，那北方的母蟑螂見到牠那碩大的身軀猶能飛天鑽地的英姿，更是臉紅心跳，愛慕有加，個個將牠服侍得有如帝王一般，這時候的阿喜，自然樂不思蜀，不想回家。

「無奈好景不長，時至九月，氣候逐漸轉涼，南方來的阿喜開始有些不慣，卻眷戀如此好日，遲遲不肯動身返鄉，哪知日子一天冷過一天，到了臘月下雪時，已經找不到往南的馬車，終究凍死在異鄉。

「臨終前阿喜回顧這一生，雖然短暫，但有過風光，值了！

「身旁的小蟑螂卻紛紛嘆道：『瞧牠那麼大的身子，怎知一個冬天也挨不過；咱們做蟑螂的，還是別太招搖！』說完一隻蟑螂咬一口，吃得一點不剩。」

說完卻見三位哥哥面無表情，奇道：「我學得不像嗎？一般徐常喜說到這裡，都是滿堂哄笑……」順著三位兄長的目光轉身一瞧，赫見父親站在身後，雙手插腰，臉色鐵青，嚇得腿都軟了！

皇甫和貴一把抓住其胸口問道：「告訴我！你聽那麼多次徐常喜說書，可有見過古劍那傢伙在場？」

皇甫堅道：「沒瞧過……但曾聽聞那廝不久前確實去過春秋樓，而徐常喜膽子不小，竟敢挑他同桌共飲！」

皇甫和貴推開兒子，陷入思索。

皇甫銘道：「昨天不是才說古劍有勇無謀不足為懼嗎？」

皇甫和貴還沒開口，卻聞剛從外頭回來的皇甫浩道：「看來我們都低估了！這廝在牟謙苦心培養之下，早變成了一個詭計多端的廠衛爪牙！」說完人已走到跟前，向皇甫和貴行禮道：「爹！大事不妙，那田爾耕浩浩蕩蕩帶著大隊人馬到南鑼鼓巷抓人，竟灰頭土臉，一無所獲！」接著把探聽的結果一一轉述，忘憂坊早在錦衣衛中埋下多名暗樁，自然能問出清楚的經過。

聽完皇甫和貴不發一語，陷入長考。

皇甫銘道：「那牟謙忒也狡猾，竟然策反白家兄弟，這三個賊盜吃裡扒外，別落在咱們手裡！」

皇甫和貴道：「看來敵人有備而來，隨時可能反撲，從現在起，你們都給我繃緊神經，別再犯錯！」

皇甫堅道：「那兩人雖然無事，畢竟身敗名裂，且無一官半職，真能再興風作浪嗎？」

皇甫和貴道：「事到如今，你們真以為古劍到暗場賭博鬧事，不是別有用心？」

皇甫權道：「這點兒子也曾有過一點懷疑，咱們暗中觀察此人多時，始終沒能抓到什麼把柄，怎麼一被降職就變了個人？但他這麼做，除了把自己的名聲弄得更臭外，能有什麼好處？」

皇甫和貴道：「有道是死豬不怕開水燙，犧牲他那所剩不多的名聲，就是想把咱們忘憂坊的名聲也給攪渾！」

四個兒子有三人同時問道：「怎麼說呢？」

皇甫和貴道：「假冒曹孟年進暗場是為了卸除咱們的戒心，故意大輸鬧場，打破酒罈，酒水滲流至地道，再趁亂放出南方蟑螂。這種髒蟲受到酒水吸引，紛紛穿過門縫來到地道，然而酒水乾得快，蟑螂只能另尋食物，你想，會去哪兒？」

皇甫銘道：「地道的另一端便是這棟樓的地下酒窖，往上又是一樓廚房，對蟑螂而言，便是有享用不盡的美酒佳肴，豈有不來之理？」

皇甫浩道：「多年來錦衣衛一直想查暗場，跟蹤了幾十次，卻始終徒勞無功；原因就在這暗場有個地道直通賭場，勞興慶每次交帳冊、點銀錢，都是從這條地道往返，無從查起。在暗場放的南方蟑螂若是在這裡出現，便可肯定兩處之間有條地道相連。」

「這正是令人擔心之處。」皇甫和貴道：「浩兒明日聯繫宮裡宮外那些太監高官等暗樁，務必盡力阻止那兩人面聖！另加派人手盯住他們，一有風吹草動即刻回報。權兒你和嚴靜山等人留在別館，傷癒之前未得允許，切不可拋頭露面！」

皇甫權道：「咱們都傷得不重，無須休養。」

皇甫和貴搖頭道：「每一道劍傷，都是佐證，說明你們曾去過安平鎮。」又道：「銘兒、堅兒跑一趟，務必馬上關閉暗場，地道兩端用土石封死，有關之人能躲就躲，該殺就殺，絕不可留下半點蛛絲馬跡！」

皇甫堅道：「子時已近，不能等明天再辦嗎？」

皇甫和貴怒道：「不行！如果我沒猜錯，古劍這廝，近日就會來鬧！」

話方說完，搖鈴響起，二樓賭場掌櫃傳話上來：「前錦衣千戶古劍來訪，求見皇甫先生。」

皇甫和貴臉色一變，道：「這麼快！浩兒和我下去應付。」

父子兩人來到二樓，只見古劍獨坐在一張空賭桌旁，見到三人立即起身行禮道：「古某進京多時，遲至今日才來拜訪，確有失禮之處，在此先向皇甫先生賠個不是！只盼您大人大量，勿與小輩計較！」

皇甫和貴道：「千戶大人……」

古劍阻止他說下去，道：「別再叫什麼大人！您知道的，在下現今什麼都不是；也千萬別喊我『大俠』，這兩個字對古某而言，十分刺耳！」

皇甫和貴道：「那該如何稱呼？」

古劍笑道：「直呼姓名即可，畢竟您是前輩，彼此間其實也沒那麼熟！」

皇甫和貴道：「既然不熟，為何挑這個時候登門拜訪？」

古劍道：「古某聽說貴坊的食堂出現了南方蟑螂，這才發現自己惹了大禍，恐害得貴坊名譽掃地，因此無論多晚，都得前來向您坦誠一切，免得大家誤會！」

皇甫和貴淡然道：「怎麼說呢？」

古劍道：「幾天前，古某負氣縱馬往南遠離京城，糊里糊塗也不知走了幾百里路，誤打誤撞來到一個叫『蟲莊』的地方，那莊主是個痴人，在自個家裡養了數百種昆蟲，廢寢忘食日日觀蟲，其中就有這南方蟑螂。在下忽爾想起徐常喜那個段子，想瞧瞧這南方蟑螂跑到北方是否當真活不成？便跟他要了一盒。

「回到京城，想到官運不順，心情又鬱卒起來，忽然賭癮發作，便假冒曹孟年之名到那暗場玩牌九，愈輸愈悶，鬧了一陣，打鬥中也沒留意那木盒開了一個縫，裡頭數百隻蟑螂都給放了出來，沒想到隔天就出現在忘憂坊，天底下哪有這麼巧的事？定是古某闖了大禍，特來賠罪！」

皇甫和貴笑道：「您無須自責！關於此事，我們已經查明原委，與閣下毫無關係。」

古劍道：「怎麼說？」

皇甫和貴道：「咱們這食堂有湘菜、川菜，有些食材得從南方運來，若在廚房發現南方蟑螂，首先會懷疑是從那些運菜馬車帶來的，徹底清查後，果然在某輛馬車木條細縫及上個月進來的香料木箱上各發現了幾顆蟑螂卵，如果您知道一顆卵可以孵出上百隻的南方蟑螂，大概就不會如此大驚小怪！」

古劍笑道：「原來如此！這還真不巧啊！古某一直以為忘憂坊的地下酒窖與那暗場有地道連通呢！」

皇甫和貴笑道：「您誤會大了！多年來忘憂坊只做正當生意，不瞞您說，光這間賭坊的每日進帳已足夠我皇甫和貴享用不盡，為何要冒險弄個違律犯法的暗場？」

古劍道：「那就奇了？忘憂坊在京城可說是如日中天，重踩一步連城牆都會晃！未得閣下首肯，怎有人敢在附近開一間暗場？」

皇甫和貴道：「您太抬舉啦！北京城裡有錢有勢之人多如牛毛，怎麼能料定是我呢？如今忘憂坊樹大招風，想要長長久久，唯有與人為善，安分守己。每家賭場都各有後臺，咱們不敢過問，更不敢招惹！」說到這裡忽聞一股淡淡的焦煙，北方不遠處火光漫天，不知是何處走水？

古劍回頭瞧了一眼，笑道：「據古某所知，天底下還沒有哪個人是您不敢招惹的，要不然牟老和古某也不會落得如此地步！」

皇甫浩怒道：「本坊與錦衣衛素無冤仇，更無影響朝廷命官派免之本事，豈有陷害二位之理？我知兩位拔官後心有不平，但別因一時心急而胡亂造謠！」

古劍坐下，舉起桌上酒杯一飲而盡，笑道：「可以把皇甫權叫來嗎？不妨問問他右肩上的劍傷，究竟是怎麼回事？」

皇甫和貴拍桌怒道：「原來昨夜蒙臉偷襲的人是你們！古劍，沒想到你如此囂張！有官職時處處栽贓刁難，飛揚跋扈；拔官後竟含恨在心，遷怒於人！各位朋友，我若輕饒於他，日後忘憂坊豈不被人給瞧扁了！」

難得見到兩大高手針鋒相對，各桌賭客早已暫停賭局，焦點全放在二人身上，這時紛紛叫好！鼓譟道：「皇甫先生，快將這目中無人的傢伙給拿下，送到官府治罪！」「這傢伙向來猖狂！不給他教訓怎行？」「什麼教訓，這等無德之人，要是我一劍了結他！」「抓起來送到百劍門，廢去他的武功，再送到裴友琴父子墳前磕頭懺悔！」

古劍冷眼環視，笑道：「既然各路朋友如此痛恨在下，那今日就請諸位做個見證，擇個良辰吉日，由古某與皇甫先生做一場比試，如何？」說畢全場轟然！紛紛鼓譟叫好！卻見皇甫和貴遲疑不定，皇甫浩道：「你是什麼身分？竟敢挑戰我爹！」又對皇甫和貴道：「爹！您是前輩，贏了也未必光彩，別跟這瘋子一般見識！」

古劍道：「比劍不是成親，非得門當戶對不可！要不，你們代父出馬也行，只是一對一很難教訓古某，五兄弟齊上我又打不贏！再說若不是你們用了手段弄傷牟前指揮使，也可由他向皇甫先生挑戰啊！」

皇甫和貴喝道：「沒有證據的事，不要信口開河！」

古劍狂笑幾聲，道：「我是沒有證據，但世人皆說古某貪圖富貴，包藏禍心，以卑劣的手段接連害死朱、裴兩家三位英雄，可有拿出什麼令人心服的證據？」

皇甫和貴道：「那是你們百劍門的恩怨，與我何干？」

古劍道：「閣下雖非百劍門人，但試劍大會若無貴坊大力贊助，恐怕很難辦得如此興旺。您與四大劍主交情深厚也是眾所皆知的事，雖無百劍門之名，但實質影響不小！要不，怎麼一句話便能廢去古某四大劍缽之名。」

皇甫和貴道：「那是各大劍門的決議，與我何干？」

皇甫浩道：「你今日來此挑事，莫非是因為劍缽除名及取消二次試劍之事耿耿於懷？你若這麼愛比劍，為何不再找朱爾雅比鬥一場？不過，可別以為每次都是你贏！」

古劍道：「像朱爾雅這種對手，就算連贏了他十次，也不敢說第十一次穩操勝券！只不過我這個人有個怪癖，比劍只圖新鮮，不喜歡跟同一個對手較量兩次；如今古某想挑戰的不是『卻亂劍法』，而是精通五大門派劍法的絕頂高手！」

話說完又引起騷動，有人說：「不可能！難不成苦海頭陀又活過來了？莫非是他徒兒？」「沒聽說過他有收什麼徒弟啊！」「什麼？苦海頭陀最討厭的一件事，就是教人劍法！據說那幾年登門拜師被他打跑的人，少說也有百來個。」「就算真有第二個怪才，也得像他一樣到各大門派找高手比試，才有辦法學到劍招精髓啊！」……

皇甫和貴耐心聽完眾人議論，笑道：「不愧曾為錦衣衛千戶，辦案喜歡用猜不用查！」

古劍道：「這是大膽假設，小心求證。」

皇甫和貴道：「依據為何？」

古劍道：「您五位公子分別習得五大門派鎮派劍法，當真如江湖傳言這是莫愁莊高價私聘各派高手前來授藝而得嗎？」

皇甫和貴道：「無可奉告，你得自己猜。」

古劍道：「恰巧古某待過各大門派，深知每一派的鎮派劍法，都是經過無數前輩千錘百鍊鑽研再三所得，即使資質中上，也得要打好基礎，循序漸進，苦練勤修個十餘年，方有小成。忘憂坊家財萬貫，或許真能請得動各派高手前來授藝，但這麼一來，這幾位師父必須常駐京城或是經常前來指導；然而有本事指導五位公子的各派高手寥寥可數，豈有可能長期矇騙師門，不被發現？」

皇甫浩道：「你的意思是說，我們五兄弟都是庸材。」

古劍道：「聽說皇甫家五兄弟中，以您這位長子最有才幹，可能就是上上之材；但虎生三子，必有一豹，那種悟性奇佳、習武神速的奇才，放眼整個中原武林，恐怕也沒幾個，總不能全都生在你們家吧！因此古某大膽推斷，五位公子的武功，均由皇甫先生親授。」

皇甫和貴笑道：「所以你就假設這五套劍法我都會？」

古劍道：「據說苦海頭陀就是那種一目了然且過目不忘的武學奇才，此人年輕時挑戰各大門派的高手，只要曾經使過的劍招，都能記在腦裡，回去稍加摸索，很快便能掌握種種要訣，如握劍的靈動與細微變化，出劍的快慢與力度的掌控，腳步與身形的協調配合等等；一般人得十年苦修才能領悟的東西，他很快便能參透其中奧妙。

「畢竟一個武者的修鍊若能到達參透萬物的境界，世間劍法，再無難處。這種天縱奇才，苦海頭陀是一個，史無涯是一個，若還有一個，便是您皇甫先生！當年沒去試劍，可惜了！」

皇甫和貴道：「閣下太抬舉我了！如若真有那麼厲害，也得去找人比劍才能學招啊！」

古劍道：「這只有一個可能——閣下便是苦海頭陀唯一的弟子。」

皇甫和貴笑道：「天下人都知道，苦海頭陀不收徒弟。」

古劍道：「是有這個傳聞。因為像他這種奇才通常沒有耐心，試想，天下難招在他眼裡都不值一提，怎受得了有人一招練了百次還摸不著要領！我想苦海頭陀不是不收徒，而是不收平庸的徒兒。但若是碰到您這種奇才，或許願意破例一次。」

皇甫和貴笑道：「你我並不相熟，怎知敝人是什麼武學奇才？」

古劍笑道：「據說皇甫先生初到京城時也沒帶幾兩銀子，三家賭坊逛了一圈，便多了幾千兩銀子；不管是牌九還是麻將，用象牙還是烏木，只要您玩過一次，就能把背面的紋路記在腦海，之後人家手上抓的是什麼牌，都逃不過您的法眼；而擲骰的聲音，您多聽個幾次便能抓到每個點數細微之差異，據以押注，也少有失誤。

「忘憂坊前任坊主馬天明發現您這等本事，取消獨生愛女原訂的婚約，撮合您做他的乘龍快婿。試想，以閣下這等資質，若去找苦海頭陀拜師學藝，也會被狠心拒絕嗎？」

皇甫和貴笑道：「錦衣衛監控百官，沒想到對我這個一介草民也如此關照，連陳年往事也不放過。」

古劍道：「只要對朝廷有潛在威脅之人，錦衣衛都得留意！只是古某對您了解得愈多就愈加好奇，更想知道所謂深不可測的武功，究竟能高到什麼程度？難道閣下看過這麼多場試劍，從不曾有躍躍欲試之心？」

皇甫和貴道：「好奇心有時會害死人，我的劍法高低，自己知道就好，何須試劍。」

古劍道：「苦海頭陀大半輩子不是在比劍就是在準備比劍，如果他老人家還在世，聽到唯一的弟子如此懼戰，只怕會萬分失望！」

皇甫和貴眼神閃過一線殺機，冷然道：「你打算怎麼比試？」

「死鬥！」此話一出，四座俱驚！江湖比武，大多點到為止，「死鬥」卻是雙方簽下生死狀，戰到一方濺血斷氣為止，若非彼此間有著難解的深仇大恨，極少有人會選擇此種方式！

皇甫浩道：「你瘋了嗎？」

古劍笑道：「皇甫先生早想置我倆於死地！而古某亦對你們有說不完的恨意，雙方結怨太深，不付出一點代價無法真正了斷！畢竟犧牲一人，總比死一群人強吧！」

皇甫浩道：「我知道你肚子裡想的是什麼鬼主意，無論怎麼說，咱們都不會讓你稱心如意！」

話說完卻見一個衣衫襤褸、髮焦臉汙之人一瘸一拐的衝將過來，指著皇甫和貴的鼻子，聲嘶力竭罵道：「我究竟哪裡得罪於你，為何罷我官位，傷我左腿，又叫人放火燒我房子？」說話之人，竟是牟謙！

皇甫和貴道：「您不愧是錦衣衛頭子，什麼栽贓汙衊的毒計都使得出來！接連給我套了三大罪狀，可有半分證據？」

牟謙道：「前兩項你知我知，但確實沒旁證；但我房子著火時，為何有你的人在場？」說著轉頭喊一聲：「帶上來！」

只見童暉押著三人上前，抬起頭來，果然是忘憂坊的人。皇甫和貴道：「沒錯！這三位正是我派去監視之人，因為我明白兩位對我誤會頗深，此番回京必有圖謀，不得不有所防範；但我可立下毒誓，絕對沒要他們放火！再說錦衣衛指揮使位高權重，得罪過的人恐怕多到連你自己都數不清楚，好不容易等到你失勢罷官，不知有多少人等著報仇？憑什麼咬著我不放？」

牟謙罵道：「恨我的人是不少，然而敢在我家放火的人卻屈指可數，最有嫌疑的，還是你！今天若不給一個交代，別想善了！」

皇甫和貴突然大笑起來！道：「低估兩位是我的錯！既然用嘴巴怎麼都說不清楚，那就來比試吧！古劍，把你的條件講出來！」

古劍道：「首先，比劍之前雙方休兵，我們不會再來，也請約束所屬，別再試圖對我方的人有任何不利之舉動。」

皇甫和貴道：「本來就沒這個打算！」

古劍又道：「第二，既是死鬥，除了嚴禁用毒之外，什麼手段都可，反正目的就是把對手弄死在擂臺上。」

皇甫和貴道：「同意。」

古劍又道：「第三，比劍結果，無論孰生孰死，恩怨隨之了斷！其餘之人，無論勝者敗方，都不可再向對方出手。」

皇甫和貴道：「合理。」

古劍再道：「日子我挑，地點由您決定。」

皇甫和貴道：「那你想挑哪一天？」

古劍道：「七月十五，月圓之夜，戌時正。」

皇甫和貴道：「中元啊！真要挑這天？」

古劍道：「反正一定有人會死，沒什麼可忌諱！再說若拖下去，或許你我身分更加懸殊，真比不下去啦！」

皇甫和貴笑道：「不明白這麼說是什麼意思！不過你若堅持要挑這天，就依你吧！至於地點，讓我再想想，三日之內知會閣下。」

古劍道：「擂臺搭建，能否請貴坊負責？」

皇甫和貴道：「你信得過我嗎？」

古劍道：「堅固就好。」

皇甫和貴道：「好！」

古劍道：「告辭！」說畢與童暉一同攙扶牟謙離去。

皇甫和貴父子回到三樓，皇甫浩道：「爹！您不是再三教導咱們兄弟：愈是生氣，愈要冷靜，怎麼最終還是沉不住氣，順了對方的意思？」

皇甫和貴道：「你可知牟謙為何要燒自己的房子？」

皇甫浩驚道：「不是您派人放的火嗎？」

皇甫和貴搖頭道：「這麼做，除了引起朝臣議論，加深皇上疑惑外，能有什麼好處？」

皇甫浩道：「那就是牟謙放火燒了自己的宅舍，他可真狠！」

皇甫和貴道：「這把火除了給萬曆的一個警示外，也展示了他們的決心！今日不成，明日又來，後天再換個花樣，不達目的，絕不停手！」

皇甫浩道：「話是沒錯，只是早先您說為避免節外生枝，起事當天，最好整個京城除了咱們的人外，沒有半個江湖人物，因此把起事的日子訂在七月十八。只因這天多數的江湖人物還待在洛陽觀賞『拳腳聚』的最終絕試，不會有什麼好管閒事的江湖武人聞風護駕！如今中原武林的好手泰半留在河南觀賞『槍棍會』，當死鬥的消息傳回開封府，原本準備到鄭州的人，恐怕多數會立刻改往京城移動，後面的『菊刀賞』與『拳腳聚』我看也都不用辦了！那古劍將比試日期訂在七月十五，分明就是想破壞咱們的計畫！」

皇甫和貴道：「我也明白！但那廝把話都說到這個分上，若再拒絕，即使日後大事既成，黃袍加身，也不過是個膽小怯戰的皇帝，一想到這點，怎麼也痛快不起來！」

皇甫浩道：「也是。那廝不知父親劍法高明至此，想要找死，就成全他吧！」

卻見皇甫和貴搖頭道：「永遠不要看輕對手！」

皇甫浩道：「話雖如此，但孩兒親眼瞧過您的『五絕劍』，很難想像這世間還會有誰能在劍法上贏過您！」

皇甫和貴道：「別忘了！這傢伙曾給朱未央一劍割喉！即使有些僥倖，也該有幾分本事。」

皇甫浩道：「您的功夫不輸給伯父，又有一件刀槍不入的金絲軟甲！穿上之後護住多數要害，即使是狐九敗、史無涯之流，也未必能傷得了您！古劍那傢伙難不成有三頭六臂？」

皇甫和貴道：「此事日後再說，如今牟謙不惜燒毀自宅來給萬曆打信號，咱們得搶在前頭進宮解釋，別讓他起了疑心。」

皇甫浩道：「父親所言甚是！想必您明日一早便會進宮面聖，孩兒則帶著公主去找貴妃，告訴她：牟、古二人罷官後名聲掃地，遷怒於父親，種種作為，已非常人所能理解，請貴妃幫忙說些好話。如此雙管齊下，應能釋疑。」

皇甫和貴道：「不！回房之前先喝點酒，壽寧見狀勢必大發公主脾氣，你再藉著酒氣，給她一點教訓！」

皇甫浩睜大雙眼，過了一會才面露微笑道：「父親高明！如果我這個駙馬真有謀逆之意，豈敢在這個節骨眼上對公主有絲毫不敬之舉！」

皇甫和貴笑道：「萬曆也是多疑之君，這個時候你賞公主一個耳光，勝過我千言萬語。明日一大早，咱倆立刻進宮，你找鄭貴妃磕頭認錯，說你之所以如此失態，全是給那二個棄臣氣出來的！我則給萬曆送禮求饒，再將事情原委說個明白。」

說話時皇甫和貴走到一個鐵箱前方，蹲身開蓋拿起一瓶不起眼的酒瓶，道：「這瓶『意亂情迷』是由幾年前仙逝的南疆製酒名師麥蘇木所釀，此人生性木訥，年少時跟師哥謝木斯在當時的製酒大師烏圖克門下學藝。謝木斯英俊瀟灑，製酒亦頗有天分，與烏圖克美麗純真的獨生女阿依努爾是一對人人稱羨的璧人，幾年之後也順理成章結為夫妻。

「成親之後不久，烏圖克病逝，謝木斯繼承全部的釀酒生意，然而此人生性風流，又陸續娶了三個年輕貌美的姑娘進門，原本愛笑的阿依努爾逐漸失去寵愛，也不見往日的笑容。麥蘇木終於看不下去，和師兄大吵一頓，謝木斯嘲笑他說：『你這個人和你釀的酒都平淡無味，無人喜歡！』

「麥蘇木盛怒離去，發誓要釀出天下第一的美酒。十年期間，他走遍千山萬水，遍求適合釀酒的珍果及香料，嘗盡無數次失敗後，終於釀成美酒十二瓶，裡頭添加了藏紅花等十餘種珍貴香料，取自天山山頂萬年不化的冰雪反覆蒸釀，謝木斯喝了兩口，把酒窖裡十來種美酒盡數砸碎，而重病在床的阿依努爾喝了幾口，原本蒼白的臉嬌豔欲滴，甜美微笑重現：『此酒令人迷醉，彷彿回到多年以前，往事歷歷在目，當時二師哥每一個眼神，每一句關懷，原來都藏著濃濃的愛意！我阿依努爾，懂得太遲了！』剛說時還帶著微笑，說完卻流下兩行清淚！」

話說完時桌上已多了兩只琉璃杯，琥珀色的酒七分滿，貼近一嗅，有股濃濃的香氣撲鼻而來，父子互敬一杯，美酒入口，先是覺得酸酸甜甜，後來又覺得略微苦辣，吞入喉內，有股說不出來的酒香隨著熱氣從腦門竄至胸口再遍及全身，浸浸融融迷迷濛濛，皇甫浩忽爾想起多年前在法源寺遇見的那位官家姑娘，靈動的雙眸，泛紅的嫩臉，還有那難以忘懷的回眸一笑，那時正準備與公主成親，連開口問個姓名都不敢！多年過去，不知伊人是否已嫁作人婦？

父親的話將之拉回現實，只見皇甫和貴道：「這個鐵箱裡只有六瓶酒，卻比這裡任何一個裝滿珠寶金條的鐵箱珍貴！明日你去見貴妃時，把其餘五瓶都帶去賠禮！」

皇甫浩道：「貴妃似乎不是好酒之人。」

皇甫和貴道：「女人都喜歡聽故事，趁著送酒將這故事說與她聽，聽完之後，非但不再怪罪於你，還會大有好感！深宮后妃的酒，只能與皇上共享，不又再幫咱們說話了嗎？」

皇甫浩喜道：「父親英明，孩兒明日將再三強調，若非牟、古二人無理取鬧，弄得我心煩意亂，豈會鑄此大錯？並趁機求貴妃幫忙說項，懇請皇上下旨斬殺首惡！」

卻見皇甫和貴搖頭道：「罵罵可以！但若急著撩撥殺人，只怕又會引起萬曆的疑心！再說我已決心要讓古劍血濺擂臺，若讓錦衣衛把人抓走，誰來陪我玩？」

皇甫浩笑道：「父親武功蓋世，韜光養晦也實在太久了！」

父子倆一面啜飲美酒，一面推敲彼此說詞，喝完整瓶的「意亂情迷」，皇甫浩才帶著幾分醉意，回去「辦事」。

牟宅已毀，三人依原訂計畫回古宅休息，開門時俠盜三兄弟已在裡頭等著，白仁泓遞給牟謙一本帳冊，全是各京官在暗場裡留下的欠條，輕聲道：「照您吩咐，只取前年的欠條，其餘原封不動，應該不會被發現。」

牟謙道：「三位辛苦了！」翻了幾頁，笑道：「太好了！隨便看就有好幾名言官！」

白仁波道：「牟老是想叫他們紛紛上書，給您平反，誰敢不從，便把這親筆簽名的欠條送交聖上！」

卻見牟謙搖頭道：「這欠條只能證明此人好賭，依大明律法，頂多貶謫流放；可是這個時候若敢替牟某說話，便是與皇甫和貴對著幹，被知道了可是人頭落地的事！若是你，會怎麼選？」

白仁波道：「自然是性命重要！」

牟謙道：「所以只能請那些言官上份密摺吹捧皇甫和貴，建議封侯或下旨褒揚。另外再痛罵牟某貪贓枉法，好色貪杯，擄人妻女；又縱放古劍卑鄙下流，諂媚無恥，仗勢欺人！此二人無惡不作，千刀萬剮難贖其罪，豈能輕放？」

白仁澤道：「恕在下愚昧，實在看不懂您這招有何用意？」

卻見牟謙笑道：「一個人寫得如此誇張不奇怪，但若好幾個人都這樣寫呢？皇上不是傻子，自然會起疑心，懷疑這幕後有人指使！」

白仁泓笑道：「您在皇上身邊多年，為人如何？他不可能全然不知，這些密摺，收到愈多，罵得愈是誇張，心中的疑慮就愈深！」

話方說完，忽聞敲門聲響，紀草的聲音從門外傳來：「裡頭幾位大爺，鬧了這麼大的事也不吭氣！這回豔花姨親自過來請人啦！」

聽到這聲音，童暉忽然緊張起來，道：「糟了！是紀草，她叫我別跟，可我不放心，仍一路追來，這要被她發現可大大不妙！可有地方躲？」

古劍笑道：「沒事的，就說你是來幫我的。」說著走過去開門迎客，果然尤、紀兩人都來了！

尤豔花笑道：「這麼慢開門，莫非不歡迎？」

牟謙道：「久聞尤園主人美心善，豈有不歡迎之理？只是消息傳得如此神速，著實令人意外！」

尤豔花道：「您忘了有個賭鬼整天待在忘憂坊，那邊有個什麼風吹草動的，能不盡速回報嗎？」本想再揶揄兩句，卻見身旁紀草一臉怒容，笑道：「誰又惹咱們紀草姑娘生氣啦？」

紀草嘟著嘴對童暉道：「不是說本姑娘要獨闖江湖，叫你別跟了嗎？」

古劍道：「妹子誤會啦！童兄是來幫我的，這兩天多虧他仗義相助，幫了不少忙呢！」

紀草露出一臉不可置信的表情，道：「是嗎？我還以為你童大俠只會欺負像我這樣的弱女子呢！」

童暉笑道：「豈敢？昨夜牟老前輩還誇您賊溜呢！妳若真是弱女子，天底下大概也沒幾個厲害的姑娘！」

紀草噗哧一笑，斜睨了牟謙一眼道：「前輩，這是好話嗎？」

牟謙笑道：「你這小子，我說的是機靈，到你嘴上，怎麼就改了！」

童暉微笑默認，紀草道：「換我來說，我大哥曾讚你做人實誠仗義，可我怎麼瞧偏怎麼不像，只覺得你油腔滑調，雞賊得很！」

童暉還沒開口，卻見尤豔花笑道：「你倆喜歡拌嘴，回去再說！牟老，您瞧！六個大漢子，擠兩個小房間，合適嗎？何不移步到嬉春園安頓，我那兒還有很多空房呢？娃娃和姑娘們都睡『東隱閣』，你們安排在『西滿樓』，那兒除了欠我一屁股債又死不了的一個賭鬼偶爾借宿外，沒有別人！」

牟謙道：「多謝夫人好意！此事咱們曾有討論，總覺有些不妥！」

尤豔花道：「莫非你們也覺得嬉春園不是什麼乾淨的地方？若是嫌棄舊名太過香豔，也可以改掉！」

牟謙連忙搖頭道：「不敢去住是怕連累諸位，與嬉春園過去做的生意無關！」

尤豔花道：「就算你們不來，以忘憂坊的本事，難道就查不出咱們的關係嗎？我尤豔花敢做敢當，大不了把嬉春園賣了，和裡頭的姑娘到江南養蠶織布，也未必是件壞事。再說我前兩天才一口氣聘了十來個護院，不是身形彪悍便是練過武，誰想殺我，還得花費一番功夫呢！」

牟謙臉色微變，搖頭道：「不妥！不妥！在這個節骨眼上，您府裡的護院、奴僕和廚子這些閒雜人等愈少愈好！若非十足信任皆不可留，留下之人若非必要皆不宜外出，外出之人尚需有人跟在後頭護衛。」

尤豔花愣了一會才道：「不愧是錦衣衛頭子，凡事小心！但你要我把護院都給打發，胡賭鬼又不可靠，難不成要把咱們紀草姑娘給活生生的累死嗎？」

古劍道：「我與皇甫和貴約法三章，無論勝敗死活，均不可再向對方的人出手報仇，或許光明正大的讓人知道咱們是一夥的，還比較安全。只是如今牟老與古某早已聲名狼藉，一堆漢子，就這麼住進女人堆裡，傳揚出去，只怕把妳們的名聲也給汙了！」

尤豔花笑道：「我尤豔花若在乎這點虛名，早活不下去啦！只是咱們紀草還是個黃花大閨女，日後論及婚嫁，是有些麻煩！」

紀草也笑道：「我的名聲若好，怎會有傳言說樂遊苑出了一個嬌縱好鬥、不守規矩的姑娘？哼！名聲壞大不了不嫁人，還能把我怎樣？」

童暉道：「紀姑娘自然率真，人美心善，必定有人願意娶！」

紀草白了他一眼道：「你這話不懷好意！本姑娘就算一輩子嫁不出去，也與你無關。」

童暉笑道：「是是是！童某便一輩子留在華山修身養性，面壁思過，好生回想，究竟是什麼時候，得罪了您？」

紀草噗哧一笑，道：「你全身上下都得罪我！」說完卻忽然覺得這麼說好像有些「那個」？不禁紅起臉來，轉頭不再瞧他！

牟謙見狀笑道：「好吧！就照夫人所說，咱們也住進嬉春園；不過得先聲明，為免心猿意馬誤了正事，咱們西滿樓的漢子，除了華山派的門人外，沒事不宜到東隱閣走動。」

說完眾人盡皆大笑，連童暉也紅了臉！

尤豔花笑道：「你們幾個鬧出這麼大的事來，出門都難！還能再辦什麼事？」

牟謙道：「既然知道對手精通五大門派的劍法，咱們就給古劍找齊試招；雖說日子不多，但臨陣磨槍不亮也光，多一分熟稔，總能多一分把握！」

童暉道：「童某的『蒼松劍法』雖不敢說爐火純青，但自認劍招要訣已頗能掌握；而牟老的『達摩劍法』自不在話下，五派已得其二。」

尤豔花道：「你們住這就對啦！別瞧那胡賭鬼整天胡混，我曾聽他吹噓年輕時常跟峨嵋派的高手賭劍，什麼『封雪』、『出雲』等等都熟悉；另外武當派的高手，我也請得到。」

牟謙道：「崑崙派顏雪峰上個月才找我敘舊，這人愛熱鬧，這時應在觀看『槍棍會』，死鬥的消息若用飛鴿傳書，最遲兩天可送達開封城；他的坐騎『如玉』乃西域汗血寶馬，三日內便可入京，人一到立即請來，可讓古劍試試『荒漠劍法』和『靈虛劍法』，究竟有何玄妙之處？」

紀草笑道：「好厲害！這麼一來五大派的劍法都齊了！知己知彼，百戰百勝，大哥的勝算，又加了一分。」

古劍微笑不語，思道：「本來只有一分的勝算，就算加了一分，也不過是兩分贏面，八分輸面。」

未料次日一早剛用完飯，京城名捕邵通便前來拜訪，一開口便道：「下官得罪了！有件案子得向千戶大人問個清楚。」

古劍道：「古某如今只是一介平民，邵捕頭無須客氣。」

邵通道：「既然如此，在下就直說了！數日前善園一案，查凶多日卻一無所獲，恐怕得勞煩古兄走一趟順天府。」

古劍道：「該說的古某都說了，還想問什麼？」

邵通道：「邵某逐一驗查傷口，幾可確定殺人的凶器是一把劍，比一般的劍厚一些，不算鋒利，據說在太白山上暴得大名的『鑲玉劍』，便是如此。」

紀草驚道：「本案若非我大哥主動通報，你們恐怕永遠找不到屍體呢！怎麼可能是他幹的？」

邵通道：「邵某幹了十多年的巡捕，碰過各式各樣匪夷所思的奇案，這報案之人即為涉案之人的案例，隨便也可以舉出十來件，並不稀奇。再從死者傷處及角度來看，十七人身上的致命劍傷，都有可能死於『無常劍法』。」

紀草驚道：「你身為京師名捕，應能推斷我大哥是遭人誣陷！如今證據薄弱，怎能說關就關，難道你還不知數日之後，他要辦什麼大事嗎？」

邵通道：「此事早已轟動京城，邵某豈有不知？然密告之人指證歷歷，無論劍痕之大小、時地之巧合，都令古兄難以避嫌。事涉十七條人命，在未能洗脫嫌疑之前，恐怕得委屈古兄在牢裡待個幾天。」

牟謙道：「你單槍匹馬來抓人，是否過於托大？如果我們不去呢？」

邵通道：「此處高手如雲，邵某就算把京師的捕快全給叫來，恐怕也徒勞無功！所幸二位都是講理之人，明白公門有公門的規矩，不致為難邵某。」

古劍笑了笑，道：「背後運作之人有通天本領，若這次請不動古某，接下來還有錦衣衛、東廠等等，總能把這兒攪得雞犬不寧！罷了！昨夜我鬧他，今日換他來整弄我，各出手段，也算是比試的一部分，就跟你走吧！」

紀草驚道：「大哥！你明知這是對方的陰謀，豈能趁其心如其意？」

古劍道：「不然怎麼辦？總不能讓你們陪著我公然對抗官徧吧！再說對方的目的只是不讓古某多作準備，死鬥之前應能放人。」

牟謙道：「勞煩你通知府尹，若有誰敢讓他少了半根寒毛，牟某決不放過！」

邵通道：「自然不敢！獨居牢房是暗了些，但已叫人打掃乾淨，備妥床枕棉被，盡可能讓人住得舒服，你們若還不放心，亦可按時派人送餐！據我所知，比試當日午時之前，定能出牢。古兄，請！」

七月初八午時，開封青天鏢局總鏢頭包應先在汴京客棧大開宴席，慶祝首次籌辦的

「槍棍會」圓滿結束，原本應該歡歡喜喜的事，與會賓客卻是有的面色凝重，有的義憤填膺！

就在昨夜兩大高手約定死鬥的消息傳來，把這場慶功大宴的菜都變了味，眾人議論紛紛，異口同聲罵的都是同一人！

主桌十二人除了東道主包應先外，他的孫子包敬仁以一手少林「降魔棍法」取得長兵器第二，也得以入座；另有勇奪第一的「神龍槍法」丁衍、丁顯父子，接著籌辦「菊刀賞」的鄭州「冷月刀」掌門褚朗，最後將籌辦「拳腳聚」的洛陽「羅漢拳」掌門柴豐，以及受邀前來觀戰的少林方丈明善大師、武當掌門灰纓道長、丐幫幫主駱龍、華山掌門仲孫天及百劍門的崔釗、李輕舟。

其中以褚朗與柴豐臉色最為難看，滿桌佳肴食不下嚥，包應先給兩人各夾了一塊糖醋熘魚，道：「遇上這等小人，生氣在所難免，但別拿自個的肚子過不去！多少吃點吧！」

只見褚朗罵道：「豈有此理！這世間怎會有如此狂悖之人？明明是自個犯了大錯，百劍門取消二次試劍乃天經地義，這廝當時不吭氣，哪知如今不甘寂寞，竟找皇甫先生來個『死鬥』！真不知安的是什麼心？」

包應先道：「大家都知道：取消二次試劍，是因為各劍門認為這廝行為不檢，連劍缽的資格都被人除去，自然不能再爭金劍，與忘憂坊毫無干係！不知為何他竟怪罪於皇甫先生？莫非兩人都在京城，不知為了何事結上深仇大怨？非把對方殺死不可！」

崔釗道：「包門主這陣子忙於籌辦『槍棍會』，京城發生了什麼事恐怕有所不知。輕舟，你來自京城，就麻煩你和各位掌門交代清楚。」

李輕舟嘆道：「只怪李某無能，錯過了去年將之一舉除去的大好良機！這廝有了喘息機會，立即投靠錦衣衛，指揮使牟謙又是皇上寵臣，靠著這護身符，近一年來，咱們竟莫可奈何！

「未料那牟謙平常一副道貌岸然的模樣，竟偷窺貴妃沐浴，此事傳到皇上耳中，指揮使一職自然幹不下去！接任的田爾耕不吃古劍那套馬屁，一上任便把那廝連降數級，成了一個小小校尉。那廝一心妄想升官發財飛黃騰達，受此打擊後一時氣悶，竟易容假冒廣州千戶曹孟年進暗場豪賭解氣！一下子輸掉幾千兩銀子，借錢不成，更耍賴鬧場！你想能在京城開暗場供百官下注之人，自然也不是什麼簡單人物，很快查出那曹孟年乃古劍假扮，此事傳揚出去之後，那廝自然連個小小校尉一職也保不住。

「那牟、古二人落魄丟官，竟認為之所以落得如此地步，必是皇甫和貴暗中陷害，跑去忘憂坊大鬧一場，就這麼訂下了死鬥之約。」

明善大師道：「皇甫先生樂善好施，朝野交相讚譽，幾年前少林寺藏經閣地震受損，他二話不說大方撥款數千兩善銀，這種好人，理應不致捲入朝中爭鬥。」

李輕舟道：「方丈大師所言甚是！李某在京城熟識不少官場朋友，提到錦衣衛無不膽顫心驚畏懼萬分，說的都是這幫人平日如何倚仗職權，羅織罪名，又如何狐假虎威，勒索百官！說實在那牟謙在外名聲並不差，一手訓練出來的爪牙古劍亦深知該如何沽名釣譽；但表面如此，內情卻不單純。」話說至此，似乎有所顧慮，不知該不該說下去。

卻見崔釗接話道：「我就一直覺得奇怪！怎麼一個惡人進了錦衣衛，反倒傳出了幾件好事？究竟什麼內情？李門主話若只說一半，可真會把老夫給活活悶死！」

李輕舟道：「在下是想在座的明善大師、灰纓道長及仲掌門都是世外高人，咱們這些俗人盡說這些陰毒卑劣之事，只怕三位聽來，有損清修！」

灰纓道長笑道：「李門主多慮了！即使潛心修道，當了掌門，也很難不諳世事，不懂人心。」

仲孫天道：「是啊！那古劍也在華山待過半年，只記得他小時候學劍確實愚鈍了些，但品性不差，怎麼十年不見，變化如此之大！我們也想知道為什麼？」

「既然如此，就由在下繼續賣嘴！」李輕舟道：「據我所知，近幾年來錦衣衛花了極大的心血明查暗訪，一直想證明忘憂坊與赤幫有關！」

崔釗驚道：「可有找到證據？」

李輕舟道：「沒有的事，哪來的證據？」

崔釗道：「那皇甫和貴是怎麼得罪錦衣衛？讓人家沒事找碴！莫非……」說著比出一個銀兩的手勢。

李輕舟點頭道：「咱們在京城做生意，門路多，機會大，攢錢不難，但要伺候的人也多！拿我來說，一年進帳個幾千兩不難，即使有個百劍門招牌護著，但民不與官鬥，為保平安，偶爾還免不了得送點東西出去。舉個例子，兩年前蕭乘龍到我家喝茶，瞧見我媳婦的貓眼手鍊，隨口吐了一句：『好漂亮的手鍊！我那小妾過幾天生日，正愁不知該送些什麼？』」

褚朗道：「那玩意珍貴得很，你可捨得？」

李輕舟道：「那陣子我小兒子酒後鬧了點事，得罪了兵部的人，能不給嗎？」

柴豐道：「我明白了！只要忘憂坊肯給錢，收他一家可比收數百家強，也不易傳出醜聞。」

李輕舟笑道：「可是偏偏皇甫先生天生硬氣，捐給朝廷或水旱災民的錢，隨便出手就是數萬兩的銀子，就是不肯給那些貪官汙吏一分一毫！那兩人得不到孝敬，自然假借職權拚命找碴；然而忘憂坊也不是好惹的，就這麼明爭暗鬥多時，仇怨自然愈結愈深。」

明善道：「阿彌陀佛！就算是深仇大恨，也不必訂下這死鬥之約啊！」

崔釗道：「許是那小子試劍僥倖贏了魏宏風與朱爾雅半招，便自以為天下無敵，不把皇甫先生放在眼裡！」

灰纓道：「傳言皇甫先生的劍法深不可測，若當真習藝於苦海頭陀，且已得到其真傳，恐怕很難被打敗！」

仲孫天道：「傳言古劍自創劍招時曾受益於狐九敗的指導，可算半個徒弟；若皇甫和貴真為苦海頭陀之唯一弟子，等於上一代兩大高手的傳人再次比試，精彩可期！」

柴豐憤然道：「他們想不開要殺個你死我活，咱們管不著！但為何要挑在那個日子？彼此撞期，咱們辛苦籌辦的『拳腳聚』，還有人要看嗎？」

褚朗道：「你們試拳的算全毀了，咱們試刀的也好不到哪兒，你瞧！現在各桌都有空位，有些人擔心晚去了訂不到客棧，一得到消息立馬北上，連早上的槍棍決賽都沒瞧！」

崔釗道：「既然如此，何不延賽？」

包應先道：「即使延賽，恐怕也好不到哪兒！」

褚朗道：「戲班子演戲，總會把最大的名角大戲安排在最後壓軸，就是怕最精彩的好戲演完，觀眾會提早散場。當初咱們費盡心思，要搶在三大劍缽二次試劍前辦完三城大會，便是這個道理。如今被古劍這麼一亂，就算延後比試，只怕人氣也大不如前。」

柴豐道：「除非皇甫先生肯移駕至洛陽比試，不然人氣渙散已不可避免！」

李輕舟拍手叫好道：「妙啊！京師向來不歡迎大批江湖人物進城，只能挑城外比試；如果明善大師與灰纓道長能跑一趟京城遊說，或許皇甫先生能同意。」

說話時青天鏢局的趟子手送來一張紙條，包應先看完搖頭道：「剛剛收到京城來的飛鴿傳書，說地點已定，就在西華門外的護城橋上。」

李輕舟驚道：「怎麼可能？那是皇家西苑，平時百姓想靠近都難！」

崔釗道：「只能說這場死鬥太刺激好看，連皇帝老爺都想看！」

褚朗黯然道：「那就真沒指望了！」

柴豐道：「說來說去還是得怪那賊壞的傢伙！兩位大劍主，柴某知道這麼說有些冒犯，但實忍不住！你們百劍門如此強大，怎麼就拿不下一個古劍？」

崔釗與李輕舟尷尬的互瞧一眼，李輕舟道：「當初在沙河驛未能一口氣將這廝除去，是李某的錯！那傢伙裝模作樣的功夫十分高明，當時一副寧死也不進廠衛的氣派，確實震懾了不少人，哪知事後不久卻成了錦衣千戶！儘管當年簽下什剎海之諾的重要人物多半過世，但新任盟主朱爾雅仍要求百劍門信守諾約，只要那傢伙仍在錦衣衛，便不能殺！」

褚朗道：「朱盟主也未免過於迂腐，殺父之仇不共戴天，對這等賊壞之人，何需講什麼信義？為何還要下令保護那廝遠在四川的親人？」他一時激動，竟忘了不該在崔、李二人面前評論百劍盟主。

卻見明善道：「為了避免百劍門與錦衣衛衝突，什剎海之諾還是得守；而古家的長輩據說一直不認同古劍的所作所為，一人做事一人當，確實不該遷怒其家人。依老衲的淺見，朱盟主如此決斷，並未有錯。」

灰纓道：「貧道的看法與大師一樣，只是朱少俠既然身為百劍門盟主，此次的三城大會理應出現，才不致落人口實！莫非去年那場大病，到現在還沒調養妥善？」

聽到這裡崔釗與李輕舟再度互瞧一眼，崔釗嘆道：「其實少盟主的身子已無大礙！只是……父親的猝死對他打擊太大，直到現在，仍未能走出哀傷，有時做起事來，不免有些意興闌珊！」

包應先道：「原來如此！希望他能盡速復原振作，畢竟百劍門乃中原武林中流砥柱，如今胭脂胡同凋零，也只能靠莫愁莊挺住！」

柴豐嘆道：「同樣頂尖劍缽，一個韜光養晦，一個竟是如此狂悖囂張！唉！如今只能期待來日死鬥，皇甫先生能替咱們中原武林，除一大害！」

崔釗、李輕舟異口同聲笑道：「那是一定的，您放心！」

不遠處的一桌，糊塗神醫侯藏象在同桌食客們的謾罵聲中不發一語，吃飽身旁的徒兒對他輕聲道：「師父喜歡熱鬧，咱們是不是也該跑一趟京城？」

侯藏象本想揶揄幾句，見那徒兒眼眶略紅，嘆口氣道：「妳真想眼睜睜看著那傻小子被人一劍又一劍砍在身上？」

那徒兒道：「不然怎麼辦？如果活著，咱們得治傷；萬一……死了，那麼多人等著啃肉喝血！總得有人幫忙護著啊！」說畢淚水沒能守住，奪眶而出！

皇甫和貴在自家花園以上好的金絲楠木搭了一個試劍臺，四根立柱與橫樑粗如腰身，六尺高的試劍臺以三寸厚板拼貼成三丈見寬的平臺，四角及四邊各插一盞氣死風燈，周圍三丈內布滿讓人落地必死的利刃，所有配置與明晚將在西華門外所搭之試劍臺一模一樣。

七月十四戌時三刻試劍臺上，五個兒子胸前各配一朵胸花，前後左右持劍而立將父親圍在中央，皇甫和貴道：「我再說一遍！待會試劍時務必把我當成仇人，全力拚搏而不可有絲毫保留，有本事傷得了我者，有賞！遲疑猶豫致劍法失威者，不饒！」

皇甫浩道：「爹！您說得容易，但兒子怎能如此大逆不道？」

皇甫和貴道：「真不用擔心！如果為父真那麼容易傷在你們劍下，那明日一戰只怕是凶多吉少。看劍！」說罷長劍出鞘，「達摩劍法」的一招「降魔之尖」猶如一道烈火，在空中劃上一道圓弧，朝著皇甫浩胸口迅疾襲來！

這一招皇甫浩不知練過幾千遍，然而父親這一劍無論氣勢、快慢或流暢自然之程度，均遠遠超出自己所能想像的境界，震驚之餘，竟不知如何擋架！若非身旁的皇甫堅及皇甫銘一攻一守各施絕招，身為長子的皇甫浩恐怕得親嘗一招敗北的滋味！

皇甫和貴一聲好！稱讚皇甫銘的「封雪劍法」守得嚴實，皇甫堅攻向自己身後的「靈虛劍法」靈動刁鑽，只見他一個轉身迴劍削向皇甫堅手腕，用的是崑崙派「荒漠劍法」的一記妙招「烈日狂沙」！這個小兒子說話辦事常有抓不著頭緒之感，但習武卻比四位哥哥多了一點天賦，見父親這一劍來勢猛惡，避鋒易招，堪堪躲過……

就這樣皇甫和貴分別以五大門派的劍招來對付五個兒子，這些殺向自己的劍招人人都熟，然而每一招每一式卻是躲不開擋不住！五人震驚之餘，才真正體會到什麼叫做爐火純青！

由於功力差距懸殊，五個兒子在父親氣勢萬千的迫人劍鋒之下，竟毫無還手之力！靠著彼此奧援勉力支撐，不到一炷香時間，身上胸花紛紛中劍落地，個個汗流浹背，癱坐在地。

皇甫炫喘著氣道：「原來以前父親教劍示演，根本用不到三成功力！」

皇甫銘道：「做兒子的這回可真服了您！就憑這些劍法，那古劍就算再怎麼三頭六臂，也不可能傷得了您！」

皇甫和貴不悅道：「要我說幾次？千萬別低估對手！」

皇甫炫道：「那傢伙劍法是有些邪門，但怎能與早已融會貫通各大門派正宗武學的父親相提並論？」

卻見皇甫和貴搖頭道：「你們都瞧過太白山試劍，難道沒發現那小子的『無常劍法』遇強則強？若是毫無勝算，豈會提出『死鬥』之議？」

皇甫銘道：「所以明天仍要依計畫，安排魏宏風與他再打一場，以探其虛實，耗其元氣。」

皇甫和貴道：「他可準備好了？」

皇甫銘道：「躍躍欲試！」

七月十五，天剛亮不久，古劍被提早送出六扇門大牢，就連原先收起來的鑲玉劍也物歸原主。牢門外除了一個身形壯碩滿臉鬍髭的大漢外並無旁人，定睛一瞧，竟是久違的青城派大師兄魏宏風！古劍大吃一驚，尚未開口，卻見他道：「你跟我來！」語畢拔足逕往城外奔去。

多日不見，古劍曾聽聞魏宏風試劍敗北後離開青城，曾頹廢好一陣子；如今喜見他又恢復往日神采，不疑有他，追在後頭，六扇門大牢靠近外城東側的廣渠門，兩人很快奔出城門，來到一個杳無人煙的荒地。

古劍喜道：「魏師兄一口氣奔行十來里路，臉不紅氣不喘，顯然已恢復往日精神！」卻見魏宏風道：「別叫我師兄！依現今青城門規，劍法高者為師兄；就算你從未離開，也不應如此羞辱於我！」

古劍道：「小弟只是僥倖偷得一劍，您永遠是古某尊敬的兄長，方才所言，絕無惡意！」

魏宏風道：「既然你說偷得一劍，是不是該還了？」

古劍愣道：「這……怎麼還？」

魏宏風道：「我閉關半年，苦思勤練，自認『尋龍劍法』已更上一層，不知近一年來，你是否也有長足進步。看劍！」說畢長劍出鞘，在空中劃出一道弧線，對準古劍胸口斜削而來，一出手便是「尋龍劍法」的一記狠招。這回終於知道對方把自己引來此處之目的為何，古劍不得不應，劍法卻不若往日銳利，迭落下風，數十招後一個遲疑，長劍抵住胸口，棄劍認輸。

古劍苦笑道：「古某公務繁忙，無心練劍，功夫不進反退。」

魏宏風道：「你根本未盡全力！再試一次，如若再讓，別怪我真敢傷人！」

說畢收劍再攻，古劍或擋或避，一邊說道：「您該知道，古某今夜有場比試，你我之爭，能否稍延幾日？」

魏宏風停劍道：「別想敷衍！誰不知你預訂了一場生死之鬥？恐難見到明天的太陽？今日就這麼放過，來日該找誰雪恥？」說畢攻勢再起，招招刺向古劍周身要害！

古劍勉力再應，心中暗暗叫苦：「多日不見，魏師哥的『尋龍劍法』更加強橫，絕非短短幾招便能分出勝敗；但若當真全力應對，勢必大耗心力，他來得真不是時候，若是全力應對，無論輸贏，均有不妥，更怕傷了彼此……」心中猶豫乃兵家大忌，再加上這種求和不求勝的打法自陷不利，在「尋龍劍法」狂快的劍勢中，慢慢退閃，眼見避無可避，就要傷在對手劍下，忽見一蒙面人竄出，替古劍擋下一記絕殺。

緊接著二人對攻數招，只見快劍連閃，竟是一般狂快狠絕，互不相讓！魏宏風退步怒罵道：「你瘋了嗎？為何要救殺父仇人？」

來人撕去臉上黑巾，果真是朱爾雅！說道：「我比你更討厭這傢伙！恨不得親手殺了他！」

魏宏風道：「那就一邊等著，待我將他打敗之後，任由你處置！」

朱爾雅道：「只怕那時他已傷累無力，任人宰割，這等趁人之危之事，實非百劍門應有的做派！」

魏宏風道：「那我代你殺了他！」

朱爾雅搖頭道：「由別人代勞，豈能消我心頭之恨？再說朱某也曾敗在此人手裡，想一雪前恥之心，並不遜於閣下！」

魏宏風罵道：「可你早不來晚不到，為何偏偏在這個時候出現？」

朱爾雅笑道：「閣下有所不知，朱某幾天前就等在外頭，不過上個茅房，就被您給占了先！」

魏宏風想了一會，道：「既然如此，不如下個賭注如何？」

朱爾雅道：「什麼賭注？」

魏宏風道：「你我同時攻他，亦可劍刺彼此，誰先得手一劍，便得優先挑戰之權。」

朱爾雅道：「您是說無論我刺中的是你或他，都算贏了第一回合？」

魏宏風道：「正是！公平吧！」

朱爾雅笑道：「而且有趣！看劍！」

語畢三人同時出劍，攻你防他，有亂有序，險招頻出！

類似混戰，古劍也算有些經驗，但此次面對當世兩大年輕高手，仍覺步步險招招奇！無意傷人，只能緊守。兩人有時聯袂攻向自己，有時互砍，三把長劍來去如梭，始終難分高下，百餘招後，魏宏風突然退出戰圈，道：「一個提不起勁！一個敵友不分！沒意思，你們自己玩吧！」說罷頭也不回的走了！

一陣強風吹來衣衽飄飄，兩人身子紋風不動持劍相對，古劍道：「你變了！」

朱爾雅道：「應該說找回了自我！父親死時我心中充滿悔恨，恨你、恨小玉，更恨自己為何不早點將你們除去！」

古劍道：「所以那天你狠下心來逼她服毒！」

朱爾雅道：「可是當我親眼瞧著小玉從容吞下毒藥，眼神沒有半分怨懟，離去時竟還留下一抹微笑！那一瞬間，彷彿有千針萬刺插入心口，痛得難以喘氣！回去之後，大病一場，身上的毒，更加難以消解！」

古劍道：「你中什麼毒？問雪的劍豈有沾毒之理？」

朱爾雅道：「當時希望劍傷能盡快復原以便追殺仇人，便請先父熟識的京城外傷名醫開給我上好的傷藥，敷上後剛開始只覺得清涼舒泰，不久後卻逐漸轉為莫名的刺痛，正感不妙之際皇甫和貴前來探病，你可知他與我是什麼關係？」

古劍道：「叔姪。」

「錦衣衛沒白幹。」朱爾雅點頭續道：「他一來便拿出一瓶解藥，告訴我說這紫蠶冰毒難解，雖一時死不了，但每到寒夜發作時總讓人痛不欲生，持續一個時辰！只要我同意輔佐他起義，解藥雙手奉上。我恍然大悟！只能怪自己一時大意！竟忘了先父曾經提醒：在北京城裡無論做什麼事，永遠都得提防這位野心勃勃的叔叔……」

古劍道：「這二次叔姪相爭，只靠一劑毒藥與解藥解決，無須弄得腥風血雨，屍橫遍野，倒是個好辦法！」

朱爾雅道：「其實我自幼就不怎麼想當皇帝！若能助叔父一臂之力，既可完成先祖遺志，又不必當一個長年鎖在深宮，經常與臣子爭鬥不止的囚徒，何樂而不為？但那帖毒藥讓人不快，我無法在威脅下同意！

「於是他又說雖有五個兒子，加起來還不如我一人有本事，只要肯助他一臂之力，日後定將傳位於我！」

古劍道：「這話能信嗎？」

朱爾雅道：「他甚至還說：『如果你不相信，明天就把他們全派出京城，要殺要廢，隨您高興！』」

古劍倒抽一口氣道：「夠狠！」

朱爾雅道：「『為了完成復位大業，父子妻女均可殺！任何犧牲都微不足道！』若依這莫愁莊歷代祖先傳下來的金言，他才是真正朱家的好子孫；而我朱爾雅，始終都不是當皇帝的料！

「我不想幫忙，但若出手阻止便是違逆先祖遺志，大逆不道！於是告訴他莫愁莊不助不阻，至於赤幫和百劍門的人，遊說也好，利誘也罷，只要他們願意跟著你打天下，與我無關！」

古劍道：「你不能違逆祖訓，又不想讓他順利坐上龍椅，於是把我逼入錦衣衛，幫著牟指揮使對付他！」

朱爾雅道：「當時朱某心中充滿怨毒！這麼做除了想害你身敗名裂永難翻身外，更能讓新仇與舊恨彼此爭鬥，兩敗俱傷。」

古劍笑道：「恭喜！事情的發展，正好如君所願。」

卻見朱爾雅道：「然而當晚小玉來到夢中跟我說了好多話：『我不怨你！日後好好照顧自己！別逼著自己去做不想做的事……』」古劍聽到這兒，竟不覺浮起些許妒意，怎麼那天來我的夢裡，卻說不到幾句？

朱爾雅續道：「那夜一覺醒來，再也難以入睡，病榻中反覆在想：『小玉死了！當上皇帝又如何？錦衣玉食，大權在握何等風光，可是小玉死了！完成祖先交付使命，蓋世英雄，留名青史，可是小玉死了！死在我親手拿給她的毒藥，我與狠心的叔父，究竟有何不同？』當時便暗暗立誓，祈求老天爺：『只要小玉能活過來，什麼王霸雄圖榮華富貴，都可以不要！』」

古劍道：「既然如此，為何次日仍要趕盡殺絕？聞到嬉春園傳出來的藥味，便叫李輕舟等人進園搜查！」

朱爾雅道：「夢見小玉之後我悔恨交加，竟因此病情加重臥床不起，沒心情也沒氣力出門！倒是你們，那麼大的京城，哪兒不好躲，竟跑去夜夜笙歌的胭脂胡同，那條街即使三更半夜也不乏閒晃的醉漢。就那麼巧，你們下車時趙淡竹家的三少爺經過！當場就把你這個大劍缽給認了出來，那傢伙因醉酒回到家倒頭就睡，次日醒來卻沒忘記稟報，趙淡竹聽完立即找齊人手前去抓人，當時我正病得厲害，也是事後才得知此事。」

古劍道：「那夜我因故受傷，程姑娘想起尤大姐曾提過家住胭脂胡同，走投無路之際，也只能前去投奔。那時有個想法：最危險的地方，或許可以最安全，又有誰會想到我古劍還敢住在裴家隔壁？」

朱爾雅道：「還真是有緣，三個人竟同時遇到劫難！」

古劍道：「以你的本事，那紫蠶冰毒當真那麼難解？我聽說你回到南京後仍大病一場，三、四個月下不了床。」

朱爾雅道：「主要還得怪自己不怎麼想活，附近的名醫都請過十來個，毒只能稍稍抑制，病卻時好時壞，直到侯神醫出現，調了幾次方劑，慢慢解去寒毒。然而解毒的藥也傷身，那幾天病得更重！連神醫都束手無策，只好把他徒兒叫進來……」

古劍忍不住插口道：「侯神醫什麼時候又收了新徒弟？是男子還是姑娘？」

朱爾雅笑道：「她易容後看起來倒像個公子，拿著一把摺扇，朝著我打一句罵一句，全身上下打了一遍，病卻好了大半！」

說完古劍愣呆半晌，差點沒跳了起來！驚道：「程姑娘還活著？」

朱爾雅道：「其實當時她身上仍有不少餘毒，卻為了我跋涉千里！朱爾雅這一輩子，注定要欠程漱玉一份情！從今爾後，再也不能做出任何會讓她難過的事，包括陷害你古劍！」說著還劍入鞘。

古劍也收劍笑道：「照這麼說，我也不能殺你！」

朱爾雅笑道：「但無論如何，你我注定當不成朋友。」

古劍笑道：「反正過了今晚，可能也不會再有古劍這個人。」

朱爾雅道：「『無常劍法』總能在絕境中找到路子，或許今夜這一戰，不是全無勝算！我雖不喜歡這個叔父，然而復位大業畢竟是歷代先祖念茲在茲的未完遺志，朱某頂多做到不幫忙，不能出手阻止他。」

古劍道：「你可知道，一旦皇甫和貴當上皇帝，第一個想殺的人是誰？」

朱爾雅笑道：「或許是我吧！不過莫愁莊經營多年，也不是良善可欺，若真有第二次的叔姪相爭，不知先祖們地下有知，會怎麼想？」說畢轉身離去。

古劍遠眺東方，此時朝陽初升，卻被一片烏雲遮住，泛著紅光，本想等雲散了，瞧一眼太陽再走！心中百感交集：「除了朝陽之外，更想回鄉見見家人和妻子！還有程姑娘，如果也在附近，不知會不會來瞧我最後一眼？這一戰無論輸贏，也不知能否挽回一點名聲……」就這麼胡思亂想一陣，始終沒見太陽露臉，正要轉身往城內走去，卻見魏宏風從遠處奔來，手上抱著一個娃娃，待他走近停步一瞧，竟是小魏喜！

古劍驚道：「你要帶他走嗎？」

魏宏風道：「非親非故，我帶他走幹嘛？」

古劍道：「既然如此！只要把他放下，我可以和你好好比試一場！」

魏宏風道：「這娃娃長相奇特了些，但筋骨奇佳，是個習武的好材料，我想你一定捨不得！」

古劍驚道：「你是想用他的性命來逼我盡力比試？」

魏宏風道：「你若再敷衍了事，輸了這一場，我可真會殺了他！」話說完已將哭泣中的魏喜放在樹下，草草蓋上包巾，接著長劍出鞘，身子騰空躍起，一招「鳳舞九天」，刺向古劍周身要害！

他不想讓對方有任何思辨餘地，一出手便是「尋龍劍法」的一記絕招！古劍不得不打起十二分精神來應敵，雙劍交鋒激烈，轉瞬間已交換了數十招！古劍暗暗叫苦，風師哥臥薪嘗膽苦練多時，這「尋龍劍法」的威力比起去年又更上一層，要贏絕非易事，想輸又不容許，但愈拖下去愈耗心力，愈不利於隨後的生死鬥劍！

兩大高手鬥得激烈，唯一的觀眾卻不知害怕，小魏喜止住哭聲，竟瞧得入神！不知不覺掙脫包巾，竟往兩人爬來！一般三個月大的娃兒還不會爬，但小魏喜竟是天賦異稟，儘管有點早產，骨頭硬是比別的孩子長得快。

古劍原本尚能沉著應對，激鬥中眼角餘光忽爾瞧見小魏喜正朝著此處緩緩爬來，大驚之下出劍不禁有些走樣，就這麼一點小小失神，立陷劣勢，魏宏風步步進逼，但小魏喜仍一步步往此處靠近！古劍再難集中精神，這次竟未能扭轉頹勢，一招反應不及，胸口被劃了一道，雖然只傷一點皮肉，然依試劍規矩，已是敗北！

卻見魏宏風罵道：「到現在還在裝傻！既然如此，就依方才所言，這娃娃得死！」說著走到魏喜前頭，舉起長劍，作勢要砍。

卻聽古劍急喊道：「他是你兒子！」

魏宏風長劍凝在半空，笑道：「你是否一時情急，口不擇言？」

古劍道：「實情殘酷，你可得有所準備！」

魏宏風笑道：「別以為找了一個跟我一樣多毛的小孩，就可以來騙人！我魏宏風有沒有兒子，自己會不知道嗎？」

古劍道：「去年的今日，七月十五月圓之夜，或許你當時神智不清，不清楚自己究竟做了什麼事，但卻有人永遠忘不了！」

魏宏風呆立不動，手上長劍一個鬆手，掉落在小魏喜身旁，往事不堪回首，猶如五雷轟頂般重重敲擊在胸口……

魏宏風道：「我只記得太白山試劍敗走之後，心神激盪之餘感染風寒，生了一場大病，那段日子渾渾噩噩，由於病得不輕，無法行走棧道，師父便與其他人先回青城，只留下貝甯照料我。她無微不至，煮藥備食，安慰說笑，用盡一切法子逗我開心，但我就是辦不到！脾氣時好時壞，神智偶有不清，那天月圓，竟鬧起脾氣，吵著要酒！

「她拗不過我，買了一壺烈酒回來，還陪著我喝了兩杯，後來的事，便不記得了！只知道從那夜起，她變得有些怕我，眼神也與以往不同，有時還會一個人偷偷躲起來哭泣。後來我的病逐漸好轉，回到青城，她卻開始有意無意的避開我，三個月不到，竟留書離開青城！

「我以為她瞧不起試劍慘敗的魏宏風，說什麼闖蕩江湖，其實想去找你，別以為我不知道！要找就去找，我不在乎！總有一天，我會讓你們知道，誰才是真正的強者……」

說完突然仰天長嘯，拾起長劍，欲往自己脖子抹去！古劍早有準備，出手點了穴道，奪下長劍。魏宏風道：「讓我死吧！像我這等禽獸不如的東西，又何必苟活在這世上！」

古劍道：「你可知這小娃娃取了什麼名字？」

魏宏風眼神呆滯面無表情，古劍續道：「他叫魏喜，魏宏風的魏，喜歡的喜。命運如此，貝師姐毫無怨懟，只是怕你知道了會活不下去！如今既然明白實情，無論有多痛苦難過！為了她，為了小魏喜，你都得好好活下去！回到青城，做你該做的事。」

魏宏風道：「她現在……人在哪裡？」

古劍道：「成都圓覺庵，如今潛心修佛，未必會還俗；但無論如何，等你心情平復，至少抱著魏喜去探望一次，讓她不再掛心！」

說完抱起魏喜道：「以你的功力，若不再胡思亂想，穴道半個時辰可解！小魏喜得抱回嬉春園喝奶換尿布，等你準備妥當，再來接兒子回家。」說畢逕自離去！

第三十一章

解甲

嬉春園的人幾乎都出門找尋魏喜，只留下綠柳、紀草和秦芳三人留守，遠遠聽見門外娃娃的哭聲，三人喜形於色，衝著打開大門，見到古劍和魏喜，個個樂不可支，秦芳淚痕猶在，卻過來把魏喜抱在身上，全然不顧娃娃身上的塵汙尿臭，磨蹭著抱進屋內。

紀草先在院子裡點燃一支黃色煙火，又嘰嘰喳喳說了一堆話道：「六扇門說午時放人，但牟大人怕有什麼節外生枝，吃完早飯便和童暉急急忙忙趕赴地牢接人！兩人離開不久，卻有一個滿臉鬍髭的壯漢躍牆而入，闖進東隱閣，搶走小魏喜。那人功夫遠勝於我，仔細一瞧，竟是青城派的魏宏風！等那位入睡之後雷打難驚的胡賭鬼從西滿樓匆匆趕到時，早已不知去向！

「花姨怕你回來發現魏喜不在勢必心煩意亂，不利決戰，便把大夥派出去分頭搜尋，並叫人去請牟大人和童暉回來商議，牟大人說六扇門早在半個時辰之前已將你釋放，種種巧合並不尋常，極可能是忘憂坊安排的一個局，先讓魏宏風找你比試，消耗元氣；但你為了保留體力，寧輸不拚，那人便發狠抓走這裡的小孩，以逼你全力應戰！」

古劍道：「魏師兄有滿腔苦悶無處發洩，其實無意傷人。妳瞧，這不是沒事嗎？」

綠柳道：「這些晚點再說，你得先洗個澡去去穢氣。」說畢將古劍拉至浴室，熱水與換洗衣物早已備妥。

沐浴更衣後，敷上傷藥，三位姑娘陪著用完早膳，外頭的人看見煙火訊號均已陸續趕回，古劍走到大廳，牟謙、童暉、胡遠清、尤豔花及俠盜三兄弟等人已等候在座。

牟謙道：「傷重嗎？」

古劍道：「皮肉傷。」

童暉道：「先將古劍關在牢裡，不給機會熟悉各派劍法，又在比試當日把魏宏風這等高手弄來搗亂。這皇甫和貴為首富，又是傳言中深不可測的絕世高手，沒想到為了求勝，竟也會使出一連串的陰招！」

牟謙道：「此人七分商賈三分江湖，利弊得失算得精，你我所認知的諸多武林道義和江湖規矩，若與勝敗盈虧相比，未必擺在前頭！」

古劍道：「反正我只是佯攻，真正的決勝焦點，還在那幾道奏摺。」

卻見牟謙嘆道：「我找了七個人上奏摺，沒料到秉筆太監中也有忘憂坊的人，看到了第四篇便發現不對勁，那些滿口盛讚皇甫和貴大仁大義的文章，皇上只能看見三篇。」

古劍道：「三篇也能有點效果吧！」

牟謙搖頭道：「你我那日大鬧忘憂坊後，不久便聽說皇甫浩藉酒打了嬌生慣養的壽寧公主，後來又故作冷淡，雖惹得皇上有些不快，卻也因此而減輕許多懷疑之心！後來是有下一道密旨請錦衣衛查明原委，但叫田爾耕查其金主？結果如何？不問也知。」

古劍道：「所以今天非得把皇甫和貴殺死不可！」

牟謙點頭無語，卻見紀草道：「後來有人自願入宮進言，不知……」

她說到一半，卻見牟謙與尤豔花使眼色要她別說，古劍環顧眾人，問道：「如今連你我都見不著皇上，還有誰有此本事？」見眾人未答，又問了一遍道：「是誰？為何不能說？」

牟謙道：「我們希望你別為太多俗務煩心，專心備戰為宜！」

古劍道：「沒有什麼俗務能影響古某，只怕死了還不知要感謝誰！」

只見牟謙沉思片刻，說道：「程選侍。」

古劍差點跳了起來，驚道：「你說誰？」

尤豔花道：「就是小荳的娘，她沒死，幾天前回到這裡，問了一堆事情！」

古劍腦裡嗡嗡響起，雙手抱頭沉思，深吸幾口氣才慢慢冷靜下來。

抬頭見牟謙道：「太后得了怪病，每到盛夏總是容易頭暈目眩，難以入眠，今年益發嚴重，苦不堪言，眾御醫束手無策，宮中貼出告示，徵求高明神醫，若能治癒太后宿疾，賞金千兩。正無計可施之際，無意中看見告示，忽然想到程選侍之前極受太后寵愛……」

古劍道：「你該知道，以她的身分，進宮便是賭命，危險至極！」

牟謙道：「我正猶豫該不該開口請她幫忙，她卻先來向我辭行，說必須和師父進宮一趟，除了替太后醫病之外，還想設法請皇上阻止今夜的死鬥。」

古劍道：「她也不信我會贏嗎？」

童暉道：「有人告訴她皇甫和貴有件『金絲軟甲』，穿上之後刀槍不入，全身要害只剩脖子以上，更加易守難攻，這樣的對手，恐怕天下已無人能殺！」

古劍道：「這金絲軟甲沒有弱點嗎？」

童暉道：「或許有些怕溼，但即使溼透致令強韌稍損，亦恐非一劍可穿。試問，任何人想在皇甫和貴身上刺中同一要害的機會能有多大？」說完眾人齊搖頭。

牟謙道：「我告訴她你的冤屈太深，得用這場死鬥的鮮血清洗，無論如何，此戰已不可避免！至於未盡之功，請她見機行事。」

古劍嘆道：「她一個姑娘家，好不容易撿回一命，如今又要以身涉險，這……未免也太過命苦！」

胡遠清道：「你先擔心自己吧！只剩幾個時辰，先想想還有什麼事可做？要不要找齊五大派的高手來給你練劍？還是去把狐九敗那個老劍痴請來，告訴你該如何對付苦海頭陀的徒兒？」

話方說畢，卻聞一道渾厚的嗓音從屋頂罵來：「胡賭鬼！你聽力如此高明，怎麼還分不清豹子跟鱉十？」話說完人已出現在大廳！

古劍起身行禮，還沒開口，卻見紀草驚愕的指著狐九敗道：「這身影我瞧過！很像那個什麼『日行一善』大俠……」話未說完，已被點了啞穴！還不曉得自己無意間說出了狐九敗引以為恥的一件事！

胡遠清笑道：「紀姑娘愛說笑，狐九敗三個字，怎麼會跟什麼『日行一善』連在一起！」

狐九敗道：「現在該叫我『狐十敗』！」

胡遠清驚道：「怎麼可能？苦海頭陀已死，世間豈有人能贏得了你一招半式？」

狐十敗轉頭問古劍道：「我在地宮輸給史無涯的事，都沒人傳出去嗎？」

古劍道：「地宮的事怎能說呢？再說那天您只是沒贏而已，他可沒傷著您半分！」

卻見狐十敗搖頭道：「那傢伙劍招太過狂快，打下去非輸不可！遺憾的是，狐某閉關九個月，又創一套劍法，自認更上一層樓；但要說一雪前恥，恐怕還差得遠！莫非只有成為一個心無雜念的瘋子，才能將劍法使得如此渾然天成，無跡可尋？」

胡遠清笑道：「不如你也把自己弄成一個瘋子，讓劍法自然提升至另一境界？」這種玩笑話，恐怕只有從小和他相熟的胡遠清敢講。

卻見狐十敗搖頭道：「就算現在把自己弄成瘋痴之人，也晚了二十多年的狂勁！看來我這天下第一劍不僅名不副實，且終其一生奪回無望！」說到末處，神情語調充滿了失落與沮喪！

眾人靜默中，卻見尤豔花啐道：「現在大家正在煩惱古劍今夜的死鬥，你這老傢伙來我家亂什麼勁？誰管你那天下第一的虛名保不保得住？」幾句話像連珠炮般說出，眾人驚愣之餘竟忘了阻止！天下第一劍的威名和喜怒無常的傳言之下，江湖上哪有人敢出言不遜，偏偏尤豔花江湖見聞少，一不高興此人隨意潛入，二不喜歡他胡亂出手點人穴道，且神情倨傲言談無禮，再加上幾位視如親妹的姑娘無端慘死，漱玉、古劍身陷危難，看到此人一千個不順眼，竟將憋屈已久的惱怒憂慮，一股腦發作在狐十敗的身上！

瞧著狐十敗陰晴不定的臉，胡遠清趕忙過來擋在前方道：「你可以找我出氣，但人家可是連一把劍都拿不穩的弱女子，千萬別跟她一般見識！」

卻見狐十敗道：「聽妳提及『虛名』兩字，不知怎麼心情竟然好了些！只是既是『虛名』，為何天下人都要搶？如果不在乎虛名，世間還有什麼可爭？不爭不搶，又有什麼興味？」他連提三問，眾人愣呆半晌，卻都不知如何答覆。

狐十敗自己先回過神來，道：「關於死鬥，我有些話要和古劍講，請諸位迴避片刻！」說話時已解了紀草的啞穴，紀草隨即開口問道：「有什麼見不得人的事嗎？為何我們……？」

這回換成胡遠清點了她的啞穴，道：「走吧！這老狐狸生性孤僻，不慣人多，咱們若不走，他說不出什麼人話來。」

眾人步出門外，狐十敗娓娓道來：「我和苦海頭陀一共比試兩次，皇甫和貴都在場。那時他還是個乳臭未乾的少年，苦海頭陀是我所見過天下第一的習武奇才，任何劍法過目不忘，稍練個幾天已能掌握其中精要，卻對這唯一的徒兒評價極高，甚至跟我說過，皇甫和貴的本事，早晚會超越自己！

「我並不介意和晚輩比試，甚至想過約鬥皇甫和貴，但他畢竟是苦海頭陀的徒兒，贏不了師父便改向徒兒挑戰，無論輸贏，都有一種說不出的怪異！沒想到你比我還狂，竟提出死鬥之約！真不知是勇氣可嘉，還是無知？」

古劍笑道：「活得不耐煩吧！」

狐十敗道：「苦海頭陀會的劍法雜多，但主要不脫各大門派的一流劍法，既然狐某曾經技壓各大門派的頂尖人物，怎麼就贏不了他？」

古劍道：「想必他總能在最合適的時機，使出最恰當的劍招！」

狐十敗道：「沒錯！一個人學會多套劍法並不可怕，可怕的是融會貫通之後，能靈活應用，將數十種劍法，轉化成一種劍法！當年與苦海頭陀比劍，無論我劍法怎麼變化，他總能找得到相應的妙招化解！你招數用盡，他卻還有千招萬劍，不免令人心生絕望之感！」

古劍道：「『無常劍法』不過九十七招，豈非很快就會絕望？」

狐十敗道：「人們都說『無常劍法』貴在靈活多變，誰都可以偷學幾招，卻鮮少有人能學全。即使都記得，也很難掌握其中劍意，若未能靈活應用，這套劍法只不過是一套尋常的劍法；然而皇甫和貴非一般人，你在試劍大會出賽多次，依其記性，早已熟記且了然於胸，現在又給了他十來天的時間，依其本事足以參透此劍法種種變化精微之處。」

古劍道：「您的意思是說：不可能單靠一套『無常劍法』打敗皇甫和貴！」

狐十敗點頭道：「必要時得放手一搏，使出福至心靈匪夷所思的一劍，才有贏的機會！」

侯、程兩人進宮的第四天，孝定皇太后的身子已大有改善，化名喬小七並易容改扮的程潄玉，一早便來到慈寧宮，李太后趴在床上，褪去上衣，讓喬小七在她背上扎了十來根金針，顯然已十分信任這位江湖女郎中。

李太后道：「小七，昨晚吃了侯神醫的藥，不暈不疼一夜好眠。今兒吾就跟皇帝說，這病算治好了，那一千兩黃金，可千萬不能賴帳。」

程潄玉道：「不敢相瞞，太后的病今年應該無恙，但因多年宿疾，恐難一次斷根，解藥雖有效，吃多了卻不免傷肝損腎，依我師父的看法，明、後年夏日仍有復發之可能，得依此藥方及針法再治兩回。現在領賞，恐怕稍早了些！」

李太后道：「這麼說日後還能相見囉！太好了！那千兩黃金還是照給，明、後年再來，依舊千兩。但我可說好，別嫌路途遙遠，明、後年一定再來，宮裡的御醫全是男人，叫他們給我扎針，羞都羞死啦！哪能醫得好？」

程潄玉道：「民女能為太后治病也算三生有幸，再遠也得趕來！」

李太后道：「妳言語有趣，聲音又像我十分懷念的一位姑娘，想到妳年年能來瞧我，甚是歡喜！」

程潄玉道：「紫禁城裡妃嬪宮女多如過江之鯽，那位姑娘能讓太后思念，想必有過人之處。」

太后道：「妃嬪雖多，多半空有一副美豔軀殼，骨子裡還是凡俗無趣；唯獨那位選侍，多了一股靈氣，就是有法子討人歡喜，妳若真心對她好，她也會待妳如親。有一次趙御醫告訴我說這個東宮選侍怪得很，經常拿著一本《黃帝內經》跑來問東問西，御醫們笑說妳一個太子選侍，不好好學習后妃之禮淑女之道，學這有啥用處？妳知她怎麼說嗎？」

程漱玉眼眶微溼，模模糊糊的應道：「怎麼說？」

太后道：「她說：如果當年我懂得醫術，興許我爹不會英年早逝！學點醫術也沒壞處，指不定哪天大有用處，一舉治好太后的宿疾呢！太醫們都當成笑話傳，說這姑娘天真得很！」

說完轉頭瞧瞧程漱玉，她已淚流滿面，跪道：「太后奶奶，我是來自首的！」

太后也哭著坐起道：「我早懷疑是妳啦！先去洗把臉，讓我好生瞧瞧！」

程漱玉洗淨容妝，太后賜座道：「趁這針灸的時間，妳給我交代清楚，這一年多來，究竟碰上了什麼事？」

程漱玉從身世說起，被別有用心的送入禁宮，與古劍亡命江湖的種種經過，跟侯藏象學醫的過程等等，一一陳述少有隱瞞，末了跪道：「入宮兩年，雖未做出什麼傷天害理或危害社稷之事，對您與太子也真心敬重；然無論如何，當初起心不正，就是大罪！太后向來大公無私，民女罪無可赦，理應以死謝罪！但臨死之前另有一件十分要緊之事必須面聖，只盼皇上能耐心聽完，之後要殺要剮，絕無怨言！」

太后沉思了一會，問道：「妳當真要這麼做？」

程漱玉堅決的點頭。

太后道：「皇上雖然孝順，但畢竟是一國之君，若他當真動怒要以宮規懲治，我未必能保妳不死！」

程漱玉道：「罪女已做了最壞打算！是生是死，聽天由命！」

太后嘆口氣，喚人去請聖駕，程漱玉給太后拔完針道：「民女已將藥方及針灸穴道寫給趙御醫，只要找個聰慧的宮女學個把月，應能……」

太后卻阻止她說下去，道：「不必！如果妳真活不成，我的病也不想治！」

萬曆進門見到雙手捆綁跪在地上的程漱玉，大吃一驚道：「妳……不是死了嗎？這……怎麼回事？」

太后道：「皇上不必過驚！程選侍先醫好我的宿疾，再向我自首，又說有件天大的要事得向您親自稟告，並希望你在殺她之前，能耐心聽完。」

萬曆道：「妳不正是莫愁莊的細作嗎？好不容易逃出宮，為何要自首？」

程漱玉道：「民女當初確曾接受莫愁莊莊主朱未央的指使而入宮，自知罪無可恕，但人之將死其言也善，只盼皇上聽完後，能給罪女留下全屍！」

萬曆道：「說吧！」

程漱玉道：「明日三大殿復工，將有十餘位武林高手混在木匠堆中，先熟悉環境。然後是三天後太后的六十大壽，到時將有戲班子、雜耍團還有煙火師傅等等進入內廷。這些人將混入若干內應，屆時裡應外合，打開乾清門，眾多身懷絕技的江湖惡漢衝入禁宮，侍衛擋不住，皇上、太后及大批前來祝壽的文武百官，都將落入賊人手裡。」

萬曆不禁打了一記冷顫，喝道：「這南京莫愁莊和赤幫竟如此膽大妄為？朕還沒派兵圍剿，竟敢先欺上門來！」

「不是他們。」程漱玉道：「莫愁莊一脈，乃當年建文帝後代，逃到南洋後苦心經營，在海外有六萬雄兵，訓練有素。莊主朱未央原擬於去年夏末秋初起兵，天佑皇上，數十艘大船在外海遇上暴風雨，無一倖免。不久後朱未央本人又死在前錦衣千戶古劍手裡，繼任的朱爾雅萬念俱灰，已斷了謀反之意，皇上無須憂心。」

萬曆道：「除了他們，還有誰妄想顛覆我大明？」

程漱玉道：「忘憂坊的皇甫和貴。」

萬曆道：「不可能！此人一向恭謹，忠心耿耿，且朕待他不薄，豈有謀反之理？再說他若有謀反之意，皇甫浩喝再多的酒，也不敢在這個時候對壽寧公主有任何不敬！」

程漱玉道：「皇上不知有沒有想過，那皇甫浩為何早不打晚不打，偏偏挑這個時候出手？」

萬曆道：「妳是說近日陸續出現三篇讚揚皇甫和貴之奏摺，再加上牟謙宅邸起火，不免讓朕起了一點疑心，所以才會蓄意犯點小錯，去除朕之戒心！」

程漱玉道：「這個過失，輕重拿捏得恰到好處，第二天隨即送上大禮請罪，既不會令貴妃氣得與之鬧翻，又能讓皇上對他們放心！」

萬曆思索了一會，又道：「但朕問了東廠和錦衣衛，都說查無實據，毫無跡象。」

程漱玉從袖子裡抖出兩張紙道：「這是冒險從忘憂坊三樓取回的東西，還請皇上過目。」

萬曆瞧了一眼道：「這三個言官欠誰的錢？」

程漱玉道：「這是暗場的欠條，偷盜之人為免打草驚蛇，只取走一小部分，更完整的還留在原處，少說也有百來人。皇上若是不信，不妨派人核對欠條下方簽名的字跡，是否與該名官員過往的奏疏相同。」

萬曆道：「不用！這三個人前幾天都上了奏疏，力陳皇甫和貴忠義兩全樂善好施，理應大大表揚，甚至封侯晉爵。那字跡朕還依稀記得，應該錯不了！但這麼做未免鑿痕過深，反倒讓人懷疑別有用心！他不是聰明絕頂嗎？怎麼會犯下這種錯誤？」

程漱玉道：「皇上果然斷事清楚！其實是我們的人拿著七張欠條，要求七名言官各自上書替皇甫和貴說些好話，不知何故，竟然只有三道送到皇上眼前！」

萬曆道：「妳是說朕的親信之中已有人被忘憂坊所收買，把後面四道奏疏壓住？」

程漱玉道：「暗場欠下鉅款的百餘名京官全都得聽忘憂坊，其餘之人就算不賭，但有錢能使鬼推磨，多年來苦心經營，整個朝廷上上下下，不知已有多少人變成他的狗；要不然前錦衣衛指揮使牟謙大人，怎會莫名其妙的被解了職，連見皇上一面都困難重重？」

萬曆睜大眼怒道：「原來妳是替牟謙當說客，哼！這個人說的話還能相信嗎？會不會他去職之後心有不甘，不知去哪弄了幾張欠條，想藉此立功，官復原職？」

李太后道：「皇帝啊！牟謙跟在你身邊那麼多年，為人如何還不清楚嗎？我瞧你這回可是醋勁發作失去理智，沒查個水落石出就把這麼一個忠臣免了職，事到如今，又不肯認錯！」

萬曆道：「不是朕不想查！此案若追根究底，傳揚出去，貴妃的名節及皇室的顏面都將不保啊！」

程漱玉道：「皇上的顧慮也不無道理！再說此時就算想細查此案也緩不濟急。」

萬曆不悅道：「你們拿不出確切證據，要朕怎麼辦？」

程漱玉道：「如果牟大人料得沒錯，忘憂坊樓上應該還找得到紫禁城布置詳圖及暗場的欠條，罪女斗膽，想請皇上派人前去查搜。」

萬曆道：「若照你們說的，忘憂坊高手如雲，且已收買眾多文臣武將，還有誰足當大任？」

程漱玉又取出一張名單道：「牟大人雖無證據，但從若干蛛絲馬跡看來，名單上的這些人確有不宜重用之疑慮，請皇上避開。」

萬曆一瞧，不禁皺眉道：「田爾耕不可信？還能派誰？」

程潄玉道：「牟大人建議皇上可密詔京衛指揮使俞沃嵩……」

萬曆道：「朕曾聽聞牟謙與俞沃嵩曾有過節，如今推薦此人，是否別有居心？」

程潄玉道：「國難當頭，牟大人不會在乎這私人恩怨。他說這俞指揮使脾氣雖倔，但一手俞家棍法已得其先祖俞大猷真傳，培訓多年的百人神棍隊亦是京師少有的精銳鐵衛。戌時初刻，鬥劍剛剛開始，皇甫和貴的人多半聚在西華門觀劍，忘憂坊暫停營業，留守空虛，這批人已能勝任。」

萬曆道：「這是叫朕賭一把，如果當場真能找到證據也就罷了，但找不到呢？」

程潄玉道：「大可將妖言惑君的罪女凌遲，再跟他賠個不是，您是皇上，他還能怎麼辦？」

萬曆道：「如果他真有謀反之意呢？朕抄了忘憂坊，皇甫和貴與其五個兒子再加上數十名武林高手，會不會索性一鼓作氣造反呢？若真如妳所言，如今紫禁城裡布滿他們的人，裡應外合之下，就算不用做壽修殿，眾侍衛也未必守得住！」

程潄玉道：「古千戶挑這個時候比試不是沒有道理，因河南三城會，少林、武當以及眾多高手這個時候都來到京城，而皇城有難，這些正派高手不會坐視不管。只是皇甫和貴一日不死，難保日後不會捲土重來，畢竟財大勢大，永遠是個威脅。」

萬曆道：「聽說此人武功極高，古千戶可有打贏的機會？」

程潄玉搖頭，道：「古千戶其實是抱著必死之心越級挑戰！再加上對方用了一些手段，使這場比試不盡公平！若皇上無意協助，只怕凶多吉少！」

萬曆道：「朕能幫上什麼忙？」

程漱玉道：「很簡單，請俞大人一旦找到證據，立即放火燒了忘憂坊，屆時火光漫天，皇甫和貴心一亂，興許能給古千戶找到致命一劍的機會。只要首謀除去，其餘之人群龍無首，已不足為慮。」

萬曆直盯著程漱玉道：「妳冒死進諫，究竟有何目的？」

程漱玉道：「牟大人為了警醒皇上，不惜燒屋毀舍！古千戶為力挽狂瀾，不惜捨身赴義！無知罪女不懂什麼大忠大義，但知太后及太子待我不薄，既知朝廷有難便不能坐視不管；更相信皇上英明神武，終能明辨忠奸，不會眼睜睜看著底下忠臣為了您，白白犧牲了性命！」

萬曆道：「朕知道了！如果妳說得都沒錯，朕不但可赦免死罪，還可恢復妳太子選侍的身分。」

卻見程漱玉道：「罪女能活著離開已是萬幸，其餘不敢奢望。」

太后道：「傻姑娘，妳立下如此大功，皇上理應大大賞賜；再說妳若能留下來，不止吾高興，太子也會雀躍不已！」

程漱玉道：「多謝太后抬愛！然而回想兩年深宮，雖日日錦衣玉食，卻不快樂！總覺得偌大的紫禁城，像是個美麗的……牢籠。」

萬曆斥道：「放肆！多少人想進來卻不得入，妳何其幸運！竟受寵而驕？」

「她只是把多數後宮女子心裡的話講出來罷了，皇上何須動怒？」太后又柔聲對著程漱玉道：「妳是怕貴妃又找麻煩嗎？放心！有我在，絕不再讓她欺負妳！日後若能替太子生下龍種，依舊有封后的機會。」

卻見程漱玉依舊搖頭道：「罪女胸無大志，生性俗野不喜拘束，如今習醫初成，再跟個一年半載便可出師，日後做個遊走江湖的行腳郎中，自在逍遙，這點微薄心願，還望太后及皇上成全！」

太后道：「也罷！依妳這等性子，來日晉妃封后，恐怕真會把後宮攪得全無規矩亂成一團！不過可別忘了每年夏日都要進宮治病喔！」

程漱玉道：「豈敢！罪女沒來便是欺君，皇上可饒不了！」

說完三人都笑了！

紫禁城護城河寬約十七丈，試劍臺就搭在石橋中央，東側是西華門，閒雜人等一概不准靠近，觀劍人眾只能待在西側皇家西苑。石橋後放置兩排座椅，保留給京城裡的達官顯貴、各派掌門、江湖名宿等入座觀劍，左右兩側則各留八個空位給雙方觀劍親友。由於適宜觀劍的位子有限，一早便有不少人在門外候著。申時末開放時，成千上萬的人蜂擁而至，很快將觀劍區擠得水洩不通。

眾人站定未久，卻見古劍背著布袋，緩緩爬上臺，面向西方盤腿而坐。今日的京城雖有烏雲遮日但仍溼暑蒸熱，他一手輕搖摺扇，另一隻手從袋子裡取出糕餅、鮮果、花生和半瓶薄酒，吃完後拍拍肚子，起身走了兩圈，時而蹲下敲擊，時而趴地檢視，確認每塊木板都足夠厚實平整。接著又從袋裡取出磨石，慢慢打磨鑲玉劍，直至兩邊劍刃與劍尖都鋒利無比，此時太陽西下，漏壺上顯示酉時七刻，竟慢條斯理的取出鏡梳及利剪等物，整理起儀容來！

生死劇鬥之前這種種舉動不免顯得唐突又詭奇，眾人瞧在眼裡自然議論紛紛，有人說垂死掙扎，有人說故弄玄虛，有人說跳梁小丑，有人說強自鎮定，謾罵也好，嘲諷也罷，古劍半句也聽不見，依舊我行我素，旁若無人。

天色漸暗，陣陣烏雲遮住圓月，只有在試劍臺四角分別掛上氣死風燈；因萬曆也要觀劍，卻不宜讓眾多百姓親睹龍顏，是以西華門周圍城牆一片漆黑，未如往常點滿燈燭。在眾人騷動下，只見城牆上黑影晃動，幾個機靈的官員一見居中之人身影肥碩，立即下跪喊道：「吾皇萬歲……」卻聞城牆上太監周慶的聲音道：「皇上說：眾卿免禮，安靜觀劍，無須拘束！」

過不多時，時辰一到，皇甫和貴準時現身，瀟灑躍上試劍臺，笑道：「閣下頗有閒情逸致，想必胸有成竹！」

古劍笑道：「您不該太早放人，害得古某多出一堆清閒時光，不知該如何是好？」

皇甫和貴道：「大劫將至，閣下依舊能面不改色的在口頭上逞能，此等定性，著實令人佩服！」

古劍笑道：「反正待在漆黑的地牢裡什麼事也做不了，只好終日幻想，該如何一劍刺穿對手心臟，久而久之，果真不再慌張，反倒有些興奮！」

皇甫和貴笑道：「既然雙方都認為自己必勝，死鬥之議，將不會有任何變化吧！」

古劍點頭道：「正是！」

話方說完，雙方拱劍為禮，後退數步，凝視片刻，忽爾同時拔劍，前跨兩步，身子騰起，各出險招！只見兩把長劍在空中各自劃了一道弧線，落地時分立兩角，凝住不動。但見皇甫和貴面帶微笑，劍尖上已有些微血跡。

卻見古劍轉身笑道：「幸好是『死鬥』，若是『試劍』，古某一招就輸了！」

話一出口，眾聲喧譁，紛道：「他瘋了嗎？這個時候還有閒情說笑！」「遇到剋星，看你還能猖狂多久？」「我千里迢迢趕來觀劍，還沒瞧過癮呢？拜託別死得太快！」

皇甫和貴笑道：「你也不賴！剛剛差點就碰著衣角。」說畢再度往前跨步，長劍對準古劍腰腿要害，蛇行遊走，在相距兩尺之處陡然疾刺！緊接著一個迴旋，劍交左手，翻刺對手右肩！接著長劍一划一轉攻向腰際，再交回右手，轉瞬間朝著七處要穴連刺七劍，招招靈動詭譎，虛實難分，以「靈虛劍法」夾雜「荒漠劍法」，招招搶攻！

留在現場觀劍的崑崙名宿顏雪峰瞧得目瞪口呆，他習藝二十餘年，「荒漠劍法」已得真傳，「靈虛劍法」卻因天性質樸，總有幾招始終未能參透；但這並不丟臉，畢竟整個崑崙派能將兩套鎮派劍法都學到十足火候的，恐怕也只有掌門師兄佟禽子一人，但即使是他，也未必能將兩套劍風迥異的劍法交雜應用，轉換如此流暢！

果見古劍應招稍緩，退閃狼狽，「荒漠劍法」險招多，「靈虛劍法」善奇襲，在對手狂快攻勢之下，三十來招後才逐漸熟悉劍風，右腿卻已中一劍！

見其稍有持穩，皇甫和貴立即換招，這回變成以「蒼松劍法」為主，「奇松劍法」為輔，正奇交雜，變化多端，古劍全神應對，不敢稍懈，仍被招招搶先，守多攻少。童暉撟舌不下，彷彿看到已將「蒼松劍法」練得爐火純青的掌門人仲孫天，與「奇松劍法」第一的師叔公謝牧兩人合體使劍。

可惜童暉看不了太久，二十來招後皇甫和貴招式又變，改以峨嵋派的三套鎮派劍法來對付古劍……

就這樣皇甫和貴逐一試招，從崑崙到少林，每一派的鎮派劍法二、三十招變換，總能讓在場無數觀劍的行家感到無比驚嘆！不管他用哪一派的劍法，古劍都居於劣勢，儘管「無常劍法」變化多奇，卻也只能緊守少攻，難有威脅！五派劍法使完，衣衫上又多了兩道劍痕。

百餘招後劍勢再變，時而氣勢萬千時而柔緩奇變！五派劍法混雜而上，竟能流暢自然，融為一套！觀劍之人不乏修為高深見識廣博的一流高手，當年苦海頭陀的「五絕混劍」在江湖上早有傳說，但真正瞧過的寥寥可數，聽過之人往往半信半疑，如今親目所見，震驚之餘，紛紛思道：「五大派劍法練到這等地步，世間還有誰能敵？」

此時的古劍只能密守，全無反擊之力，儘管「無常劍法」發揮正常，也處處落居下風！每隔二、三十招，身上總會多了一些劍傷！左側忘憂坊眾兄弟個個神態輕鬆，右側綠柳既關心又害怕，雙目忽開忽閉，時而大驚失色，時而拍胸喘息！秦芳早已淚流滿面不忍卒睹，雙膝跪地雙手合十，反覆禱唸著：「大慈大悲觀世音菩薩……」

紀草目眶含淚，憂心忡忡，輕聲道：「別緊張，快穩住！『無常劍法』天下無敵，管他對手是誰？」

卻聞胡遠清搖頭道：「麻煩就在這裡！古劍沒有使錯半招，卻還是被壓著打！」

牟謙道：「眼前的對手多了二十年的勤修苦練，無論劍勢、速度、精準都略勝半籌，即使是不出錯的『無常劍法』，恐怕也贏不了半招！」

狐十敗道：「看這樣子，皇甫和貴不但已將『無常劍法』摸得精熟，甚至對手接下來數招會怎麼使都了然於胸，處處搶得先機。古劍只求劍法不出錯難以求勝，但出錯的劍法卻又可能要命！」

紀草驚道：「那怎麼辦？」

沒人答話！沒人可以給她答案！

激鬥中只見古劍退至西北角，皇甫和貴長劍橫切而來，一個擋架不及，著地滾至試劍臺西側，同時長劍橫掃對手雙足，這招狼狽突兀，並非「無常劍法」，卻恰恰化解一記殺著！只見皇甫和貴雙足躍起，橫切的長劍順勢砍斷架著燈籠的竹竿，落地時仍持續追擊。古劍趁著短暫的空檔一躍而起，對方長劍立即攻到，十來招後又被逼至西南角，退無可退之際，再度以怪招求生，卻又毀了一只燈！

臺下開始議論紛紛，有人說：「今晚濃雲遮月，再這麼下去，四盞燈籠勢必全滅，暗夜決戰，那聾子非死不可！」旁人道：「當初怎麼不用鐵棍作為燈柱？該不會想省錢吧！」說完不少人笑了，都說京城首富，豈有計較小錢之理？

另有人道：「打不過就閃躲，豈是比武正道？這古劍黔驢技窮便想靠這等伎倆求勝，殊不知每少一盞燈，離鬼門關又更進了一步！」另一人道：「這傢伙好比孫猴子，再怎麼耍無賴，也逃不出如來佛的手掌心！」這回笑的人更多，但也有人說：「我倒希望那傢伙別那麼不堪，畢竟傳說中的『五絕混劍』，過了今日，這輩子怕是很難再瞧第二遍！」「說得極是！放眼江湖，能讓皇甫先生用上『五絕混劍』之人寥寥可數。就算有，也得要有非『死鬥』不可的深仇大恨啊！」

話方說完，眾人驚呼聲中，第三盞燈也滅了！遠遠聽到西華門上萬曆喊道：「點燈！」話方說完，最後一盞燈竟忽然滅了！頓時漆黑一片，只聞一連串刀劍急碰聲響，什麼都瞧不見，反倒令人緊張！秦芳慘叫一聲！綠柳摀住嘴巴忍住！紀草卻冒了一身冷汗！

不多久亮起數盞燈籠，用兩丈餘長的竹竿懸掛在西華門城牆外，眾人這才看到，古劍身上多了兩道劍痕，其中一道傷在大腿，血流如注！場上卻開始響起一片嗡嗡耳語，原來有眼尖之人發現皇甫和貴的左胸外衣竟有一孔！然而鑲玉劍上卻無半滴血！

紀草忍不住大聲叫道：「金絲軟甲護身，刺中要害也無用！這比試豈有公平可言？」

卻聞左側皇甫浩的聲音道：「這場『死鬥』的規矩可是古劍所訂，早已言明除了不可用毒外，其餘手段不拘！雙方各憑本事備戰，有何不公？」

紀草還想再駁，卻聞牟謙輕聲道：「他說得沒錯，這場比試早在約定那天就開始了！無論是穿上金絲軟甲、把對手囚禁於地牢、找魏宏風耗其心力還是用竹竿掛燈籠等等都是經過一番算計，鬥力也鬥智，兵不厭詐，無所謂公不公平。」

紀草急道：「可是他們有財有勢，古劍又太過老實，豈不一路吃虧？」

胡遠清笑道：「倒也未必，我瞧這小子在牟指揮使悉心調教之下，愈來愈有謀略！」

紀草道：「我怎麼瞧不出來？」

胡遠清道：「這場比試，皇甫和貴看似占盡便宜，卻有一個小弱點。」

紀草道：「什麼弱點？」

「經驗。」狐十敗道：「皇甫和貴劍法太高，找不到對手，所以多年以來江湖傳言其劍法深不可測，卻說不出來他究竟用了什麼劍招打敗了什麼人？或許曾跟師父練劍，看過不少比試，但真正重要且生死攸關的對戰經驗，恐怕從來沒有。」

牟謙道：「所以古劍約戰於暗夜，又在試劍臺上做了一堆莫名其妙的事，就是要讓對手弄不清其真正意圖，最妙的是，竟突然出手滅了第四盞……」

紀草驚道：「你是說那第四盞燈柱是古劍自己弄滅的？這也太過冒險了吧！」

狐十敗道：「就是要做一些對手意想不到的事，才能亂其心擾其志！不妨試想，如果你是皇甫和貴，原本以為對手最怕無燈夜戰，萬萬沒想到古劍竟反其道而行，主動擲出錢幣滅了最後一盞燈！這時心裡不免七上八下，疑竇四起，黑暗中摸不清對手意圖，原本欠缺經驗的弱點將被放大！」

紀草道：「這麼說來，先前那三盞燈滅，其實是古劍故意引誘對手斬斷竹竿。」

狐十敗道：「沒錯。那穿心一劍雖未見血，但雙方的氣勢及心境卻都因此受到了影響。妳瞧！咱們說話時也過了三、四十招，古劍雖仍居下風，卻未再中劍！」話說完忽然吹起一陣怪風，天空忽然下起大雨，又將西華門城牆上所掛之燈籠全數澆息！

皇甫浩急道：「撐傘，點燈，亮鏡，快！」一說完忘憂坊十六名雜役走到前方，兩人一組，其中一人撐傘遮雨，一人打石點燈，點亮後取出銅鏡朝試劍臺上一照，原來他們早有準備，個個訓練有素，很快重新打光，這時卻見古劍腰背各多了一道長長的劍痕，染紅衣襟，而皇甫和貴雖未見血，左胸的軟甲，卻出現一道長長的裂縫！

眾人回想古劍在比試之前曾花不少功夫將劍尖磨利，原來並非毫無意義！那金絲軟甲雖說刀槍不入，然而只要寶劍鋒利勁道夠強仍有穿透可能！第一次先刺出一小孔，第二次能裂出大縫，第三次便能直入心臟！

然而真有第三次嗎？

這雨來得急去得也快！不多時雲開見月，沒人看見古劍在黑暗中用了什麼怪劍兩次刺中對手要害，但此時七月十五圓月高掛，一個滿身劍傷的古劍，自保已是不易，要如何再攻？

皇甫和貴退步停劍笑道：「那是什麼劍法？竟然在暗夜中不弱反強？」

古劍笑道：「心劍。」

皇甫和貴點頭道：「棄眼廢耳，用劍唯心，沒想到世間真有如此劍法！難怪你要挑夜晚鬥劍。」

古劍道：「不見天日的地牢，正是習練心劍的好地方，多謝！」

皇甫和貴笑道：「我不會再犯錯了！」說完正準備再度出劍，忽見觀劍大眾紛紛鼓譟，順著眾人目光轉身一看，不遠處火光漫天，方位距離，正是忘憂坊所在之處！

他既驚又怒！轉頭望向西華門城牆上的萬曆，此時皇上與貴妃的臉都罩著一層黑紗，瞧不出是擔心還是得意，身旁卻有一位姑娘面帶微笑，目不轉睛的瞧著古劍，過目不忘的皇甫和貴，哪怕只有一面之緣，也立刻想起此姝曾是朱未央義女，後來卻被送入宮中的太子選侍程漱玉！

她的出現，讓原本身心俱疲的古劍戰意重新凝聚！卻也令皇甫和貴瞬間明白忘憂坊為何會在這個時候著火，先深吸一口氣，將滿腔怒火貫注於雙手，接著連番快劍有如怒濤驚浪般湧出，時而狂快，時而瀟灑，時而暴烈，時而淩厲，變化萬千，卻又招招妙絕，這個人究竟是鬼附身還是著了魔？竟然還有另一套「五絕混劍」！

觀劍人眾看到如此劍法，再也按捺不住內心的激動！驚嘆之聲此起彼落：「這是『天擊劍法』！」「這是『卻亂劍法』！」「好厲害的『尋龍劍法』！」「不會吧！『秋水劍法』也能使得如此霸道！」「可怕的是連『無常劍法』都比原主還順溜！可憐的古劍，這回就算有九條命也都不夠死啊！」「誰叫這傢伙膽大包天，竟敢叫人火燒忘憂坊！你瞧皇甫先生盛怒之下使出來的劍招更加狂快卻不慌亂！有誰能擋？」

在如此劍招肆虐之下，儘管「無常劍法」已發揮到極至，然而無論硬接還是閃躲，古劍仍不免感到力有未逮，二十年的功力差距，終非一蹴可幾！每隔幾招，總會有一劍因回防稍晚而又多了一處傷口！然而儘管身上劍痕累累，白衣染滿鮮血，古劍仍須奮戰不懈，只要此人不除，無論日後能否登基，那些在嬉春園幫忙的朋友、成都的家人、妻子，還有城牆上甘冒大險相助的程潄玉，恐怕都難以活命！

與其說比劍，更像是凌遲！觀劍之人原本多數不喜古劍，如今卻不免漸生同情！再見他浴血而不倒，奮勇堅持打死不退，亦不免暗生感佩之心！紛思：「一個人們口中卑劣自私又陰毒之人，會做到這個樣子嗎？」

站在城牆上觀劍的程潄玉瞧得清楚，只覺得每一劍都能讓自己痛，卻仍含著淚看下去！她瞧過古劍的戰鬥已數不清幾次，無論多麼劣勢，總能找出獲勝之道！只希望這一次不會、不能、也不該有例外！

眼見對手已如風中之燭，皇甫和貴竟接連用了幾招「無常劍法」，時機、方位無比巧妙，竟讓古劍找不到任何漏洞！一步步將之逼至角落，以一記「無常劍法」絕殺之招斜掠而出，眼看就要刺中古劍胸口要害！

「不要！」紀草忍不住叫了出來！

眼看避無可避，古劍忽閉雙目，身子側翻，左手反握劍鞘，竟以出人意料的巧妙手法含住來劍！

然而皇甫和貴畢竟非等閒劍客，他臨危不亂，一個巧勁便將入鞘三寸的長劍抽拔離鞘，卻讓古劍多了一眨眼的時間，緊接著長劍側身而出，身形、劍向匪夷所思卻又難以捉摸，末處劍勢陡增，對準對手左胸破衣處刺去！這一招來得石破天驚，似拙實巧，不但前所未見，更是大違劍術常理，別說「無常劍法」沒有這一招，更是常人想破頭都想不到的奇招怪劍！只有行家瞧得出來，這個時候皇甫和貴右手長劍回防不及，使出此招再恰當不過，難防且致命！

卻見皇甫和貴當機立斷放下劍鞘，左手五指成爪，對準來劍抓去！「金剛指！」「繞指柔！」少林、武當各有門人識得這抓劍手法與本門相似！卻有不少老江湖在驚異中，內心浮現一詞：「金剛繞柔指！」

這個詞是出自於一位十年前仙逝的江湖奇人——「論劍老人」黃理弗。

黃理弗文不才武不就，科考數十年，連個秀才都沒上過榜，卻是標準的文弱書生，持劍手抖，舉槍腳軟，十三歲隨著父親觀看首次試劍，卻從此迷上此道！

他勤於拜訪各劍門並鑽研各派劍法，從劍招屬性、用勁之道、內息配合、強處弱點、相生相剋等等，都能說得一口好劍！二次試劍時他對於各場比試的賽前估測，已頗具準度；三次試劍更受僱於忘憂坊，由他定下的賭盤賠率，少有誤判。

四次試劍滄浪亭的史無涯隱藏實力，但他一眼便斷言此人有威脅朱、裴兩大劍缽的本事，事後證實果真不假！十年前他臥病在床，有個不識相的傢伙竟跑到病榻前問道：「除了冒著成瘋成魔的風險苦練『化身劍法』外，還有什麼法子可以打贏朱、裴兩大劍缽？」原本病入膏肓奄奄一息的黃理弗，聽到這個問題突然精神起來，起身答道：「金剛繞柔指。」

問話之人一臉疑惑，他隨即解釋道：「『少林金剛指』與『武當繞指柔』都是奪劍指法；但前者必須奪劍之人的內力修為遠高於出劍之人，否則剛強的金剛指即便能定住劍勢，卻免不了指斷掌傷；而後者雖能以陰柔之力化解，但必須早一步在劍勢初發時夾住來劍，否則強猛的劍勢只要再往前多送幾寸，仍不免傷及自身！對手若是一般人也罷，但若為朱、裴二人，豈有得手機會？

「唯一的法子，便是學會這兩種指法並加以結合，若能保有金剛指之止定之力加上繞指柔的緩衝之道，即使雙方內力差距不大，也能毫髮無傷的抓奪其劍。」

這番話看似言之成理，但金剛指與繞指柔都不是容易的功夫，何況陽剛陰柔南轅北轍，把這兩種指法融為一體更是難上加難！因此話是傳了出去，但人們均以為這是黃理弗臨終之際意識不清的戲言，無須當真，誰知真有人練成了！

坐在前排的明善大師回想起八、九年前一場地震將藏經閣震得屋傾樑斜，不久後皇甫和貴拜訪少林，一句話便撥下巨資全責修復，為了感謝這位慷慨解囊的善心施主，明善親自陪他走一趟藏經閣，這名貴客在七十二絕技書櫃前停駐了一會，隨手拿起一本《金剛指法》神速翻閱後放回，當時眾僧不以為意，沒想到此人不但一目十行且過目不忘，一項少林絕學，就這樣給他記在腦海練成了！而身旁的武當掌門灰纓道長不住搖頭，看來也曾發生類似情事！

眼見長劍就要送到皇甫和貴的金剛繞柔指中，好不容易見到一道曙光的狐十敗等人莫不心中一沉，紀草忍不住叫了一聲：「小心！」卻忘了古劍聽不見！

但見長劍送到離指三寸處，緊閉雙目的古劍卻似長了第三隻眼般，劍勢一轉，忽地往上斜挑，在對手咽喉處劃出一道劍傷！

皇甫和貴本能的用手壓住傷處，但鮮血仍汩汩流出，他雙目圓睜，用發不出聲響的嘴巴道：「人生無常啊！眼看就要實現的榮耀與權勢，就差這麼一步，付諸流水！好不甘心……」說完鬆手倒地不起，噴出的鮮血沾滿頭臉，只剩一雙眼睛遲遲不肯閉上……

這變故來得突然，先是一片寂靜，接著又一陣鬧哄！皇甫五兄弟個個張口結舌，過了半晌才回過神來，紛紛衝上試劍臺，有人抱起父親屍首放聲大哭，有人拔劍欲殺！

此時的古劍全身虛軟無力，一個站立不穩，倒在臺上，半昏半醒間已不知自己究竟引起多大的騷動！迷糊中彷彿感覺到一陣騷亂，混亂中似乎有人中箭，也有人在打鬥中身亡，接著有人抱著他淚水直滴，有人忙著給自己止血塗藥包紮，末了有人將一粒補血提神的藥丸塞入口內，方自警醒！此時五兄弟已紛紛伏誅，試劍臺上站滿牟謙、童暉、胡遠清等朋友。

服藥後精神稍復，古劍掙扎著起身，緩步走下試劍臺，這時各路英雄的眼神已不再是鄙夷與厭憎，紛紛讓出一條路，明善大師雙手合十道：「阿彌陀佛！施主保重！」古劍微笑回禮。

走了百餘步，卻見太監李謙趕到宣旨：「奉天承運，皇帝詔曰：前錦衣衛指揮使牟謙與前錦衣衛千戶古劍忍辱負重，奮勇周旋，堅持不懈，終破反賊逆謀，功在朝廷。即日起兩人除官復原職外，將另有重賞！欽此！」

卻見牟謙起身道：「草民年事已高，難以負荷這事繁任重的錦衣衛指揮使一職，只盼能返鄉陪伴母親安享餘年。」

李謙道：「聖上過往對大人一直信任有加，此番雖曾誤會，但如今真相已解，日後必將重用，還請牟大人不必在意！」

牟謙道：「草民深受聖恩多年，豈能因一件小事心生芥蒂！若真有不滿，又豈會為報皇恩冒死一搏？至於復官復職一事，草民確實無意回任，還請聖上體諒！」

依例不宜強迫一個百姓任官，如今牟謙口口聲聲自稱草民，顯是心意已決，難以挽回！李謙皺起眉頭正不知該如何遊說，卻見古劍也起身道：「草民只想解甲歸田，還望聖上成全！」

李謙驚道：「古大人年紀輕輕便立下大功，深得皇上信賴，日後宦途不可限量！怎會有解甲歸田之意？」

卻見古劍笑著說道：「幹這行終日耍刀弄劍，實在太過凶險！草民……還想多活幾年！」說完頭也不回，在眾人驚愕中離去。

成都常樂鏢局設在城西一個不起眼的巷口，房舍老舊，招牌斑駁，實在沒有巴蜀第一鏢局的氣勢，樂遊苑大小姐紀妍初來乍到，還沒開口，鏢頭周安便笑著出門迎客道：「紀姑娘好快的腳程，昨天才收到廣元分局張鏢頭的飛鴿傳書，沒想到今天就見到您本人。」

紀妍笑道：「如今離試劍大會還不到兩年，時間急迫，自然得快馬加鞭！畢竟多費半個時辰行走，便少練半個時辰的劍！」

周安道：「姑娘放心，咱們剛剛已放出飛鴿傳訊，不消多久，那邊就會派人過來，若是腳程快的，用不著半個時辰。您奔波多時，想必有些疲累，不妨先喝杯熱茶，後院有床有被，不妨稍歇一會。」

紀妍道：「愈近古家坡心情愈是亢奮，怎麼睡得著？您可否陪我聊聊，說說走鏢的見聞。」

周安道：「有什麼想知道的，您儘管問。」

紀妍笑道：「您沒瞧過我，怎麼知道我姓紀？」

周安道：「信裡寫著您綁著兩條垂耳辮，一副標緻白皙的鵝蛋臉模樣可愛，左眉有顆小痣，身背鳳紋長劍，服飾以淺藍淡綠為主，眼神犀利……」

紀妍笑道：「我知道啦！瞧不出你們這兩個鏢局的人，雖身有殘疾，倒還真有一些本領！」

周安道：「不想一輩子要飯，就得認真幹啊！」

紀妍道：「那倒是！瞧您雖然少了一條右臂，但左臂筋強肉厚，想必是個使刀好手。」

周安道：「姑娘謬讚啦！周某的『潑風刀法』得總鏢頭指點確有長足進步，然放眼當今武林高手如雲，又算不上什麼？之所以能平安走鏢，主要還是仗著咱們總鏢頭名氣響亮，一般劫匪遠遠瞧見『常樂鏢局』的旗子，只能遠而避之，斷了念想。」

紀妍道：「聽說中原六十六寨唯一不敢劫的鏢局，就只有『常樂鏢局』一家。」

周安道：「那是因為總鏢頭早年有恩於那幫綠林好漢，因此六十六寨總寨主羅萬鈞曾經下令，凡常樂鏢局的貨，任何山寨不可妄動！」

紀妍道：「我娘也曾說古叔叔教劍總能找出問題，謀求改進，像我雖學會了兩套劍法，卻始終難以融會貫通交互運用，這最後一關，還得請他幫忙！」

周安道：「不過您來得有些不巧，總鏢頭與夫人正走鏢至京城，估計還要個把月才回得來。」

紀妍道：「究竟是什麼貴重鏢貨？竟要勞煩古叔叔和郭姨兩大高手親自出馬。」

周安道：「那倒未必！其實咱們『常樂鏢局』的鏢貨少有人敢動，真正得要總鏢頭親自出馬的，往往一年還碰不到半件；然而他倆每年總要出一、兩趟遠門，與其說是走鏢，倒不如說遊山玩水。」

紀妍道：「郭姨目不視物，要怎麼遊山玩水？」

周安道：「眼睛瞧不見，耳鼻卻比常人加倍靈敏，許多咱們聽不見聞不到的東西，都瞞不過她。他們倆在一起，一人看景一人聞聲，告訴對方，彼此都覺得有趣！」

紀妍道：「原來如此！幾年前他倆走鏢到西安，在樂遊苑住了幾天，那時我年紀小，不知他們是江湖上鼎鼎有名的大人物，只覺得這對夫妻各有殘疾十分可憐，還得為了生活四處奔波。」

周安笑道：「總鏢頭生活簡樸，當年皇上給的賞金，已夠他過活一輩子，之所以開了四家常樂鏢局，主要是想照顧咱們這群殘丐，少幾個要飯的，多一些收入，對大夥都有好處。」

紀妍道：「走鏢之人長途跋涉，餐風宿露，想必十分辛苦！」

周安道：「辛苦是難免，何況咱們個個身有殘疾，若不是總鏢頭要咱們認真習武，練得一身強筋硬骨，恐怕還真禁不起這日曬雨淋風寒路遠的種種折騰呢！不過路走多了，身子倒逐漸硬朗，而遊走五湖四海，增見聞廣交友，倒覺得苦中作樂更有意思！」

紀妍道：「聽您這麼一說，連我也有點想走個鏢呢！」

周安道：「有的是機會，古家坡那幾個少年，幾乎都走過呢！」

紀妍驚道：「什麼？莫非他們都已出師了，可以歷練江湖？」

周安笑道：「其實沒有，妳待久了自然會明白。」

紀妍還想再追問，卻見一名啞巴趟子手進屋比手畫腳一番，周安道：「接妳的人到啦！」

話方說完，一名身形高大滿臉鬍髯的漢子牽著一匹馬站在門前，對著周安行禮道：「周鏢頭安好。」

周安道：「阿喜，你是來接紀姑娘的？」那叫阿喜的漢子點頭稱是。

紀妍仔細打量這個叫阿喜的漢子，見他臉上盡是虬髯，粗眉鷹鼻，身形高壯，衣著粗簡，其貌不揚，心中不免有些失望，思道：「古叔不在，下頭的人卻馬虎起來！樂遊苑千金不遠千里而來，竟隨意派了一個不怎麼稱頭的奴僕前來接人！」

她畢竟有些教養，先轉頭感謝周鏢頭的招待，再將隨身包袱丟給阿喜道：「走吧！」說畢出門上馬，跟在阿喜後面，一路上不發一語。

兩匹馬奔行了十來里路，來到一個山坡，下馬走過兩側梯田，農人三三兩兩，施肥、除草、抓蟲、割稻各有忙活，遠遠可見一間紅瓦白牆三合院，此時夕陽斜照，院落一對老夫妻正把地上的蘿蔔乾收入陶甕，走到百步之內，紀妍問道：「就是這裡嗎？」阿喜點頭稱是後轉身離去，接著房裡奔出一個小姑娘，身著淡紫長襖，淺綠褶裙，年方十五、六歲，正是古劍的女兒古弦，衝著紀妍笑道：「紀姐姐，聽說您要來，我樂了好些天呢！爺爺奶奶，這位就是我跟您提過的西安樂遊苑大小姐——紀妍姑娘。」

紀妍開口向兩位長輩問安，古鐵城笑道：「十八年前妳娘在樂遊苑，比妳現在也大不了多少，那儀容姿態還真有幾分像，一看便知妳是誰的女兒，騙不了人！」

古奶奶道：「聽說阿劍曾受樂遊苑照顧頗多，如今妳來這兒千萬別生分，就當自個家一般。」

紀妍笑道：「奶奶話說出來可別反悔！我打從娘胎起，就不知『生分』二字怎麼寫！」

古奶奶被逗樂，直笑道：「妳們三位姑娘都這麼有趣，往後的日子，可得笑個不停啊！」

紀妍道：「三位姑娘？小弦，莫非妳還有一個妹妹？」

古弦咯咯笑，還沒說話，門口站著一位姑娘，身著鵝黃比甲，一張秀臉甜淨俏麗，燦然笑道：「不好意思！菜炒得正火，沒能出來迎客！」

古弦道：「小荳姐，這是我跟您提過的紀妍姑娘；紀姐姐，程小荳姐姐大我三歲，大妳兩歲，不過愛吃、愛煮、愛玩、愛鬧，就是不愛當個正經八百溫柔婉約的大姐姐！」說完三人都笑了。

程小荳笑完板起臉道：「誰說的？本姑娘上菜的時候最正經不過，待會那幫餓漢幹完活肚子空空，還不是得靠我！」

紀妍道：「他們在哪練劍？快帶我去！」

古弦指著前方農田有人割稻，有人施肥，有人摘菜，有人餵雞，笑著喊道：「六隻傻鵝聽好，樂遊苑的紀妍姑娘來啦！想瞧瞧你們的劍法練得如何？快收拾吧！今晚小荳姐多備了兩道菜，慢到不等喔！」眾少年紛紛應好或是揮手打招呼。

紀妍道：「怎麼不見古禾哥哥？」

古弦道：「他自小不愛習武，卻對醫術有興趣，前年離家，跟著小荳姐的娘學醫去啦！」

紀妍驚道：「怎麼可以？古叔不生氣嗎？」

古弦道：「那有什麼關係！」

紀妍道：「怎麼沒關係？他不學劍，難不成要妳來繼承衣缽？」

古弦道：「我也不是練劍的料。」

紀妍道：「那怎麼辦？莫非要在這幾個徒兒之中，挑一個劍缽學會『無常劍法』，參加兩年後的試劍大會？」

古弦搖頭道：「『無常劍法』乃家父自創，許多理路與一般劍法不同，不是人人都學得來，再說這套劍法要練得全，得先打通十二道經脈，更非常人所能及。」

紀妍道：「這麼一套轟動武林的絕世劍法，就這麼失傳，豈不可惜？」

古弦道：「那有什麼關係！以前沒有這套劍法，大家還不是活得好好的！」

紀妍道：「如此一來，豈不連百劍門都進不了？」

古弦道：「我爹多年前被除名百劍，至今未復，好像也沒什麼差別，你們家不也一樣嗎？」

紀妍道：「可是我爺爺一直耿耿於懷，只盼著我能在試劍大會中過關斬將，讓樂遊苑能重返四大劍門，而弟弟年紀太小，只能靠我。同時學好『蒼松劍法』和『極樂劍法』並不容易，必須日夜苦練，招式雖熟稔，但該怎麼靈活運用，卻始終未得要領，我娘說古叔教劍有一套，要我來試試。」

古弦道：「沒錯！我娘說我爹自幼愚鈍，學劍時什麼苦頭都吃過，反倒因此對於一般人習劍時會遇上的種種身心魔障無不了然於胸，自有化解之法。」

紀妍道：「這麼說來，外頭那幾個，應該個個身懷絕技囉？他們不練『無常劍法』，練什麼？」

古弦道：「那兩個割稻的，其中皮膚黑一點的叫徐平，乃知名的說書先生徐常喜之子，因慧根早露，小時候便被京城的劍門抓走；後來徐先生找到兒子，請我爹幫忙把人給要了回來，『達摩劍法』已有相當火候，可惜早生了一個月，不符試劍資格。」

紀妍道：「才差一個月，誰會知道？」

古弦道：「天知地知妳知我知，總之我爹不會為了參賽而作假。」

紀妍道：「可惜！那另一位戴著大斗笠的傢伙是誰？」

古弦道：「他叫溫呈遠，是胭脂胡同溫老太太的孫姪……」

紀妍道：「妳說的可是裴盟主的夫人，武當女俠溫紅綾？」

古弦道：「他父親溫栩良英年早逝！所以也跟著學武當派的『太極劍』和『太乙玄門劍』。」

紀妍道：「聽說溫女俠還有一個孫子，應該已經把『秋水劍法』練得十分驚人了吧！」

古弦指著東方一位少年道：「就是那位一邊吹簫一邊餵雞的傢伙，他叫裴君子，劍法時好時壞，還在悟呢？」

紀妍道：「這話怎麼說？」

古弦道：「『秋水劍法』劍意重於劍形，若仔細比對，恐怕每一代劍缽的劍法都不盡相同，教劍時口傳心授，並無圖說文字留下，而君子哥的祖父與父親死得突然，只能靠著溫女俠往日的記憶慢慢補齊，然而她只要一使『秋水劍法』，心中便充滿哀傷、思念、苦恨等等心境，與劍法原意『鬆泰平和、自然寫意』大相逕庭，硬逼著君子哥依樣畫葫蘆，結果只得其形，難求其意，劍法威力十不得一，只好求助於家父。」

紀妍道：「那古叔怎麼處理？」

古弦道：「我爹先叫他一年不碰劍，彈琴、吹簫、寫字、讀史，把過往所學劍招盡可能淡忘，一年之後才慢慢讓他悟劍，劍法雖有進展，但離頂尖劍鉢的身手還差得遠。」

紀妍道：「那怎麼辦？畢竟對胭脂胡同而言，沒搶到金劍便是失敗！」

古弦笑道：「那有什麼關係！如今君子哥琴藝精進，待我娘回來，聽他倆合奏一曲《十面埋伏》，不知有多好聽呢！」

紀妍難掩失望，指著菜園裡另一名瘦高的少年道：「那個人好像有些眼熟……」

古弦道：「他是小青，錢牧青，妳忘了嗎？他娘綠柳可是妳母親的結拜姐妹，十年前也曾到過樂遊苑呢！」

紀妍突然叫道：「原來是他！聽說古叔到關外走鏢時，機緣巧合之下救了一位落難的參將，竟是柳姨的丈夫！」

古弦道：「正是，錢先生仕途不順，卻仍心懷社稷，說如今邊境不寧，須將小青哥培育成文武全才之人，以報效國家，除積極準備科舉之外，也在幾年前遷居成都，以便就近向我爹學劍。」

紀妍道：「他學的是什麼劍法？」

古弦道：「青城派的『搏熊劍法』已能大致掌握，峨嵋派的『封雪劍法』，也有七、八分火候。」

紀妍道：「那還差得遠呢！參加試劍大會，恐怕連黿紋劍都未必能搶得到。」

古弦道：「他去年中舉，還得準備兩年後的會試呢！再說我爹認為若要用那些成名門派的劍法報名試劍，宜先取得對方同意，恐怕他跟溫呈遠都無緣參賽。」

紀妍道：「還是古叔厲害，各大門派的劍法都還記得。」

古弦搖頭笑道：「當年萬曆皇帝在忘憂坊抄出數百萬兩金銀，想賞一些給功臣，家父要的不多，卻要求帶走苦海頭陀所記下的各大派武學祕笈，閒來無事，便逐一鑽研其中奧妙。」

紀妍道：「太可怕了！古叔精通各大派劍法，豈不天下無敵？」

古弦搖頭道：「別人的劍招，我爹就是練不慣。每當有所心得，便傳授給阿喜……」

紀妍驚道：「哪個阿喜？……難不成是那個長得像猩猩的僕人？」

古弦道：「誰跟妳說他是僕人了？別瞧他長得奇怪，可是天生習武的料子，不管劍法多難，往往一點即通，現在也不知學會了幾套劍法！每學成一套，便讓大家解劍，不知不覺中各有進益。」

紀妍道：「可會『蒼松劍法』和『極樂劍法』嗎？」

古弦道：「早會了。」

紀妍道：「太好了！待會便找他討教一番。」

古弦道：「試劍可以，但此人身手絕佳卻口齒愚鈍，其中關竅優劣，得等我爹回來才能解說清楚。」

紀妍道：「難怪他一路上沉默不語，既然這麼厲害，兩年後的長城試劍想必能順利幫古叔奪回金劍！」

卻見古弦搖頭道：「他親娘對我爹說過：『這孩子可以習武，但不要試劍！』」

紀妍道：「他爹娘是誰？還活著嗎？怎會定下如此怪異的規矩？」

古弦道：「我爹只說他身世坎坷，要我們別再追問。不過他有個叔叔是我爹的舊識，隔幾個月便會來此與我爹敘舊一番，順便瞧瞧姪兒，這個人妳該聽過，就是青城掌門魏宏風。」

紀妍道：「原來是他！據說也是個武學奇才，當年若非倒楣碰上了古叔，至少也能搶進四大劍缽。」

兩人說話中迎面走來一個嘻皮笑臉的瘦小傢伙，道：「妳們在說阿喜嗎？他哪裡坎坷了？當年把我娘的奶水吸光，自顧長成那麼大個兒，卻害慘了我！如今師父師娘待他有如親生兒子，連我娘都三不五時前來探望！要說身世悲慘，哪有人及得上我秦夢吉？」

古弦道：「這個人是個憊懶傢伙，在這兒混最久，卻是除了『太平劍』，什麼都學不好！」

秦夢吉笑道：「妳是師父的女兒，又是撒嬌又是哭，就是不想學劍！還好意思說我呢？」

古弦雙手插腰，回道：「我覺得學劍無趣，不愛打打殺殺，不行嗎？」

秦夢吉道：「那就該學學小荳姐，彈得一手好琴，背得了詩詞，煮得一手好菜，人還長得美……」

古弦罵道：「你討抽嗎？既然嫌我不好，快把身上的衣裳脫下來，以後你衣服全破了，也不給你做新的！」

這時秦夢吉已走到眼前，收起笑容，對著古弦躬身道：「小的不敢！還請娘娘收回成命！」他身形瘦小，聲音倒洪亮。

古弦咯咯笑道：「平身，下次再如此無禮，小心本宮撕爛你的狗嘴！」

紀妍笑道：「你們都中了唱戲的毒啦！你是秦芳阿姨的兒子吧！快告訴我，什麼是『太平劍』？」

秦夢吉笑道：「妳可聽過『太平拳』嗎？」

紀妍笑道：「不就趁著別人打架，在背後打幾個冷拳嗎？這小孩子的玩意……莫非你專做這種勾當？」

古弦道：「這傢伙不學無術，試了十來種劍法沒學會半套！卻有種奇怪的慧根，能輕易瞧出對戰之人弱點所在，及時使出最合適的劍招，相助夥伴一擊得手。」

紀妍笑道：「這本事能登大雅嗎？怎麼參加試劍？」

古弦道：「先別瞧不起它，這本事雖不入流，卻在去年立下奇功呢！」

紀妍道：「什麼奇功？莫非那傳言是真的？權傾一時的九千歲魏忠賢手下十大鷹爪，一夕之間全軍覆沒，真是你們幹的？要不是那一戰，那個大閹宦恐怕還死不了呢！」

古弦發現自己說溜了嘴，猛搖頭道：「我又沒走那趟鏢，什麼都不知道！」

紀妍道：「夢吉哥，小妹未能躬逢其盛，深感遺憾，真想聽您尊口道出這等英雄事蹟呢？」

卻見秦夢吉兩隻手指在唇邊比了一個封口的手勢，又聽見另一聲音道：「師父交代過，此事不可說，以免樹大招風。」

紀妍嘟噥著嘴道：「君子師兄，我是您即將入門的小師妹，可不是外人啊！」

卻見錢牧青扛著一簍油菜走來，笑道：「那就等拜完師再說吧！」

話說完聽見房裡的程小荳喊道：「你們都沒聞到香味嗎？還不快洗手用飯！別讓爺爺奶奶久等呀！」

接著其他人也陸續回來，眾人圍著一個大圓桌坐下，餐食中古弦簡單的把紀妍介紹給眾師兄，這群少年便七嘴八舌的問了許多西安一帶的事，有人對樂遊苑的歷史感到興趣，有人對華山好奇，也有人嚷著說想上太白山遊賞一池三海，遙想當年師父一劍驚天下的風光！

紀妍覺得幾位師兄個個開朗健談，只有阿喜極少開口，但彼此相處並無拘束。餐桌上有七菜一湯，每一道各有不同的風味，紀妍吃完一輪讚道：「這些菜味道多變，清香可口，小荳姐的母親想必善於此道，家學淵源……」

程小荳噗哧一笑，道：「我娘醫術好，手藝巧，唯獨不善於煮飯做菜，卻偏偏愛吃！小時候跟著我娘四處行醫，嘗遍美食……」

紀妍驚道：「我想起來了！莫非令堂便是江湖上頗有名氣的女大夫，人稱『貪食郎中』，聽說有兩種人看病不收錢，一是窮人，二是煮得一手好菜的廚師。」

程小荳點頭笑道：「我娘發現我有煮菜的天分，大喜過望，吃到什麼好菜，非得纏著廚師問出個結果不可，幾年下來，記了兩百多道食譜，明天就做份道地的西安『肉夾饃』，給妳接風洗塵。」

紀妍喜道：「太好了！我從小就愛吃！」

錢牧青道：「這『肉夾饃』可是第一次試做？」

程小荳道：「是啊！用白吉餅包臘汁肉，看起來不起眼，吃起來可美味極了！」

秦夢吉道：「小荳姐，這次能否請您少做幾個？」

程小荳道：「為了餵飽你們，還得去一趟城裡買些好料呢！如此大費周章豈有只做十個的道理？怎麼？你擔心像上次那個雲南蝦餅，不慎走味嗎？」

秦夢吉道：「您煮的新菜時好時壞，師父又不喜歡咱們浪費，吃與不吃都為難！」

程小荳道：「為難什麼？就你最挑嘴，阿喜吃了兩份也沒嫌！你忘了師父常說要勇於嘗試，有錯就改，總會有成功的一天！」

紀妍道：「小荳姐也學劍嗎？」

程小荳道：「來到這兒當然得跟著學，可惜我沒什麼慧根，只能練兩套簡單的劍法，除了小弦和阿吉外，誰都比我強。」

紀妍道：「如此參差不齊……師父不著急嗎？」

秦夢吉笑道：「那有什麼關係！誰說名師一定得出高徒？」

古弦亦道：「是啊！誰說虎父不能有犬子？」

說完大夥都笑了，古鐵城不住搖頭，笑道：「妳爹從小就生了一個與眾不同的腦袋瓜子，一般人說東，他偏要往西；沒想到生了一對兒女，竟也是天生反骨，任性妄為，說不練劍就不練！」

古母道：「做人並不是非練劍不可！你怎麼還不死心？」

古弦道：「是啊！你瞧小荳姐，母親是個名醫，也沒想跟著學點醫術啊！」

程小荳道：「為什麼要學？可有人嘗過什麼好吃的草藥嗎？」眾人笑著搖頭。

古鐵城嘆道：「咱們古家後繼無人也就罷了！可是劍兒枉稱一代宗師，收了一堆徒兒竟都無緣試劍，顏面何在？」

古母道：「兒子不著急，你就別替他煩惱啦！」

古弦道：「是啊！爹說過只要活得自在便是好！又何須在乎一時的榮辱？」

古鐵城道：「他歷經大風大浪，飽嘗人情冷暖，自然看得開！」

裴君子道：「古爺爺，咱們就算都比不了試劍，日後還是會牢記您老人家的孜孜教誨——濟弱扶傾，仗劍行俠。」

徐平亦道：「古爺爺釣魚的功夫天下第一，日後咱們行走江湖，定會大大宣揚，說師父的劍只能嚇唬一些陸上的人；然而水底的魚兒，卻無一不對古爺爺的釣竿聞風喪膽，前仆後繼，命喪鐵鉤！」

古鐵城道：「真正釣魚天下第一，是那個竿不離手的傻阿誨，他釣上的魚既大又肥，一條抵十尾，我自嘆不如。」

古母也忍不住笑道：「你這小子別老學你爹貧嘴行嗎？人家樂遊苑小姑娘家規嚴謹，端莊有禮，別第一天就把人往邪處帶！」

紀妍露出一臉燦笑道：「奶奶說得極是！」心中卻忍不住暗忖道：「這麼有趣的地方，我怎麼今天才來！」

全文完

國家圖書館出版品預行編目資料

武林舊事．卷四：決戰皇城（最終卷）／賴魅客著 一初版一台北市：奇幻基地出版；家庭傳媒城邦分公司發行；2022.1（民 111.1）
面： 公分 .--（境外之城：128）
ISBN 978-626-7094-04-4（平裝）

863.57 110019554

本書中文繁體字版由賴魅客授權奇幻基地在全球獨家出版、發行。

ISBN 978-626-7094-04-4

Printed in Taiwan.

城邦讀書花園
www.cite.com.tw

境外之城 **128**

武林舊事．卷四：決戰皇城（最終卷）

作　　者／賴魅客
企畫選書人／張世國
責任編輯／張世國
發 行 人／何飛鵬
總 編 輯／王雪莉
業務經理／李振東
行銷企劃／陳姿億
資深版權專員／許儀盈
版權行政暨數位業務專員／陳玉鈴
法律顧問／元禾法律事務所　王子文律師
出版／奇幻基地出版
城邦文化事業股份有限公司
台北市 104 民生東路二段 141 號 8 樓
電話：(02)25007008　傳真：(02)25027676
網址：www.ffoundation.com.tw
e-mail：ffoundation@cite.com.tw
發行／英屬蓋曼群島商家庭傳媒股份有限公司城邦分公司
台北市 104 民生東路二段 141 號11 樓
書虫客服服務專線：(02)25007718．(02)25007719
24 小時傳真服務：(02)25170999．(02)25001991
服務時間：週一至週五09:30-12:00．13:30-17:00
郵撥帳號：19863813　戶名：書虫股份有限公司
讀者服務信箱 E-mail：service@readingclub.com.tw
歡迎光臨城邦讀書花園 網址：www.cite.com.tw
香港發行所／城邦（香港）出版集團有限公司
香港灣仔駱克道 193 號東超商業中心 1 樓
電話：(852) 2508-6231 傳真：(852) 2578-9337
馬新發行所／城邦（馬新）出版集團
【Cite(M)Sdn. Bhd.(458372U)】
11, Jalan 30D/146, Desa Tasik,
Sungai Besi, 57000 Kuala Lumpur, Malaysia.
電話：(603) 90578822　傳真：(603) 90576622

封面版型設計／Snow Vega
排　　版／極翔企業有限公司
印　　刷／高典印刷有限公司
■2022 年（民 111）1 月 25 日初版一刷

售價／399元

廣　告　回　函
北區郵政管理登記證
台北廣字第000791號
郵資已付，免貼郵票

104台北市民生東路二段141號11樓
英屬蓋曼群島商家庭傳媒股份有限公司城邦分公司 收

請沿虛線對摺，謝謝

奇幻基地

每個人都有一本奇幻文學的啓蒙書

奇幻基地官網：http://www.ffoundation.com.tw
奇幻基地粉絲團：http://www.facebook.com/ffoundation

書號：1HO128　　書名：武林舊事・卷四：決戰皇城（最終卷）

請於此處用膠水黏貼

奇幻基地

讀者回函卡

謝謝您購買我們出版的書籍！請費心填寫此回函卡，我們將不定期寄上城邦集團最新的出版訊息。

姓名：＿＿＿＿＿＿＿＿＿＿＿＿＿＿ 性別：□男 □女

生日：西元＿＿＿＿＿年＿＿＿＿＿月＿＿＿＿＿日

地址：＿＿＿＿＿＿＿＿＿＿＿＿＿＿＿＿＿＿＿＿

聯絡電話：＿＿＿＿＿＿＿＿＿＿傳真：＿＿＿＿＿＿＿＿＿＿

E-mail ：＿＿＿＿＿＿＿＿＿＿＿＿＿＿＿＿＿＿＿＿

學歷：□1.小學 □2.國中 □3.高中 □4.大專 □5.研究所以上

職業：□1.學生 □2.軍公教 □3.服務 □4.金融 □5.製造 □6.資訊

□7.傳播 □8.自由業 □9.農漁牧 □10.家管 □11.退休

□12.其他＿＿＿＿＿＿＿＿＿＿＿＿＿＿

您從何種方式得知本書消息？

□1.書店 □2.網路 □3.報紙 □4.雜誌 □5.廣播 □6.電視

□7.親友推薦 □8.其他＿＿＿＿＿＿＿＿＿＿

您通常以何種方式購書？

□1.書店 □2.網路 □3.傳真訂購 □4.郵局劃撥 □5.其他

您購買本書的原因是（單選）

□1.封面吸引人 □2.內容豐富 □3.價格合理

您喜歡以下哪一種類型的書籍？（可複選）

□1.科幻 □2.魔法奇幻 □3.恐怖 □4.偵探推理

□5.實用類型工具書籍

對我們的建議：＿＿＿＿＿＿＿＿＿＿＿＿＿＿＿＿＿＿＿＿

＿＿＿＿＿＿＿＿＿＿＿＿＿＿＿＿＿＿＿＿

＿＿＿＿＿＿＿＿＿＿＿＿＿＿＿＿＿＿＿＿

為提供訂購、行銷、客戶管理或其他合於營業登記項目或章程所定業務之目的，英屬蓋曼群島商家庭傳媒（股）公司城邦分公司，於本集團之營運期間及地區內，將以電郵、傳真、電話、簡訊、郵寄或其他公告方式利用您提供之資料（資料類別：C001、C002、C003、C011等）。利用對象除本集團外，亦可能包括相關服務的協力機構。如您有依個資法第三條或其他需服務之處，得致電本公司客服中心電話 (02)25007718請求協助。相關資料如為非必要項目，不提供亦不影響您的權益。

1. C001辨識個人者：如消費者之姓名、地址、電話、電子郵件等資訊。
2. C002辨識財務者：如信用卡或轉帳帳戶資訊。
3. C003政府資料中之辨識者：如身分證字號或護照號碼（外國人）。
4. C011個人描述：如性別、國籍、出生年月日。

請於此處用膠水黏貼